U0927463

愿另一个人也会像我一样爱你

在生命与时光的尽头，

对你的爱终于结束，

希望你会遇见另一个人，

爱你如当年的我一般。

CNS 湖南文艺出版社 HUNAN LITERATURE AND ART PUBLISHING HOUSE 博集天卷 CS-BOOKY

图书在版编目（CIP）数据

愿另一个人也会像我一样爱你 / 邓子著. —长沙：湖南文艺出版社，2016.3
ISBN 978-7-5404-7476-8

Ⅰ. ①愿… Ⅱ. ①邓… Ⅲ. ①长篇小说—中国—当代
Ⅳ. ①I247.5

中国版本图书馆CIP数据核字（2016）第020771号

上架建议：长篇小说 · 青春言情

愿另一个人也会像我一样爱你
YUAN LING YI GE REN YE HUI XIANG WO YIYANG AI NI

作　　者： 邓　子
出 版 人： 刘清华
责任编辑： 薛　健　刘诗哲
监　　制： 于向勇　马占国
策划编辑： 刘　伟
营销编辑： 刘　健
封面设计： 李　洁
出版发行： 湖南文艺出版社
（长沙市雨花区东二环一段508号　邮编：410014）
网　　址： www.hnwy.net
印　　刷： 三河市鑫金马印装有限公司
经　　销： 新华书店
开　　本： 787mm × 1092mm　1/16
字　　数： 266千字
印　　张： 18.5
版　　次： 2016年3月第1版
印　　次： 2016年3月第1次印刷
书　　号： ISBN 978-7-5404-7476-8
定　　价： 35.00元

质量监督电话：010-59096394
团购电话：010-59320018

目 录

Contents

第一章
冷面“三公主”

她叫兰源，小名“三公主”，是京西大学外语系一名大三的学生，活泼有余，妩媚不足。他叫柳轩，她喊他“丸子”，是一名高三的学生，英姿飒爽，自命不凡。他不是兰源辅导的第一个学生，也不是她所喜欢的那种类型的男孩，但众里寻他千百度，她在最美的年华邂逅了他。

2002年4月中旬，大三下学期临近结束，兰源接到了学校服务处的电话。电话那头告诉兰源有个高三学生的家长要给孩子找英语家教，问她可否安排。兰源毫不犹豫地答应了，这样既可以赚点生活费又可以减轻家庭压力。于是，学校给了兰源一位柳叔叔的电话，她立即回了过去。柳叔叔气质儒雅，含蓄而不失精明，稳重而不失高雅。兰源和他确定了时间、地点和费用，决定三天后上岗。

兰源天资聪颖，思维活跃，很有责任心，性格虽比较泼辣，但非常善良。虽然她大学几年做家教早已经习惯了，她的学生从小学到高中的都有，但兰源每次都很认真地备课。这次是高三的学生，准备冲刺高考，她更加不敢怠慢，列提纲，拟试卷，不敢马虎。

三天后，周六下午两点，兰源如期而至。

柳轩家在崇文区，离她们学校很远，她得倒好几趟公交车。好在春末夏初，天气不是那么炎热，他家静谧的小区里繁花开尽，蝴蝶翩翩起舞，蜜蜂殷勤授粉，蚂蚁辛勤劳作，让她感叹大自然真是美不胜收。

兰源在一楼门禁处按下701，里面传来一个沉稳的声音问“哪位”，她大声说：“我是你们的英语家教兰源。”她听到了里面男人低声的叹息，门“嘟”的一声开了。她像只兔子一样，三步并作两步跑了上去，她最讨厌迟到。

柳叔叔给她开了门，领她进屋，查看了她的学生证，寒暄几句，算是对兰源人品和经验的初步考察。柳叔叔见她活泼开朗，有礼有节，很是满意。

兰源机灵地环顾四周，可以看出柳轩家境殷实，南北通透的大三居装修得很气派，客厅摆设很有讲究，超大的海绵沙发两侧还立着几幅素描画，一看就是很嫩的新手画的。一台钢琴静静地伫立在沙发斜对角，上面静静地盖着一块绸缎布罩。茶几很宽敞，随意地放着几本杂志。阳台那儿，餐桌上书和试卷堆积如山，两把椅子并排靠着，阳光照进来，正好罩住了整套桌椅。

很显然，一会儿她会在书桌旁和新学生肩并肩地进行辅导，柳叔叔会靠在沙发上看杂志，做评判和监督。

兰源心领神会地笑了：“咦，柳叔叔，快两点了，柳轩呢？”

柳叔叔冲里屋喊了几声，门轻轻地打开了，里面传来了任贤齐的《花太香》。这首歌古典气息非常浓，曲风苍凉，意境格外辽阔，透着对酒当歌人生几何的豪迈感，听起来免不了有几分落寞和苦涩。

柳轩垂头丧气地走了出来，一米八几的个子，高大魁梧，却像只笨鸟一样，拖着沉重的步伐，走在胡桃木地板上，嘎吱作响，百般不情愿的样子。

那种不爱学而家长催着学的主儿，兰源见多了。看到柳轩如此冷漠，她为了饭碗只好主动献殷勤，走上前热情地说：“柳轩，你好，我是你的英语家教兰源。”

他抬起一直低垂的头，兰源看到了一张无比俊秀的脸。她当时就想，这孩子的妈妈一定非常漂亮。他用手撩了撩额前的几缕黑发，很抵触地说：“我在门禁对讲器里听到你自报大名，不用再做自我介绍了。”

兰源瞬间觉得这张俊秀的脸庞写满了可耻的冷漠和孤傲，内心暗自骂着。

想必柳叔叔也觉得这孩子不太尊重人，立马从沙发上起来，走到儿子面前，拍拍他的肩膀说：“兰源是个好姑娘，大中午从海淀跑过来不容易。你要跟她好好学，你们开始吧。”

柳叔叔使劲推了他一把，催促道：“快去把屋里的音乐关了。”

“我去冲杯咖啡，太困了。”柳轩应了一声，敷衍了事，压根都不瞟她一眼，径直往里屋走去，脚步却由沉重变得轻快，留给兰源一个挺拔的酷酷的背影。

“兰源，别跟他计较，都是我们把他惯坏了。”柳叔叔连忙客气地解释。

“叔叔，没事，现在孩子都矫情，我懂的。”她哈哈大笑。

“你说谁矫情啊？”柳轩在门口探出半个身体叫了一声，满眼的压抑。

顷刻间，兰源差点没忍住掉头就走。这欠抽的孩子，要是在海淀，在京西大学，她非得让他吃不了兜着走，奈何这里不是她的地盘。

“来，兰源，快高考了，他压力也挺大的，学得有些压抑，整天开心不起来，你别放在心上。你这边坐，咱们等等他。”叔叔特别有礼貌地说着，她心里平衡了一点点。

“他有什么好压抑的？北京学生高考占尽一切优势，高校多如牛毛，高考录取线还那么低，高校扩招都有几年了，只要不是白痴都能考上的。”她如实说着，从来没有觉得自己言过其实。

柳叔叔哈哈大笑：“他要是有你这种心态，我们就放心了。这孩子整天像个苦行僧，这高考快点过去吧，我们忍他很久了，他累，我们大人也累啊。”

兰源听到柳叔叔这么说，顿时有君子所见略同之感，不由得更加喜欢坦率包容的柳叔叔。兰源把水壶和书包放在书桌上，稳稳地坐了下来，打开水壶咕咚咕咚地喝着水，准备开始给柳轩授课。

这时，柳轩端着咖啡向兰源走来，瞪着眼睛看着她，像极了一个白痴。她瞟了他两眼，不忍再看，这么俊秀的脸庞，这么孤傲的性格，这么老沉的态度，这么压抑的内心，真是越看越悲哀，悲哀得她水都呛到嗓子里了，好一阵咳嗽才缓过劲儿来。真倒霉，喝口水都能呛得这么失态！要是在宿舍里，阿宋姐肯定会帮她拍拍后背，这会儿她只好自己皱着眉，使劲地拍着胸口。

柳轩在旁边愣愣地看着她："你就不能慢点儿喝？"

兰源脸都憋红了，咳得说不出话来反驳他。她看一眼沙发上坐着的慈祥的柳叔叔，没再作声。

许久，他们俩终于并肩坐下。兰源很不开心地打开书包，拿出书本、笔和试卷，老练地一字排开。趁他蹙眉看着窗外时，抬头好奇地瞥他一眼，鹅蛋形的脸庞，眉宇清秀却深锁着，鼻梁高挺，戴一副无框眼镜，嘴巴紧闭，没有半丝笑容，手掌白净，修长的手指在桌子上不耐烦地轻轻敲打着，像是在督促她快点。兰源视线转向他的手指看了一会儿，猛一抬头，发现他也在观察她。

第一次四目相对，兰源脑海里突然想起她最喜欢的周院长说过的那些话："没有不好的学生，只有不好的老师。一个好老师一定要用欣赏的眼光来对待他的任何学生，要用自己的智慧和魅力让他的学生对学习产生莫大的兴趣，从而轻松对待。"

所以呢，为了接下来的课程能讲授得顺利些，兰源竟然愿意率先打破隔阂，学着周院长的风趣幽默，傻呵呵地冲他紧绷的脸庞笑了。她的笑容像窗外四月的桃花，写满了阳光烂漫。她说："柳轩，我也特别喜欢小齐（任贤齐），他不仅歌唱得很好听，吉他和钢琴也弹得很好。你的手很细长，弹吉他和钢琴肯定很好听，对吗？"

第一次，柳轩的嘴角被撬动了，这是黑暗之中兰源看到的唯一一丝亮光。不过，柳轩很快就变回原形，酷酷地端起了咖啡杯，慢慢地喝了一口，继而好像是因为咖啡太苦忍不住皱了几下眉毛。那近在咫尺的浓郁的苦咖啡的味道真难闻，弄得兰源的内心就像刚摘下来的苦瓜那样苦。

“你这咖啡太苦了，加点糖呗。或者你像我这样，泡点花茶，也能提神醒脑，别被咖啡整得苦不拉几的。”她试图拉近师生之间的距离，让自己成为一个有亲切感的好老师。

柳轩淡淡地回答：“个人喜好，你甭操心，今儿要讲什么？”

兰源算是知道了，这孩子内心是多么压抑，她是多么不招他喜欢，她咬着牙沉默了片刻，真想用指甲挠他。

兰源拿出讲义，因为不知道他的英文底子，所以备课时从易到中等难度都有准备。果然，他的底子中等偏下。兰源游刃有余，一个半小时“嗖”的就过去了。叔叔从沙发上坐了起来，夸她备课很用心，讲课的进度他很满意。他说出去买点水果，让他们先休息会儿。

嘿，柳轩真的“嗖”的回自己屋休息了。兰源呢，喝了一路的水，抓紧上厕所，洗了个冷水脸。她今儿遇到了一个冷酷的主儿，看来得顽强拼搏了。她回到自己的座位上，又咕咚咕咚喝了几口水，心想不能继续这么冷冰冰地授课，她深知道英语这东西学习时不能勉强，一定要激发柳轩的兴趣和斗志。眼看高考在即，他这个水平，这个学生收与不收，她都脸面无存。于是，她冲柳轩的房间吆喝一声：“嘿，柳轩，我没水了，哪儿有热水啊？”

“在厨房。”懒洋洋的声音从里屋转了个弯传了出来，透着一丝不屑，似乎在指责她打断了他闭目养神。

“我新来的，你领我去吧，尽下地主之谊好不好？”兰源语气急促，带着一丝烦躁。

接着，传来踩在实木地板上沉重的嘎吱声，柳轩悻悻地看着兰源，停顿了好几秒：“你嗓门怎么那么大，刚才在门禁听筒那儿就被你吓一跳。”

“我怕你们听不见啊。”

“一点都不淑女。”

“姐是来教你英语的，不是来你家扮淑女的，也不是来看你装清高的，我们是雇用与被雇用的关系。”兰源有点恼火，柳叔叔不在，她说话也不用照顾长辈的颜面了。

兰源起身往厨房走去，不就接个水嘛，自己动手，丰衣足食。她使劲踩着他家的实木地板，心急火燎地向厨房走去。他家厨房干净整齐，各种炊具一应俱全，一个小吧台上摆满了琳琅满目的红酒和各号酒杯。小资范儿!

兰源打开橱柜找开水壶，没找到，听到身后有脚步声，是柳轩向她款款走来。他身材伟岸，帅气逼人，却一脸阴霾，他说：“你以为这是在宿舍里还用暖壶啊，是不是还要给你找一个热得快？！饮水机在那儿呢。”

“切！你迟早也得去大学用开水壶，买热得快，你最好先熟悉下使用说明书，别愣头愣脑地闯下大祸，我们宿舍去年可有一次因为热得快起大火，你赶紧看看，别给其他高校添乱了。”她蔑视地看了他一眼，去饮水机那儿接了杯满满的凉水，一饮而尽，心想今天伺候完他，我就不来了。

兰源压着肚子里的火，回到座位，凉水喝多了，她还不时打嗝。她左手撑着额头，右手开始翻阅他的几套英语试卷，越看越糟心。于是，她又打开他的英语教材，一本本整洁如新，可见他没下太多功夫在上面。她蹙眉而思，离高考就剩下两个月了，再不喜欢学也要咬牙坚持。可怜柳叔叔用心良苦，一厢情愿请家教。强扭的瓜不甜，她得跟他谈谈。

“柳轩，你过来，坐下来。”

“又干什么？”

“给我过来！”

他很反感地走了过来，抱怨着：“不是说休息一会儿吗？”

“我问你，你是不喜欢学英语，还是不喜欢我这个家教？”她盯着他的眼睛说。都说眼睛是心灵的窗户，柳轩要撒谎，是骗不了兰源那双眼睛的。

他瞥一眼她，眼睛盯着桌面上她的茶杯，杯里静静地漂着一小团茶叶，绿绿的，他沉默不语。

“如果你不喜欢我，我现在就走，几个钱不要了。如果你不喜欢英语，我有办法让你喜欢。”

他摆弄着漂亮的手指，还是不语。

“道不同，不相为谋！事已至此，太伤自尊了。”兰源开始收拾东西准备走人。

“别走，我爸爸会责怪我的，我已经换过两位家教了。”

“你爸爸责不责怪你，关我屁事。你让我不高兴，我就可以走人。”她继续收拾，为了给他授课，她居然带足了课件和讲义。

“别生气了，我没那么不喜欢你，只要你教好就可以了。其实，你的讲义做得很认真。”这句话从他牙缝中艰难地蹦出来，语气也没有之前那么盛气凌人了。

兰源不是个做起事来半途而废的人，或许是因为听到了些许认可，感觉孺子尚可教也，她回头看着他，他眉心稍微舒展，嘴角留着一丝浅浅的微笑，很绅士，也很腼腆，说出这样的话，对他来说实属不易。

于是，她双手合十，抵住下巴，冲他那张青春飞扬的脸蛋笑着说：“哎哟，柳大少爷，还休息什么？开始吧，你爸不在，我就不讲客套话了。你比我清楚自己的底子，看到你试卷上的红叉叉，我这脑袋上直冒汗，真是玉不琢不成器。你还那么孤傲，让我更加感觉头晕目眩，头昏脑涨，体力不支。我要是你爸，早就把你掐死了。马不打不奔，人不激不发！我甚至都不想接你这单了，但我们还算是有缘分的，既然接了，我就会帮助你进步的。”

“嗯。”柳轩第一次很认真地看了她一眼，大大的眼睛顾盼生辉，长长的睫毛像洋娃娃一样俏皮可爱，秀气挺拔的鼻子上有颗青春痘，白皙透亮的脸庞端庄秀气，就是稍微圆了点，减减肥应该更耐看。

柳轩是学美术的，趁她视线转向书本时，他本能地往她上半身扫了一眼，很快就收回了游弋的视线，兰源身上散发出的青春逼人的气息让他有点不好意思地抿了抿嘴巴。他抬起好奇的眼睛看着她严肃的脸庞，弱弱地问："至于掐死吗？"

"当然！"兰源抓耳挠腮，凶狠地瞪了他一眼，浓浓的眉毛露出"不成功便成仁"的杀气，双手做出要掐他脖子的样子，"柳轩，你就是太矫情，身在福中不知福，掐几次就好了。"

柳轩扑哧一声笑了，抬头凝视着她，她眼眸子里的那股泼辣劲儿虽然让她看起来有些嚣张跋扈，却像一缕久违的清风，吹走了他内心久积的阴霾。那一瞬间，他是发自内心的快乐。

原来道高一尺魔高一丈，柳轩对她不可等闲视之。

兰源懒得抬头，多看他一眼都会脑袋疼，抓紧时间看接下来的授课内容。下半节课，他们并肩而坐，顺着大纲往下讲。对于柳轩不熟悉的复杂的时态问题，兰源点到为止，先帮助他弄清楚一些简单的问题，将来再查漏补缺。

一晃三个小时过去了，兰源第一次授课结束了，她给他做了今天辅导的总结，还布置了非常可观的复习内容。兰源使劲按了按眉心，打了个大大的哈欠，开始收拾自己的书包，嘀咕了一句，"靠，出来混，容易吗？"

柳轩看着她急匆匆地收拾东西，说："至于这么使劲地按眉心吗？看你刚才喝水呛着的时候，用拳头拍打自己的胸口，你当是击鼓鸣冤啊？"

兰源面无表情地抬起疲倦的头，她真的困了，不使劲揉眼睛，眼皮就要合上了。她直视他那双忧郁孤傲的双眼，觉得眼前的这个男孩儿其实也不是那么难相处，他其实也蛮青春热心的。没办法，谁让他长得如此英俊呢，而她又是姐妹们认定的"京西大学外院首席花痴"。

瞬间，兰源想起了宿舍里授予她"京西大学外院首席花痴"称号的三个亲爱的女人，这会儿估计梦子还在蒙头大睡，阿宋姐还在用心做美容，马大姐还在篮球场上叱咤风云。

兰源红润的双唇微闭，嘴角流露出无比眷恋。那是对校园夕阳红的迷恋，对洋洋洒洒地挥霍青春的义无反顾。兰源想着这些笑逐颜开，扬头甩了甩头发，慢慢地将视线转向了窗外，孩子般噘了一下嘴巴，“我跟你说，我N年没这么伤过脑筋了。你好样的！早知道，我还不如陪梦子在宿舍里睡觉呢。真困。”

兰源没说谎话，也没有说好话讨好柳轩。在认识他之前，她可是院里名声大噪的“三公主”，爽朗、大方、无忧无虑的“京西第一活宝”。她是如此开心快乐，以至于她们都感染了她激情洋溢的青春气息，陪她驰骋在那浩荡的岁月长河里。她真的N年没这么伤过脑筋了，他确实是好样的，让她以后N年都如此伤脑筋。或许从接了这一单起，她的命运就开始改变了。但她很多年后并不后悔，这样的丸子是独一无二的，得之是幸，失之是命。

柳轩在她扬头甩头发的一瞬间注意到了“三公主”的柔情，他看过很多女孩子，认定她不是矫揉造作，更不是在哗众取宠，原来这个“女土匪”也有莞尔一笑的瞬间温柔。就是她骨子里这种独特的魅力，让他内心泛起了一丝涟漪，他卸下武装，放弃“剿匪”了。

那年，她21岁，他才18岁，未来对于他们来说还漫长得很。只不过，他们没有想到，青春，有时往往就是个遗憾。不管多少年过去了，他们都只能在彼此的岁月静好中重拾那份遗憾，当然也有蚀心的那份眷恋。

柳轩似笑非笑地起身，伸展了一下矫健的身体，走进里屋跟他爸爸商议着什么。兰源头也没抬，继续收拾书包，寻思着晚上吃点什么。这个学生打心眼里不怎么喜欢她，或许她一开始嗓门太大了，不是那种文质彬彬的书生样，她觉得自己还是另谋高就吧，萝卜白菜各有所爱。

就在兰源打退堂鼓的时候，柳轩轻轻地向她走了过来，站在她身旁。他走得那么轻，她着实吓了一跳，抬头瞪他一眼，“妈呀，你干吗走路那么轻？你刚才走路多拉风啊。”

“谁是你妈？你是脑筋伤过头，开始语无伦次了吧。拿着，这是你今天的酬劳，谢谢你。我和我爸爸说了，你讲得挺好，希望你还能继续辅导我，每周三次。我这周学校事儿多，下周日开始，你方便吗？我会给你去电话的。”他貌似放下了架子，笑了一下，嘴部的肌肉不再那么紧绷，一直瞅着在眼前晃动的那双漂亮的不知所措的眼睛。

兰源笑得很不自然，感觉像咸鱼翻了身，终于扬眉吐气，同时又很惊讶。

柳轩又紧闭了嘴唇，凝视她几秒，低头一笑，煞有介事地说：“受宠若惊了吧？”

“啊，呸！”兰源很不屑却很得意地告诉他，“我纯是校外打工，教谁都一样。柳叔叔待我好，不像你那么刻薄。我先答应了，下次再见。”

兰源把酬劳小心翼翼地放进书包最里层，响亮地拉上拉链，把书包背在身后，拎着水壶起身走到大门口。柳叔叔说天色不早了，要她路上注意安全，还要柳轩送她去车站。兰源趁他还来不及皱眉头放狠话，立马答道：“柳叔叔，不劳驾他了，我受不起，他尽说话顶我。再见，谢谢柳叔叔。”

柳轩的表情她没有留意，说实话，这种清高冷酷、自命不凡的帅气男孩，就像杂志上的人物一样，只可远观，不可近窥，她没特别往心里去。

五点，兰源快步下楼，她走路动静很大，想必那个男孩又在家里向他爸爸抱怨她太粗鲁了，反正她都出门了，钱也拿到手了，谁在乎他？

出了他家楼门，兰源瞅着蓝天白云，再看着夕阳下花坛里盛开的娇艳的桃花，朴实的二月兰，那么美，那么香，那么自由，她总算重新找回了人生的美好感觉，她不禁仰面而笑。

此刻，柳轩推开了阳台的窗户，一缕淡淡的花香迎面扑来。他优雅地点了根烟，仰头吞云吐雾，不经意间看见“女土匪”并不轻盈但动如矫兔的背影消失在百米远的拐角处，他暗自笑了：“真逗。”

从柳轩家回到宿舍已是晚上七点了，可惜食堂只剩下残羹冷炙，还好兰源刚才路过“小农村”买了个硕大的西瓜，犒劳自己和宿舍的姐妹们，她三步并作两步往宿舍狂奔。她们宿舍在三楼，她在走到二楼拐角的地方仰头一声吼：“姐妹们，我回来啦，备刀子吃西瓜啦！”

兰源后脚还没踏进宿舍，里面三个姐们儿就开始准备了。于是，洗西瓜，搬凳子，你一句，我一句，好不欢喜。

“哎哟，我们的‘三公主’啊，你走了一天，我们好想你啊，宿舍没有你的大嗓门，一点都不热闹了，整个楼层都知道你外出祸害学生去了，冷清得我都去教室学习了。”马大姐在一旁笑嘻嘻地盯着圆滚滚的西瓜，“哇，你还去买西瓜啦？”

“滚！能不用‘祸害’这词吗？干脆下次我外出做家教都带着你，我在路上给你讲笑话。”兰源边说边用手固定好西瓜，准备切开，她已经饿得好像一口就能吞下整个西瓜似的。

兰源猛地抬起头，对她们说：“我被气死了，刚进学校路过篮球场，遇到陶思琪在那儿玩，那个死男人居然用日语跟我大声打招呼，结果被我骂得狗血淋头。”

“小兰，先别切西瓜，快说说，什么情况？”梦子迫不及待地站了起来，一脸春光灿烂。

“他用日语喊我‘LAN SAMA’，我稀里糊涂地听成了‘兰三八’。我也不知道怎么回事，可能是灵魂出窍了，以为他骂我呢，直接冲着操场上的他嚷嚷了一句‘你才是“三八”生的，不想看到明天的太阳了吗？去死！’他很生气，球场很多人，他可能觉得太没面子了吧，不一会儿他貌似看出我的无知了，追到我身后讽刺我，‘我的日语课代表啊，我是用日语喊你“兰小姐”呢，你听错啦，我没骂你“三八”，不要这么无知好不好？’顷刻间，我觉得自己太丢人，又怕饿着肚子吵不赢，就懒得跟他吵架，抱紧西瓜赶紧跑回宿舍了。”

兰源声情并茂地模仿陶思琪，她特别喜欢模仿别人说话，要么特别像，要么就特别夸张。

有一次，她惊喜地发现那个胖胖的贾主任走路像只公鸡，说话还“咯噔咯噔咯噔”地像只母鸡，于是回来模仿给她们看。她们最后笑得捂着肚子去别的宿舍避难了，说再多看她一眼就会笑断气。所以呢，她是宿舍姐们儿的也是系里的“第一开心果”，说不好听点，就是“第一活宝”。

随着一阵狂笑，整个宿舍感觉都像充满气的气球似的，再来点气就真的要爆炸了。

“是他日语发音不准。”兰源用手挠挠脑袋，取下紧箍了一天的厚皮筋，放下齐腰长的一头黑发，捋到左侧前胸，嘴上还不忘记替自己的无知辩解。

“哎哟，我的‘三公主’，你怎么不在楼下跟他多吵会儿呢？就没下文啦？太扫兴了。”梦子噘起她粉嘟嘟的小嘴巴，慢慢地坐下来，用右手支着她小巧漂亮的下巴，一脸失望，她看着桌面上那个翠绿翠绿的大西瓜，轻声说着，“我要是陶思琪，我就抢了你的西瓜，让你满校园追着我玩，这该多有意思啊。对不，小兰？”

“他不敢。”兰源也坐了下来。

“陶思琪可是我们班日语听说读写最好的同学。没想到你日语写作烂，听力更烂啊。”阿宋姐捂着嘴巴大笑，“这下好了，明天全班同学都得知道了，你这日语课代表拿什么脸面去见李老师？”

“‘兰三八’，你赶紧下岗吧，瞧你当初给我们取的乱七八糟的日语名字，给宋祯取名‘贞子’，吓得别的宿舍的人晚上都不敢来串门，隔壁宿舍都开始烧高香辟邪了；给我取名‘马子’，把我男朋友气得半死；给自己取名‘篮子’，又觉得竹篮打水一场空不吉利，就改成‘拉丝美带子’，简称‘美带子’。什么狗屁‘美带子’，不就是你有一次‘拉屎没带纸’大喊我去救急产生灵感了吗？同学背后肚子都笑痛了，瞧你取的，没一个像样的，鄙视你！”马大姐笑得前仰后合。

“滚！梦子不就很好听吗？她也很喜欢啊。”兰源真的快要无地自容了。她咧嘴大笑，把头发捋到后面，她没事就喜欢倒腾头发，她的齐腰秀发，如瀑布般亮泽动人，她最爱的就是她的一头秀发。

“我的‘三公主’，搞没搞错，你当初可是要给‘梦瑶’这么美丽温柔的女人取名‘瑶子’的，拜托你，你懂不懂什么叫‘窑子’？你想气死人家父母啊，哈哈哈哈！”马大姐如数家珍般说着，仿佛一整天没看见兰源，生怕说不过瘾似的。

“没有，我最开始想叫她‘腰子’的，因为我是‘带子’嘛。你们不喜欢啊！”兰源站起来伸了伸胳膊，得意地抬起了下巴。

“‘三公主’，你要是敢喊我‘腰子’，我就捏死你。”梦子使出她的温柔剑，有点小厉害地说。

“‘兰三八’，快，给阿宋姐切西瓜！”阿宋姐也加入了“讨伐”的队伍。

“你们这群坏人，我恨你们！我只是日语差一点而已，不至于这么无知。”兰源一边忍不住哈哈大笑，一边反攻。

“这还不算无知啊？我的‘兰三八’。”马大姐抽了风似地狂笑，好像孙悟空马上就要踩着七彩云霞来京西大学降妖了，“猴哥啊，赶紧把她抓走吧。”

“滚！你们谁再说我日语差，谁就甭想吃西瓜了，这可是用我今天做家教的血汗钱买的。”兰源特别嚣张地嚷嚷着。

现在，整个楼层都知道“三公主”回来了，而且在骂着一个男人的同时，马上就要准备吃西瓜了。

梦子有几天没吃西瓜了，她赶紧话锋一转，低声问兰源：“好了，不笑你了，小兰，今天这高三的孩子好带吗？”

“孩子？”兰源拿着一把锋利的刀子，举在半空中，刀锋锋利，日光灯直直地照着，分外晃眼，“一个乳臭未干的小子，拽不拉几的，横竖看我都不顺眼，说我嗓门太大，走路太响，一副欠扁的样子。”说罢，她用尖刀麻利地切掉了西瓜屁股，随手就扔到身旁的垃圾桶里。

“人家说的是实话，”娴雅的阿宋姐柔声告诉兰源，“你刚才一吼是在二层吧，我们都听到了，你看桌椅不都弄整齐了吗？还有就你这脚步声，把我们都练成了狗耳朵，老远就知道大妹回来了！”

“帅吗？帅吗？”马大姐好奇地问。据说，马大姐初中听了刘德华的《来生缘》，便对他爱得不可自拔，甚至非他不嫁，兰源当时觉得她傻不拉几的，一定会孤独到老。

“你不喊我‘兰三八’了？”兰源斜眼看着她，用皮筋随手扎了个小马尾，以免妨碍她吃西瓜。

“不喊了，‘三公主’，快说，帅吗？”马大姐花痴的样子一览无余，像朵向日葵。

“他叫柳轩，挺帅的，一米八几的个头，我一米六，就比他肩膀高一点。身材结实，棱角分明，可惜就是单眼皮，还装深沉，哈韩的妹子喜欢，但非常冷酷，不近人情。我很讨厌这种自命不凡的类型，拽什么拽！”说完，兰源扬起刀子从正中切断了西瓜，露出了红彤彤的瓜囊，乌黑的西瓜子依稀嵌在里面，像红枣糕上的黑芝麻，“哇，这个瓜好啊。我跟那个瓜农说了，再给我挑生瓜，我就到处说他坏话让他做不成生意，这次他害怕了吧，哈哈!”

“甭提那个瓜农了，上次我不买他切开的瓜，他拿着刀骂我，你瞬间就冲上去挡在我前面，镇住了他，我都吓出了一身汗，你们不会打起来吧？那我可怎么办啊？你呀，不要冲动。赶紧，继续切瓜。”马大姐催着。

“就你，长一米七的个子，都白搭了，什么事都害怕，那么老实是要被人欺负的，马大姐。”她像个大姐姐一样训斥她，切好了一块，她主动就拿走，吭哧吭哧地吃了起来。

“哈哈，这下热闹了，柳轩得罪了我们‘三公主’，那你下次还去吗？”梦子坐在兰源对面，掩面而笑，那黑眼珠子美得像天上的星星。

兰源放下刀，故意挺直腰板，一本正经学起了柳轩古里古怪故装老成的声音：“这是你今天的酬劳，谢谢你。我和我爸爸说了，你讲得挺好，希望你还能继续辅导我，每周三天，方便吗？”接着，柳轩那奸诈的声音再次从她嘴中喷出，“受宠若惊吧？”最后是兰源那特别解恨的一声“啊，呸”。

“哈哈，‘三公主’，你就该去当喜剧演员。太好玩了，有人跟你天天打架了，你可不要欺负人家年少无知，青春懵懂哦。”她们乐翻了天，笑得合不拢嘴。尤其是马大姐，嘴角还挂着西瓜子，像颗痣。

“我欺负他？他今天就把我气得想拍桌子走人，我从海淀跑一趟崇文门容易吗？为了今天大家这口瓜，我忍辱负重，多不容易啊！”兰源为自己辩解。

“那小兰你还去吗？对了，帅哥是什么星座？”马大姐追着问。

“没交流。看心情吧，柳轩他爸爸挺好的，给钱也痛快，不拖泥带水，上次那个学生家长还拖欠我一次费用呢。不过，估计柳轩也是应付他爸爸，没准一周后我们谁都不记得谁了！我才不管他是什么星座的呢，没兴趣。”兰源边埋头啃瓜边追问梦子，“梦子，你怎么样，今天上午家教顺利吗？”

梦子把手中的那片西瓜轻轻地放在桌上，后背靠着上下床的梯子，再次噘着她粉嘟嘟的小嘴扮撒娇状，柔声柔气地说，“我——也——想——教——帅——哥——哦！”声音拉得长长的。

“哈哈！”

“你最好明天买瓶老干妈贿赂我，否则高鹏打来电话我就去告状。”兰源边吃边笑，一点都不受影响。

“我才不怕呢。老高今年暑假留上海，不回台州了，我还得去上海看他。夏天的上海酷暑难耐啊。”梦子像公主一般地回应着。

“你们这异地恋谈得好辛苦。北京与上海隔着千山万水。”兰源抬起头，看着梦子那张无比精致的脸。

“是啊，好寂寞啊，想撒娇时没有他宽大的肩膀可以靠，想牵手时也只能自己比画着左手牵着右手，多傻啊。”梦子继续噘着嘴巴嘀咕着，眼神有点迷茫，微微低下了头，“他当初高考填志愿就不肯选北京的高校，他不喜欢北方，而我是那么喜欢北京，毫不犹豫就报考了这里。唉，明年就大四了，毕业后要还是异地恋，我就不奉陪了。”

“那他毕业后会来北京吗？”马大姐好奇地问。

“他从没肯定地回答过我，总是说到时候再说吧。”梦子有点绝望地看着兰源，“我有种预感，我们彼此以后会在悔恨中度过各自的人生，形同陌路。”

“那不如趁早快刀斩乱麻。剪不断，理还乱，是离愁。既然早晚要分手，不如干脆眼下在京城找个更好的，每天牵着你的手，看你撒娇，身边那么多男孩喜欢你。”兰源煞有介事地说着，并不觉得没道理。

“放不下，我太爱他了。”梦子轻轻地说着，眼睛却瞪着兰源，

“‘三公主’，你没爱过，你不懂。你以为很多感情像刚才切西瓜那样，想切就能切得断啊？”

“如果我是你，就趁早勇敢地切掉，当烈女也好过当痴女。还是我好，没感情牵绊，没烦恼，哈哈。”兰源将刘海捋到脑后，龇着牙笑着，“别想那么多，梦子，咱吃西瓜，今朝有瓜今朝啃，明日愁来明日忧。”

“就你最乐观了。”梦子也天真地笑了。

“对了，我刚才在楼下看到隔壁宿舍的刘慧娟了，怎么脸都用白布包起来了？过道黑，吓了我一跳，我以为自己见到木乃伊了。”兰源很八卦，着急地问马大姐，宿舍楼里那些事没有她不知道的，她简直就是“京西首席八卦王”。

“你说她啊，有人说她被男朋友甩了，想挽留，就削骨磨皮，据说她男朋友喜欢锥子脸，想想都觉得好可怕。”马大姐边吃边说。

“什么叫削骨磨皮？”兰源一惊，眼睛睁得大大的。

“笨！脑子都干吗使了？就是脸颊这儿，咔嚓咔嚓，磨皮，咯吱咯吱，削骨，‘三公主’你可真笨！”马大姐解释着，除了用了几个象声词，还做着残忍的切割的姿势，她觉得她非常明晰地向兰源这个笨蛋诠释清楚了。

“哎哟，马大姐你这般聪明绝顶，我真是佩服得五体投地，听你这般高深的解释，我真是受益终身啊！不过，她这么做，至于吗？对自己可真够狠心的。”兰源停止吃西瓜，看着桌上一摊红色的西瓜汁，顿时觉得有点恶心，她特别害怕血腥。

“为了男人，愚蠢的女人什么都干得出来，要不然那么多美容机构，又丰胸，又抽脂的，生意还那么火。她还好，只是为了男友才这么做，像情痴一样。我听说好几个师姐为了毕业找到好工作，也去整容了，她们都觉得漂亮女生找到好工作的胜算更大点儿，于是，心一横就去挨刀子了。”阿宋姐轻轻地说着，频频地摇头，她本就是个漂亮的江南女孩，还特别爱美，烦琐的护肤程序让兰源等瞠目结舌，她能不美丽吗？

或许阿宋姐不能理解那些为了漂亮而整容的女生，或许是因为她们还没到大四，还没领教过在人潮汹涌的招聘会削尖脑袋往里钻的痛苦。是的，削骨磨皮算什么，脑袋都削尖了才叫狠呢，谁让大学都扩招了呢。

“我啊，有个梦想，睡醒了，一睁眼，身边就有个帅哥看着我，多幸福啊，如果实现了，我也狠心去割个双眼皮。”马大姐做起了花痴梦，她脸庞瘦长，无须人工切割，说话的时候一侧酒窝深深的，加上那可爱的单眼皮，一脸的天真浪漫。

“不至于吧，马大姐。”阿宋姐笑着补充了一句。

“马大姐干得出来，她是我们京西大学的二号花痴。”兰源仰天大笑，“还好刘德华没公开对外说他不喜欢单眼皮女生，否则你让我们日后如何面对你的人造双眼皮。不过，你单眼皮挺好看的，你真要整，就去隆胸吧，我们的‘太平公主’啊！你家阿林一点儿意见都没有吗？哈哈！”

“滚！哈哈哈哈，还是‘三公主’你懂我。你也好不到哪儿去！看你当初迷恋那个明星曹依哥哥，人家女朋友的五官虽比不上你大气，却婀娜多姿得很，螳螂屁股，水蛇腰！你赶紧去韩国抽脂吧，否则一点儿美女的曲线都没有，活该他不爱你！”马大姐爆笑，露出洁白整齐的牙齿，宿舍里就属她长的牙齿最漂亮了，身材也最高挑。

“抽脂？多疼啊，你直接杀了我吧，我才不干那种蠢事。”兰源使劲掐了一下马大姐，她叫了一声，“阿宋姐胸小了点儿，可以跟马大姐一起去隆一隆，这样还可以打折吧，没准也能跟超市饼干促销似的买一赠一呢。我们梦子就不需要去整容医院了，你怎么这么妖娆呢，我的梦子。”

“我也想罩杯能大一号。”梦子特别娇嗔地说着，非常娴熟地把乌黑的头发捋到耳朵后面，脸上泛出一丝红晕，既有懵懂少女的害羞，又有成熟女人的放肆。

“不许你得寸进尺！”兰源率先抗议，笑得嘴巴都歪了，她拍着自己的胸口嚷嚷着，“你让我在你面前有点儿成就感好不好！”

“哈哈！”

“对了，大妹你吃饭了吗？这么晚才回来。”阿宋姐等她们结束了猖狂的大笑后，关心地问兰源。

“没有，阿宋姐，坐车太久我又晕车，下车就吐了，下次我真不想去了，太远了，在海淀找个学生教教就得了。而且食堂都没什么吃的了，我就没打饭了。”兰源摸着自己的肚子说着。

“我这儿有泡面，你赶紧吃吧，跑了一天，挺累的，不能只吃西瓜，半夜你饿了，嗷嗷叫，我们肯定也睡不好。”阿宋姐起身去柜子上拿出一个城乡仓储大超市的袋子，从里面找出泡面。她还是那么关心大妹。

“Yeah，我爱你，阿宋姐，吃完西瓜我就去泡面，我快饿死了。”兰源抓紧吃着手头的西瓜，直到啃出绿色的瓜皮。

阿宋姐接着说：“你慢点儿吃，今天的水不太热，你点上酒精炉。这几天宿舍那个胖阿姨管得紧，别用热得快了。她刚还在查房呢，可讨厌了。不过查查也好，去年女生宿舍二楼不就起火了吗？烧光了一间屋子，隔壁屋子也没幸免，还熏黑了一整层，那女孩都被开除学籍了，还好没出人命。据说，她们当时在楼下看《午夜凶铃》，看着看着，二楼的热得快忘记拔了，于是屋里就起火了，还好及时扑救，没有蔓延到三楼。”

马大姐赶紧补充：“是啊，我也记得，那天是周六，我和小兰出去做兼职推销，去宣武区牛街那儿卖什么化妆品，我们俩像白痴一样，一开口说话就笑得不行，人家没准还以为我们俩有病。推销了一天，一样都没卖出去！我们俩一路讲笑话，小兰老去模仿拒绝我们的那些人的尿样！后来，我俩吃了两个煎饼果子就回来了。一回来，宿舍外面就烧黑了，好恐怖，我还以为在做梦呢。小兰真是我的幸运星，我们当时的宿舍就在被烧的那间屋子正对面，而且那天我特别困，一直睡觉懒得动。阿宋你和梦子都出去见男朋友了，就小兰那天早上硬是掀开我被子，非常粗暴地把我拽起来，逼我出去体验生活。”

“那你很幸运啊，很多在场的女孩子都吓得哭得不行，以为要被烧死呢，还有被熏得够呛的。现在还有几个有心理阴影，见火就害怕。”梦子细声说着，“还好，当时我去上海看高鹏了，否则我也好害怕。”

“宿舍那个胖子阿姨，隔壁宿舍经常偷偷贿赂她，每次对她们屋就是睁一只眼闭一只眼，居然傍晚还让她们屋一女孩的男朋友进来女生宿舍，你们知道干什么吗？居然是来帮忙擦地的，据说用了小半袋洗衣粉才擦干净。做女人做到这个份儿上，她们也都懒成精了，这都什么世道。”兰源气愤地说，“我真是羡慕嫉妒恨啊！”

“有人的地方就有社会，正常。”梦子细嚼慢咽，“我们屋就没这个命，去哪儿找勤劳的男人来擦地啊？我和阿宋、马大姐的男朋友都在外地，‘三公主’，你要加油，快毕业了，赶快谈恋爱，找个人来宿舍擦地，我去负责贿赂那个胖阿姨。”

“不找了，就我们外语系这几个歪瓜裂枣，算了吧，还是我心目中的曹依哥哥最好，身边没有哪个男生像他那样让我记挂，哈哈。缘分可遇而不可求。”兰源疲惫不堪地收拾着桌子上凌乱的西瓜皮，“马上要毕业了，也没心思期盼爱情降临，明年还要准备论文，考雅思，申请不到好高校，还得脚踏实地准备北漂呢。现在出去打工赚点钱真不容易，老受气，这以后毕业了可怎么办呢，北漂的日子会很难受的。”

兰源弯腰用根小小的火柴点燃了那个小小的酒精炉，看着微弱的火苗腾起，心里有些恐慌和彷徨，同时，也有些许温暖。

“大四再说吧，想这么多，累不累啊。”马大姐说，“‘三公主’，谈恋爱要脚踏实地，不要好高骛远，曹依哥哥对你来说不现实，人家有个漂亮精致的韩国女朋友，没你份儿了，你别这么花痴了好不好？话说回来，你一定要去那个帅哥家继续做家教，我们喜欢听八卦，尤其是小兰跟帅哥的八卦，肯定会有很多美好的故事。”

“我怕我镇不住那‘巨大儿’！”兰源搪塞一句，麻利地打开了方便面袋子，胡乱啃了几口，“他有《傲慢与偏见》里达西的冷酷和骄傲，不好接触，但他也有着达西的帅气和气质，让人不忍拒绝！”

“哎哟，我们彪悍的日语课代表，不要谦虚。好歹帅哥也根红苗正，你可不能让我们失望哦。”大家众口一词。

“妈呀，我还没写日语作业呢，下周就要考试了，你们怎么总是哪壶不开提哪壶啊！快，借我抄一下，我这日语课代表总有一天要把李老师气得把我休了。”兰源诚惶诚恐。

“是‘chao’不是‘cao’，我说‘三公主’，你下次去帅哥家做家教，可别露出你蹩脚的中文！可别毁人不倦，丢死人！”马大姐眼一瞪，一拍大腿，冲着兰源鄙视地哈哈大笑。

“我是去教他‘拎个耳屎’的，又不教他‘踹粒子’和‘假喷逆子’。”兰源肆无忌惮地讲着一口湘式英语。

“哈哈！”

宿舍疯了。

第二章
快乐的大学时光

"'三公主'，今天是周六，晚上八点学校有个舞会，你去不去？没准你还能遇见陶思琪，再继续骂会儿，一个是'三八'，一个是'三八'生的，太有意思了。"马大姐哈哈大笑，在旁边啃起了咖啡色的曲奇饼干，也不怕噎着。她是个非常爱吃的女孩，跟兰源有一拼，兰源有时候感觉她们是一个妈生的。

"不去，外院舞会上，放眼望去，全是惊艳漂亮的女生和那么几个其貌不扬的男生。真是京西的悲哀，怎么这么倒霉就到这里来读书了？弄得自己像孤家寡人似的。早知道这样，当初就应该考个理工科大学。放眼望去，绿意盎然！"兰源叹息着，"我也累了，你们别指望毕业前我能拽一个男朋友来给你们擦地了。现实点，还是按排期吧。"

"陶思琪长得还挺帅的，还是学校的篮球健将。不过，他老家有女朋友了，否则我觉得'三公主'跟他有点意思哦。"梦子捂着嘴巴笑。京西大学的生活如此沉闷，她们男朋友都在外地，就兰源一个人单身，不取笑她，取笑谁呢。

兰源突然哈哈大笑，对她们说："我忘记跟你们八卦一件事了。头几天，一个叫李跃的小师妹特别叛逆，她很喜欢捉弄陶思琪。有一次在食堂，她走到思琪面前，特别镇静地低声说了一句：'陶思琪，你裤子没拉拉链。'哈哈哈哈，思琪当时羞死了，脸红得像猴屁股，饭盒上面的馒头都掉到地上了。他赶紧低头一看，发现被调戏了，气得脸都肿成包子，掉头就跑，狼狈极了。"

"这个玩笑有点过分啊。"阿宋姐在床边整理衣服，抬头看着兰源，"大妹，你怎么知道的啊？难不成陶思琪私下跟你说的？你们在篮球场上追逐嬉笑起来，可是像神仙眷侣一样。"

"这么丢人的事他哪儿会跟我说啊，我虽说是他哥们儿，他也不好意思开口啊。我是在澡堂里听的。哈哈，澡堂里的姑娘们太八卦了，如果你不高兴，去趟澡堂，回来都跟打了鸡血似的。"兰源天真烂漫地笑着。

"哈哈，快点煮面吃吧，大妹，今天去澡堂洗澡吗？我们一会儿去。"阿宋姐在门口整理洗漱用品。

"肯定去，一身臭汗。北京太大了，从京西去趟崇文区不容易，往返得三个多小时，还是在学校好啊，宿舍——教室——食堂。"水开了，兰源驾轻就熟地往锅里放入方便面和两根火腿肠。

"那我和马大姐先去洗，澡堂人多，我们先去占位置，你吃完了再来。"

"阿宋，我一会儿再去，'三公主'你多泡半袋，我跟你一起吃，吃饱了再去洗澡，别待会儿饿得体力不支，出不了澡堂。"马大姐摸着肚子，宿舍里就她们俩最能吃了。

"哈哈！去吧，阿宋姐。"兰源向她挥手，回头转向马大姐，"没有问题，哈哈。一人吃太无聊，我就喜欢你经常陪我吃东西，看着你牙好，胃口好，吃嘛嘛香。"

"我刚才看见李阳天和他的女朋友了，在楼下拥抱。我心里非常不爽，一不爽我就饿了，吃醋这股劲太耗费能量了。"马大姐噘着嘴，眉间全是嫉妒的怒火，"学校太小了，走哪儿都能遇见他。"

“那是因为你心里还有他。”兰源眨着大眼睛打趣她，“我还是多泡一包吧，我怕你醋吃太多了，跟我抢食泡面。”

“还是你懂我，泡！”马大姐说着，脸上的醋意一扫而光。

“小兰，跟你说个事，你可能就吃不下去了。”梦子把洗漱的脸盆放到地上，坐在兰源对面床铺上，“上一年度优秀学生榜单今天贴出来了，跟奖学金挂钩，每个班有三个名额，其他班都是按照成绩排名，你不是班里排名第二，我第三名吗？但榜单上没有我们俩，而是第四名和第五名。你今天没在学校，我看后问了下教务处，人家说是系主任史君决定的，说要我们明年再努力，两句话就把我打发走了，我也懒得计较，扭头就走了。那个老太太可真恶心。”

“史君很不喜欢我，因为去年抗议学校的一些课程被删除，我跟她据理力争，她被气得不行，当着我的面就吞吃镇静药。她觉得我不尊重权威，所以很多事老针对我。我前些天申请今年暑假外教助理的勤工俭学的好差事，就被她以冠冕堂皇的理由给拒绝了。其实，我知道她是想让我给她送礼并道歉的，我偏偏一粒芝麻都没给她送，因此跟我杠上了！”兰源猛地把筷子往桌子上一扔，抓起水杯咕咚咕咚喝了一大口水，来压压内心的无名火。

“你不要生气，算了，就是个名头而已，就那点奖学金，咱去外面赚回来，我也不想给她送礼。”梦子安抚兰源，“再说了，其实我们学校挺现实的，活生生一个小社会，也当给我们毕业走入社会提个醒。现在脏水见多了，将来淤泥和臭屎也就奈何不了我们了，小兰，咱不怕。”

“不行，梦子，是自己的一定要据理力争，咱没事不惹事，有事不怕事，否则进入社会，我们也永远只会被人欺负。我明天就去找史老太太，这次我还得往上面告，告到院长那儿去，我就不信没人能让她收敛一下，不再这么肆意妄为！”兰源重新拾起筷子，用纸巾擦了擦，“天子脚下，学府圣地，岂能容她如此嚣张？我来教训她！”

“别想那么多了，也不要起太大冲突，别影响我们毕业。”马大姐忍的功夫已经到了炉火纯青的地步，绝对是“京西第一忍者”。她是兰源见过的最善良最能忍的一个同学，纵然她有一米七的个子，每次在篮球场上别人很不礼貌地抢她手中的球时，她都乐呵呵的无所谓。兰源则性情泼辣，她会以暴制暴，谁怕谁？伟大的毛主席都说过：“人不犯我，我不犯人，人若犯我，我必犯人！”不管在哪儿，兰源都铭记于心。

周一上午下课后，兰源抓起书包去找史老太太。这是一场没有硝烟的战争，她今儿挑战的就是所谓的“权威”。从走进史老太太办公室的第一步，看到她抬头的一瞬间，就决定了兰源今天已经没有退路了。

“有事吗？”史老太太随意瞟了兰源一眼，视线迅速落回桌面，她貌似知道她的来意，故意打开桌前厚重的文件夹，装作在里面找东西，然后记录些什么。

“史老师，为什么年度优秀学生榜单上面没有我和梦瑶？”兰源单刀直入，一点都不含糊。

“这是系里面决定的，榜单周六早上就已经贴出来了。”她又抬头瞟了兰源一眼，很快就把视线收回到她的桌子上，假装继续忙碌，“你明年再努力吧，学校优秀的学生那么多，不是每个人能都选上的。”

兰源不依不饶地问她：“还请您指点迷津，我该怎么努力？我和梦子已经考到第二名和第三名了，在校期间也没有不良记录，我在班里还担任文体委员，配合班委开展了很多校园内的文娱活动。”

史老太太一下子哑口无言，站了起来，很权威地走向她：“怎么了，兰源，你是觉得学校对你不公平吗？”

“对，我就是这个意思！”兰源把头抬得高高的，不卑不亢，眼睛像火炬一样明亮。她一直觉得内心坦荡的人，眼珠子也应该是无比透亮的。

这个史老太太可能年轻时跟兰源差不多高，不过人老了有点缩，所以兰源明显比她高点。兰源抬高分贝，据理力争：“您要是能给我一个我不上榜的理由，让我心服口服，我立马就走。”

“你……”老太太开始急躁了，而兰源依旧不急不躁，气势上老太太就输了。因为兰源太了解这个“京西第一教务主任”了，外表像慈母，内心却无比势利。最重要的是，一旦史老太太做了亏心事，又没法打圆场的话，就会露出狐狸尾巴。

“史老师，我又怎么了，我在问您话呢！您觉得学校对我和梦子公平吗？”兰源蔑视地看着眼前的一切，虚伪的人、虚伪的文件、虚伪的办公桌，但她很镇定，对答自如，不想跟史老太太吵架，毕业还得她盖章写评语呢。

“这事不是我一人说了算，是系里的决定，各个老师都考评了，已经出榜了，就不会再改了。”她也撂下狠话，走回了自己的座位，“抱歉，请出去带好门，我还有事情要办。”

“史老师，您说得太对了，我今天来这儿见您，就没想着您会重新改榜单。我觉得这事，还真挺为难您，确实不是您一人说了算。这可是京西大学，堂堂的大学府，您毕竟只是外国语学院的教务主任而已。今天周院长过来了，上午给我们上“英语国家概况”。我也是尊重您，先过来问问您，既然您有难度，我就不为难您了，我去找周院长讨个说法，看我和梦子到底怎么让学校如此失望了？！”兰源不卑不亢地说着，进退有节，激情四射，正义凛然，她一直盯着史老太太那双心虚的晦暗的眼睛，等她妥协。

“哎哟，你这是威胁我了？”她拍了一下桌子，起身冲兰源气势汹汹地走了过来。

“把你的短处在领导那儿揭露出来，这才叫威胁，我并没有那么做。我只是去高层申诉，讨个公道。”兰源也盯着她那副厚重的眼镜，一点都不怕她。

这不是她们第一次交手，也不会是最后一次，要么遵循，要么反抗。要知道，道路是曲折的，前途是光明的。任何事物的发展都不可能是一帆风顺的。

“那你去吧，你看周院长听你的一面之词还是听我们系里的决定。”史老太太打心眼里觉得兰源不会去告御状。是啊，她仗着在京西大学有个很权威的教授老公，在学院后勤管理这块一手遮天，呼风唤雨，谁不尊重她的权威？谁不迷恋她的权威？

“那告辞，您先忙！”兰源依旧非常客气地说着，扭头就走。

兰源能感觉到史老太太焦灼的眼光聚集在她后背上，烧得她火热火热的。史老太太是忐忑的，跟兰源吵架交过手，知道她的能耐。但史老太太一直没喊住兰源，直到兰源打开了办公室那扇沉重的门。

也许是老天爷保佑，在兰源推开门的同时，周院长突然出现在她面前。他每次上课都西装革履，认真备课，一丝不苟地修改他们的试卷，加批注，他是个特别好的老师。

兰源最爱上他的课。她常常会笑嘻嘻地捧着下巴，专注地听他讲述着英国和澳大利亚、新西兰等国家的一些风土人情和他的一些亲身体验。所以，每次他的课兰源都坐第一排，课间她总会有一万个为什么去跟他探讨，向他请教，尤其是她最喜欢的大不列颠岛的那些历史典故和奇闻趣事，就跟儿时听妈妈讲的那些充满梦幻色彩的童话似的，让她憧憬不已。周院长可以说是她在京西大学最喜欢的老师。兰源相信他对她这个学生并不陌生，只是没想到今天这一见面，看到的是她一脸“横眉冷眼不怕鬼，心红胆壮看咱们谁怕谁”的愤怒和委屈。

“这是怎么了？”周院长笑着说话了，如此亲切，让兰源排山倒海般复杂的心情慢慢开始恢复平静。

兰源看着他那双炯炯有神的大眼睛，沉默了四五秒。

“周院长您来得正好，”兰源即刻把视线转向了身后不远处的史老太太，特别委屈地告诉他，“史主任有事做不了主，我想请周院长来帮帮她。我刚跟她聊得非常不好。我可能触犯了这里所谓的权威，导致我稀里糊涂就从年度优秀学生的榜单上被撤了下来。史老师说，这是系里的决定。这么不明不白的决定，我难以信服。还请周院长做主，我和梦瑶为什么会被撤榜？如果您也做不了主，那么我就去找校长。这个事我非得要个说法，否则我们就太窝囊了。”

“史主任，这是怎么回事？”他双手交叉放在后背，向史老太太走过去，还是很儒雅地问着，也给尽了她所谓的“尊重”。

史老太太叽里呱啦地给了很多冠冕堂皇的理由，大多是废话，像放鞭炮似的。她心虚时，讲不出几句正经话。兰源暗自窃喜，谁先急躁，谁就输了。

周院长心如明镜，他是老姜，他不傻。

他缓慢地走到兰源身边，像父亲一样，轻轻地拍了拍她的肩膀，语重心长地说："兰源，你先回去，我和史主任沟通一下，一定会就优秀学生的事给你满意的答复。"

"还有梦瑶的，按照学校公开的评选规定，她也应该上榜的。"兰源特别孩子气，很仗义地替梦子说话。

"呵呵，我知道了，你放心吧。"他继而拍得重了一点，兰源揉了揉肩膀。

"谢谢周院长，另外还有个事，我上个月跟史主任也沟通无果。学校今年暑假马上又有一批美国过来的老师交换讲学，学校要给安排一些外教助理，史主任给的名单里还是没有我。我听力口语挺好的，申请三年都无果，我也想知道为什么。隔壁班那个女孩BBC都听不明白，却被选中两次了，我特别无语。学校能公正地评选吗？周院长能帮我申请个名额吗？再不申请我就要毕业了。我想暑假能有这一次勤工俭学的机会，大夏天老跑出去做家教做促销很辛苦的，不累死也晒成挂面了。"兰源觉得自己有点得寸进尺，但这些都是她必须要争取的，豁出去就豁到底。

周院长若有所思地盯着兰源看了一会儿，眼神从没如此深沉过，他以前做过外交官，他知道她话里有话，也能理解她争取勤工俭学机会的良苦用心。他向前走了两步停下来，专注的眼神一直看着她说："我都会给你个说法的。"

兰源当时特别骄傲地瞥了一眼史老太太，见她脸上特别挂不住："嗯，您是好老师，我知道您一定会主持公道的。您要是不主持公道，我就去找校长了。一言既出，驷马难追。"

"呵呵，丫头，威胁我了？"他像父亲一样咧开嘴笑了，眼角的皱纹显得特别慈祥亲切。兰源忍不住多看了几眼，仿佛怎么看都看不厌似的。

"对，就是威胁！您是君子，威胁您我不怕您记恨我。小人我就不敢威胁，我怕小人无止境地报复我！其实这也不算威胁，我只是不想稀里糊涂地被坑了，我可不是软柿子。”兰源抬起下巴，字字铿锵有力，不依不饶，她知道挑战权威不一定能赢，但与其憋死自己，还不如气死对方。

“你先回吧，我和史老师现在就有话说。”他轻轻地推了一下兰源的肩膀，估计是怕她当面跟史老太太起争执，“等学校通知。”

兰源最后蔑视地扫了一眼史老太太：“那我先走了。再见。”

兰源走出办公室，轻轻地把门给关了，长出了一口气，勇敢地迈出了这一步，就不能后悔。她哼着小曲，蹦蹦跳跳回宿舍了。

第二天，也就是周二中午，马大姐心急火燎地冲到宿舍，当时兰源和梦子正睡得昏天暗地，她大喊大叫：“你们这两头猪，两个‘睡仙’，都三点多了还在睡，看你们这么白净，都是这么给养出来的吧！”

梦子在上铺微微抬起了头，睡眼惺忪地看了一眼马大姐，像梦游似的，很快又倒下继续睡了。

兰源睡在梦子对面的上铺，这几天晚上猛攻日语让她精疲力竭，她压根就没醒，脸冲着墙，继续埋头睡。马大姐爱瞎嚷嚷又不是一次两次了，多少次梦里都能与她的嚷嚷声依稀相逢却仍旧醒不了。

“快起来，出大事啦！你们两个，真服了你们，晚上做贼去了吗？还睡！”马大姐开始玩命地拽她们的被子。

“又起火了？”兰源小声地说着，头都没侧过来，“梦子，起火了，跑不跑？”

“去，乌鸦嘴！”马大姐边说边喝着酸奶压惊，宿舍里慢悠悠地传来了她五音不全的歌声。

歌都唱完了，她俩还是没有醒，马大姐的酸奶也喝完了，她重重地把瓶子扔到垃圾桶里，嚷嚷了起来：“给我起来，两头猪！”

兰源侧过身，趴在床上，一头齐腰的长发散落在胸前，显得圆脸更圆，她眯着眼睛循着马大姐的声音不耐烦地说：“死马大姐，唱这么忧伤的歌干吗？你家阿林甩了你了？失恋了出去哭去，喊我和梦子干吗？”

梦子也轻轻地坐了起来，这是她特别喜欢的一首歌。她的长发也胡乱地散着，更加显得她粉红色的嘴唇性感丰满。不过，这时候是美女最没形象的时候。她恣意地伸着懒腰，打着喷嚏，懒懒地说：“哎哟，我头几天睡觉蹬被子感冒了，我爸爸说我读书不用功，不然哪儿有力气蹬被子。看来我是该用心读书了。”

她们屋四人穿的都是动物园家乐福买的特价睡衣，淡蓝色的底儿，上面有些白色纹路。当时搞特价，不买会心疼，但当她们拿到手，瞬间就泪崩了，像精神病医院的病服一样。只可惜兰源银子都花了，所以她们从来不穿着睡衣去别的屋串门，怕被笑一屋的神经病。她们四个，像亲姐妹一样亲，看谁不顺眼，就骂对方“神经病”，时常为了点鸡毛蒜皮的事闹成一片，时而又相拥而笑。

梦子轻声说着：“小兰，你别吵了，我们该起床了。这大学时光多美好，不能总这么浑浑噩噩地睡过去吧。”

梦子边说边掀开被子，准备下床，对马大姐说：“怎么了，马大姐，你真的被甩了？一脸沉重的样子。”

马大姐估计还在生兰源的气，继续嚷嚷：“兰源，你快给我起来，我有话跟你说。”

兰源猛地直起了身子，自己的美梦被人猛地抽了一鞭子，砰的一声破灭了。她不耐烦地说：“怎么了，马大姐？别生气了。”

马大姐哈哈大笑，非常不正常。

兰源使劲地揉了揉眼睛，对梦子说：“完蛋了，失恋了还那么高兴，马大姐中邪了？”

“是史君老太太中邪了！”马大姐“嗖”的站起来，走到兰源和梦子中间，“学校今天居然重新贴榜单了，排名靠后的那两个同学的名字被撤掉了，你和梦子上去了！你们上榜了！太棒啦！我上完齐大爷的课，第一时间冲回宿舍，我就知道你们没在图书馆，肯定在宿舍睡觉。京西就你们两个人最能睡。”

“真的？”兰源和梦子异口同声，兴奋地拍手。

马大姐继续说着：“你们不知道，那个齐大爷上课时还说呢，你们有个叫兰源的姑娘，好样的，能从史主任那儿咬回肥肉，真是有胆魄，以后一定会大有作为。”

“哪个齐大爷？”兰源总算醒过来了，乐呵呵地笑着。

“就是那位满腹经纶的老教授，矮矮胖胖的，秃头，一直穿后面印着‘京西大学’四个字的那种T恤衫，教我们欧洲文化。”马大姐极其兴奋地说着。兰源想起来了，齐大爷是马大姐最喜欢的一位教授。

“‘三公主’，你太棒了！我爱死你了！”梦子跳了起来，就像在海边捡到了贝壳的小姑娘。

“哈哈，看来周院长还是怕我告御状，史老太太不得不妥协了。”兰源特别骄傲地说着，手不停地捋着自己胸前的长发，像日本卡通片里的美少女，“有一千元奖学金，今天晚上我和梦子请你们去‘小农村’吃顿好的，怎么也得单点一份宫保鸡丁和咕噜肉。”

“‘三公主’，你赶紧打个电话，谢谢人家吧。”马大姐到底还是个懂事的孩子。

“嗯，现在就打，把电话递给我好吗？我懒得下床了，一会儿还想睡。”兰源吐吐舌头，天真地向她伸出手。

“真是猪！吃了睡，睡了吃！浑浑噩噩的！”马大姐一脸不屑，“赶紧找个男朋友吧，看你懒的，这美好青春就这么睡过去了。”

兰源笑了，没理她，她都唠叨三年了，兰源的耳朵都起茧了，她奈何不了兰源对食物和睡觉的执着。

“喂，周院长吗？我是兰源。”兰源声音大大的，就怕他听不见似的，“谢谢您帮我和梦子争取到了我们应得的利益。我和梦子太感谢您啦！嗯……嗯……啊？哈哈哈！真的？哎哟！那太好了！太感谢您了！哈哈，下周上课时再当面说谢谢，那先挂了。”

挂断电话，爱八卦的马大姐凑了过来：“貌似后面还有惊喜？”

“Yeah！柳暗花明又一村啊！周院长说了，给我争取到了今年暑假两个月的外教助理名额。哇！我可以不用满京城乱跑去做家教了！得了，今晚我请你们去苏州街那家湘菜馆吃饭吧，来顿大的！再去城乡超市买一大堆曲奇饼干回来！周院长还夸我不是一般的女孩，说我属于更广阔的天空，一定会出人头地的。”

兰源兴奋地把被子踹开，伸出一双肉呼呼的腿，像青蛙似的，她半蹲在上铺，君临天下般哈哈大笑。其实她是想站起来，学周星驰双手叉腰，抬头咧嘴大笑，只不过她的脑袋已经磕过好几次天花板了，不是只有摔倒了才疼，磕到天花板更是钻心地疼，她总算长记性了。

“那柳轩那儿你还去吗？人家是准备高考的，就这两个月，不影响你暑假当外教助理吧。”梦子问。

“切，我都忘记他了，他也没给我来电话，估计也就这样了。他不鸟我，我才不主动鸟他呢！那点辛苦钱，不够我路上折腾的，我宁愿在宿舍睡觉。”兰源麻利地下床，因为比较胖，她下来时床架子嘎吱嘎吱地响，“我开始没想到他家那么远，地摊上两元钱的北京地图骗了我，就两爪子的距离而已，阿宋姐说我爪子太大，用她的小爪子比画，也就三爪子的距离而已啊。”

“就知道睡觉，看你肚子那儿一堆肉，都二尺三的腰围了吧？都是睡出来的，天天学梦子当‘睡美人’，当‘睡仙’，你也不看看人家吃得跟猫似的，你吃得跟猪似的。去吧，找一个帅哥多难！快夏天了，你多走动下也能瘦点，刚来学校时多清秀多苗条的一个湘妹子啊。哪天你要是人群中偶遇你的曹依哥哥，他要是见到你这‘小蛮腰’，妈呀，他会被吓跑的。”马大姐一脸不屑地训斥兰源，打量着她白花花的肚子。

兰源知道良药苦口利于病，只是笑着回应了句：“那好吧，听马大姐的，柳轩要是给我来电话了，我就去。上次他只是说这周联系我，周几我忘记问了，当时跑得太快了，我怕食堂没饭吃，哈哈。”

“真乖！”马大姐靠在自己的被褥上，若有所思地说，“看来做人不能太老实，太老实容易被欺负。”

兰源告诉她：“其实不是老实不老实的事，而是属于自己的一定要据理力争，天大的困难都要去克服；如果不是属于自己的，就不要心存任何侥幸想去拥有它，否则永远都只是徒增伤悲。”

一周忙碌的复习很快就过去了，日子过得昏天黑地。周六晚上，兰源因为下午睡太久，晚上复习到很晚才回到宿舍，宿舍里面又炸开了锅，她们好久没这么热闹了，因为总算有除了兰源弟弟以外的男人给她打电话了，破天荒！

宿舍的女人们又开始疯了，仿佛她们马上就能抓到男丁来帮她们打扫宿舍似的。

“‘三公主’，柳轩打了两个电话给你哦，我说你还没回来。”马大姐眨着单眼皮眼睛，喜形于色。

“他无事不登三宝殿，说什么了吗？”兰源刚处理完史老太太的事，又背着那些乱七八糟的日语单词，她已经精疲力竭，还来了大姨妈，心情很糟糕，咕咚咕咚喝了一大口凉水。

“大姨妈来了少喝凉水，你怎么老喜欢这么糟蹋自己呢？倒点热水吧，真服了你！马大姐狡黠地笑着，“说你回来后方便的话给他回个电话。他声音真好听，说起话来斯文儒雅，这是位什么样的帅哥啊？”

“都快十一点了，明早再说吧。估计是明天辅导的事。我都忙晕了，刚搞定史老太太，明天还要去应付他，好辛苦啊。去与不去，我都无所谓。”兰源边收拾桌面上的日语课件边淡淡地回答。

在她起身准备去洗漱时，电话铃响了。“‘三公主’，快接电话，我还要听帅哥的声音。”马大姐这个花痴大喊，吓得兰源日语书都掉地上砸了自己的右脚。

“哎哟，shit!”兰源弯腰摸了摸脚指头，仓促地捡起了地上那本让她又爱又恨的日语书，很快就被推着过去接起了电话，“喂，哪位？”

“兰源吧，我是柳轩。”那边的声音像播音员一般磁性十足，她们宿舍的座机很差劲，但话筒扩音效果出奇地好，对方讲话，听筒周边的人都能听得见，所以她们某位大小姐每次跟男友聊完情意绵绵的电话后，周边的人对她的谈话内容都一清二楚，旁听者自然少不了插科打诨和推波助澜。

“我不是，她还没回来。”兰源故意气马大姐，打死不承认，马大姐在旁边掐她。

“别逗了，你就是，没有女孩子说话像你这般豪迈了。”电话那头柳轩振振有词，狡黠的笑声穿透细长的电话线和陈旧的话筒，更显得他的神秘。

“哦，好吧，我刚回宿舍，敢问你有什么事？”兰源推开马大姐和梦子，让她们一边笑去。

“你电话里的声音比门禁话筒里的还要大，虽然咱们隔了两个区，但真不用那么大声音。明天，也就是周日下午两点来我家辅导，你没忘记吧？”

“哎哟，我怎么会忘记，简直受宠若惊。”兰源很不屑地回答，身边几个人哈哈大笑开始起哄，马大姐爽朗的笑声独占鳌头，就像北京夏天雨夜的那一声声平地惊雷，“抽风啦？”

“你那边很热闹。”兰源能明显听到他在电话那头得意地笑。

“嗯，一群花痴……你别掐我啊，疼死我了，我踹你！”马大姐又掐了兰源一下，她扯着电话线走到了宿舍门外。

“呵呵。”柳轩在电话那头也乐开了花，他算知道了，“湘西女匪”的身边还有“女匪”，她们很热闹，很猖狂，这是不是就是所谓的蓬生麻中不扶自直？

“那明天见，对了，柳轩小朋友，老虎不发威别以为我是病猫，我这几天心情不好，又跟学校领导吵架了，你要是再那么拽不拉几的，别怪我放你鸽子，我不稀罕你这份吃力不讨好的差事了。”兰源抱怨着。

“我拽吗？”他的声调变了，似乎从来没人这么说过他，他养尊处优惯了。

“反正我不喜欢。”她说话从不含糊。

“那好吧，怎么这么晚才回宿舍？”自从放弃“剿匪”后，柳轩对她充满好奇，总觉得她很别致，但谈不上喜欢，他在电话那头愿意多了解她一些。

“别提了，还不是因为日语备考，想想我都头疼，比对付你还揪心。”她左手拿着电话筒，右手使劲掐了掐眉心，语气有些不耐烦，晦涩的日语加上正值经期，没有比这更不让她顺心的事了。如今已是兵临城下，不管情不情愿，她都得在经期临时抱佛脚。

“我那么难对付吗？”他轻轻地叹了一口气。

“嗯，能让我掐眉心的事真不多。”兰源很肯定地说着，继续揉着自己的眉心。

“那好吧，明天见，早点休息吧，晚安。”他声音很平缓，很温柔。

“我哪儿能早点休息啊，我还得想想明天教你什么，总不能大老远跑过去，大眼瞪小眼吧。你先晚安吧，我还得忙会儿，拜拜。”她边说边利落地走进宿舍。

“我眼睛没你大，但也不算小。”他振振有词。

“切，好好照照镜子去吧，别这么孤芳自赏了。”她得意地讽刺着。

“嗯，再见。”他无奈地挂断了电话，她果然嘴上不饶人。

挂断电话，马大姐哈哈大笑：“帅哥声音很好听啊，像播音员，能听出来是挺清高的一个人，但没有你说的那种很拽的感觉啊！”

“我也纳闷，他今晚语气好多了，之前那么冥顽不灵，估计被他爸爸修理了。”兰源也丈二和尚摸不着头脑。

“小兰，你让他好好照镜子干吗？”梦子跟着起哄。

“他说他眼睛不算小，我差点说成‘你去撒泡尿照照镜子吧’，好奇怪，这‘撒泡尿’硬是忘记说了。”兰源用手指轻轻地敲打着自己的下巴，很是纳闷，泼辣的湘妹子今晚居然嘴下留情了。

“小兰，你以后不能这么口无遮拦了，为人师表，别吓着人家孩子。”梦子轻声地说着，细细地打量着她，似乎察觉到一丝变化。

“嗯，梦子教训得是。”兰源嘻嘻哈哈就应付过去了，梦子教训她不是一天两天了。兰源后来才明白，柳轩对她的影响是从今天慢慢开始的。

“帅哥都很清高的，哈哈，大妹习惯就好。帅哥是不是说‘早点休息吧，晚安’，别愣着了，宽衣，上床。”阿宋姐冲兰源挤眉弄眼。

“切！晚安，我可爱的花痴姐们儿！我做下他的辅导讲义，他毕竟高三了，不到两个月就要高考，我不能真祸害了他。”兰源晃着脑袋笑着，这阵子她真的是一人劈成三人使了，都是拖延症惹的祸，可是年轻就有资本拖延，因为她们挥霍掉的青春一样精彩纷呈。

这个快乐的宿舍，这四个犹如大年三十清晨明媚阳光的女人，兰源在内心感谢缘分让她们从初识到相守，她们的友谊像戈壁滩上的胡杨，生则一千年不死，死则一千年不倒，倒则一千年不朽。

第三章
三人都是异地恋

京西大学英语系，只见桃红，鲜有柳绿。桃花开尽，柳芽凄凄。

换言之，京西大学英语系，只见莺飞，却不见草长。很多美丽的莺要么飞到外校去寻觅爱情，要么滞留在本院成为爱吃爱睡的笨重的懒莺。越懒得飞，越笨重；越笨重，就越加懒得往外飞了，陷入恶性循环。兰源就属于这类笨重的孤独的莺。

当然，也有很多只美丽的莺冲过篱笆，飞到外校去，可是她们总得回来。所以，大多数时候，她们在本校也爱吃爱睡，只是定期飞出去再飞回来而已，身形还能保持得很好。梦子、阿宋姐和马大姐就是这类乐此不疲地享受着爱情滋润，而爱人却不在身边的半孤独的莺。鉴于马大姐前两年一直花痴一个男孩无果，大三才开始飞出去，她也算只不那么苗条、不那么孤独的莺。

宋祯、马俪、兰源和尚梦瑶，按年龄顺序依次排开，兰源排行老三，小名“三公主”。当然，她没有公主的美貌和财富，但有着“三公主”般特殊的经历。

先说说马俪吧。

这位河北邯郸女孩，是家中长女，憨厚，善良，稚气未脱。她是兰源第一位来自北方的莫逆之交。一米七的个子，体重一百一十五斤，不胖不瘦，“清水出芙蓉，天然去雕饰”，笑起来有一个小酒窝，唇红齿白。美中不足就是有点平胸，这也是她非常痛恨的地方。

马俪和兰源都喜欢打篮球，都喜欢美食，就冲这两点，她们成了宿舍里最好的朋友。篮球场上，马俪总是配合兰源投篮。食堂里，马俪也总把菜中的辣椒拨给兰源吃。马俪绝对是京西大学最善良最老实的女汉子，最起码她最能忍，忍耐的功力已经炉火纯青，堪称“忍者神龟”。

另外，马俪还是个用情非常执着的姑娘，一心一意地暗恋着隔壁班一个叫李阳天的北京男孩。她每次想他的时候，都会在本子上反复写“李阳天”三个字，她说常写的话，老天爷会让有情人终成眷属。当真很傻很天真。

按照马俪的原话：“阳天是我人生中见到的第一个打扮得阳光的男孩。那天在校园湖畔，他头戴一顶鸭舌帽，上身穿着一件白绒衣，下身穿着灰色休闲裤，脚踩运动鞋，还背了一副羽毛球拍，不经意间从我面前走过，第一眼我就爱上了他。我那会儿老穿一身绿色军装，好土啊。见到他，感觉世界那么美好，老天爷若是能让我们在一起该多好啊。我会一直等着他。”

每次马俪在宿舍跟兰源重复这段话的时候，她们都在吃康师傅的草莓夹心饼干，不过兰源还是更偏爱达能的曲奇饼干。兰源边吃边观察她，这个单相思的女人，傻傻的、痴痴的，单眼皮写满了天真幼稚，就像《月光宝盒》里那位傻傻的紫霞仙子，用双手托着腮帮子说：“我的意中人是个盖世英雄，有一天他会踩着七色云彩来迎娶我……”

大三，李阳天和本班一个温柔的女孩相爱了。马俪哭了好久，半个多月闭门不出，连最爱吃的咕噜肉也不吃了，几近绝食。她把那本写满了她和他名字的本子撕个粉碎，洋洋洒洒地扔到天空中。兰源那天值日，苦了她任劳任怨地擦了半天的地，咬牙不知心恨谁。

一日，兰源兴高采烈地从城乡仓储超市回来，买了好多吃的，回宿舍却看见马俪居然还靠在床头哭，录音机里还放着张学友的《你好毒》。

兰源悄悄地走了进来，马俪不理睬她，眼皮都不抬。兰源好紧张，打开一袋饼干，她得吃点东西压压惊，当她听到“你给我说清楚，我要啃掉你的骨……每次都被欺侮，小心我一定报复”时，兰源第一次感觉这首歌的杀伤力有多大，她知道马俪的心肯定很疼。

于是，兰源蹑手蹑脚地走过去，轻声说：“马大姐，别听了，吃曲奇饼干吧，我特意去城乡仓储超市给你买的。今天运气好，买三袋送一袋，我买了六袋，有八袋呢，都是巧克力口味的。你看，李阳天黑得像块木炭，这饼干就是李阳天的骨头，我们一起一口一口地残忍地啃掉他这个混蛋！我答应你，我一定跟他绝交，以后不跟他玩乒乓球了。见他一次打一次，好不好？”

马俪总算抬起眼皮看着她了，眼睛依旧泛着泪光。兰源第一次见女汉子哭得那么伤心，至于吗？不就是个男孩吗？兰源心里也堵得慌。

“要不这样，我去毁了他女朋友的容吧？替你解气，她就在楼下宿舍。”兰源很仗义地说着，递给她一袋子曲奇饼干。

马俪温柔地看着兰源，从没有过的温柔，眼泪夺眶而出，突然嘴角酒窝里写满了愧疚，她特别惆怅地说：“小兰，他是别人的阳天了，我再也不能爱他了。”

女人是不是爱到深处，才会痛到极点？这么风风火火的马大姐，眼前哭得让你的心也跟着一阵抽搐，兰源觉得自己眼眶也湿润了。

后来，马俪接受了郑州一位高中同学阿林的爱恋，谈起了异地恋，从孤独的人变成半孤独的人。

马俪的确没爱错，大二那年她们女生宿舍楼起火，救护车赶到之前，李阳天还勇敢地跳进了二楼去救楼里被困的女孩，被熏得灰头土脸。为此，马俪暗自窃喜自己爱上了一位英雄，眼光真不错。

她因此埋怨了兰源好久，因为起火当天，兰源拽着她出去推销产品体验生活去了，而她们当时的宿舍就在起火宿舍对面，烧得也很惨，真是天时、地利啊！按照阳天同学救人的逻辑，是一定会去她们宿舍救马俪的。

倘若起火当天梦子、阿宋姐和兰源三人都不在宿舍，兰源猜阳天若真去了她们宿舍救马俪，估计也抱不动她，虎背熊腰的，骨架太沉了，顶多牵着手往外跑。马俪说这就够了，而兰源却剥夺了她这唯一一次与他亲密接触的机会。她开始抱怨兰源，曲奇饼干也不给她吃了。

兰源想说句心里话，马大姐那么强壮，火灾现场，她和他谁牵着谁的手往外跑还说不好呢，真的。

兰源脑海里有两个版本马俪和李阳天同学救与被救的故事。

最经典的版本。马大姐背着因救人而倍显孱弱的阳天同学，像打了鸡血似的拼命往外跑。逃亡过程中，因为烟雾太大，他慢慢陷入了昏迷，不幸倒在了马俪结实的后背上。可马俪并不觉得他沉，酒窝里写满了渔翁得利的得意，背着他一股脑往外冲，黑得像包公似的，终于冲出了火灾现场！马大姐就是活生生的京西大学女版阿甘啊！

等顺利逃出了火灾现场，她气喘吁吁地把他放置在地面上，用睡衣轻轻地拂去阳天同学脸上黑色的尘土，却发现怎么擦都擦不干净，她心里嘀咕着："不会像小兰湖南老家那样熏腊肉给熏黑了吧？"她这才想起来他作为足球健将，肤色本就这样黝黑。

于是，她开始给呼吸困难的他做人工呼吸，酒窝里写满了情意绵绵和揩油成功后偷着乐的亢奋。突然，她微笑着皱了皱眉头："我的帅哥啊，怎么大早上就吃了大葱，学校早上卖葱油大饼了？都怪我太懒起太晚，没赶上我最爱吃的葱油大饼。"

几轮人工呼吸做完后，他睁开蒙眬的双眼。他的眼睛如此之小，以至于他明明睁开了双眼，马俪还以为那是两条缝，误以为他又开始翻白眼了，于是又深吸一口气，准备给他再次做人工呼吸。此刻阳天有恍如隔世之感，把眼睛睁得圆圆的，赶紧站起来，半鞠躬，说："马大姐救命之恩，阳天没齿难忘。敢问你早上还没刷牙吧？"

每次兰源想起这个最经典的版本，就会突然乐起来，嘴里正嚼的曲奇饼干很容易就呛到她嗓子里。

第二个版本。阳天同学率先英勇地踹开了她们宿舍的大门，猛地冲进了她们烟雾弥漫的宿舍。他屹立在大门口，火苗在他身后“嗖”的窜了进来。他在烟雾中横扫了一遍宿舍，发现没人。再竖扫了一遍，发现床头有位年方十九的姑娘，定睛一看，是穿着吊带小睡衣的马俪同学！此刻马俪因内心惶恐不安，嚷嚷救命而无人搭理，踌躇不前，决定先填饱肚子。她一人蜷缩在下铺床头，淡定地啃着达能葱花饼干。阳天同学冲她大喊一声：“马俪，都什么时候了，还在吃饼干！披件外套，快跟我跑。”

马俪见到魁梧健硕的梦中情人阳天，如临梦境，她两眼顾盼生辉，扑哧笑了，像个热恋中的女子。她赶紧把剩下的半包饼干揣进睡衣左侧兜里，从床头猛地跳了起来，脑袋砰一声撞到了上铺的床板，她大喊一声：“Oh，shit！”

随后，她像只不那么依人的小鸟一样，牵住了他强有力的黑黑的手掌，这是她梦寐以求的手掌啊。打第一眼见到他，她就想过很多种方式与他牵手，没曾想到是这种状况，真是人算不如天算。

她如痴如梦地盯着他的那双单眼皮眼睛，只见阳天同学猛地伸开手掌，惊呼：“没搞错吧！我服了你，你怎么给我一块葱花饼干？小心边跑边吃会呛到嗓子里。贪吃诚可贵，生命价更高，我的马大姐！”

谁知他话音刚落，他们俩还没走出宿舍大门，阳天就被头顶掉下来的门梁砸倒在地，他左腿动弹不得，滚烫的门梁烧得他撕心裂肺地惨叫。马俪号啕大哭，大火面前却又束手无策，就像小时候吃不饱母乳的孩子，哭得特别可怜，嘴里还嚼着饼干，两排整齐洁白的牙齿上还沾着饼干上绿色的葱花。突然，她急中生智，赶紧掏出兜里的饼干，又吃了几块，使出浑身的力气，但仍然拽不出他的左腿。她再不跑，可能也要葬身火海。可是，她多么不舍抛弃他离去，这可是她爱了两年的、见过的最帅最阳光的男孩啊！

于是，马俪一边擦拭泪水和汗水，一边默默地蹲下，选择与他一起凤凰涅槃，浴火重生。她向他表达了这两年的相思，他们紧紧地抱在一起，发誓谁也不会离开谁，要做一对鬼夫妻。有情人终成眷属了，老天爷睁眼了。

谁知这时候，消防员冲了进来，拿着灭火器朝阳天的腿上喷着。伴随着他的阵阵惨叫，他们终于被救了，而阳天的一条腿却彻底断了，他仰面而泣，痛不欲生！马俪看着阳天黑色脸庞上残留的泪水和汗水，号啕大哭，捶胸顿足："天啊，怎么断的不是我的腿！"

兰源想来想去，还是觉得第一个版本不错，梦子和阿宋姐也认同。

不过，马俪真的恨了兰源好久，后来才觉得是兰源拯救了她，因为两个版本都挺可怕的，兰源帮她免除了被困火灾、浓浓烟雾里被熏被呛被烧的噩运。

这个没良心的女人最终还是开窍了，也逐渐接受了兰源臆想的第一个版本，还夸她是个才女，火烧眉毛了，还知道她爱吃葱油大饼和葱花饼干!

马俪那天偷偷问兰源："小兰，换了是你，李阳天冲了进来，你会怎么做？"

"我没想过。我又不喜欢李阳天！"兰源躺在床头惬意地喝着酸奶，没当回事。

"现在就编一个。"马俪一把抢过兰源的酸奶。

"嗯……让我想想。"兰源像一休哥一样摸了摸头顶，却躺下去闭目养神了。

"少装蒜，赶紧起来！"她一把抓起兰源，非常暴力。

无可奈何，兰源只好坐在床上冥想："有了，如果阳天冲了进来，我会立即就着老干妈，吃掉宿舍里所有的面包，然后抓着他一起跳窗户，我把他垫下面，这样我就得救了啊！阿宋姐说我腹部和胸部肉多有弹性，从二楼跳下去估计问题不大，下面有个垫背的就更是胖仙女腾云驾雾，小case了。"

"哈哈！"马俪笑得快要崩溃！她边擦眼泪边玩命地笑着，她一开心，笑起来就像中邪似的，兰源早已见怪不怪。

“至于吗？”兰源抢回马俪手中的酸奶喝着，喝饱了还要睡觉呢。

“要是阳天是你的曹依哥哥呢？”她笑了很久以后，向兰源抛出这么一个问题，“你会怎么做？”

兰源一惊，要知道她大二时可是非常花痴曹依哥哥的，让她虚构这样的场景有点没有人性，她很震惊地说：“怎么可能，他在定福庄，和京西隔着好几环呢。”

兰源努力比画着几环的距离，似乎想断绝马俪邪恶的想法。

“假如他也在我们大学呢？还是第一个冲进来救人的。”她开始刨根问底，眼睛盯着兰源。

“这个啊……”兰源低头抓着胸口的长发，平日里口若悬河的湘妹子居然语塞了。

“快说！”她催促。

“一休哥要休息了。咱等宿舍楼什么时候再起火了再说吧。”兰源掀开被子，盖在身上，准备睡觉。

“先别睡啦！”马俪揭开兰源的被子，再次把她拽起来。兰源觉得马俪真是好烦人，她就失恋那阵子能安静会儿。

“不依不饶了你！让我想想……我嘛，不给曹依哥哥添麻烦了，他那么高大，我肯定抱不动，我也白白胖胖的，他肯定也抱不动我。我干脆吃饱了，自己跳窗户吧，富贵有命，生死在‘肉’。我不想成为他的累赘，我和他就自生自灭吧。”

兰源苦思冥想，装作非常痛心地捶着自己的胸，晃着脑袋低沉地说：“起火的时候可千万别是周六上午啊，到时候宿舍肯定弹尽粮绝，饿着肚子跳楼我就惨了。我最痛恨饿肚子了。”

“哈哈，生死一线，你心里还能有他，真不错！果然是‘京西首席花痴’！”马俪乐得不行。

“我不就喜欢曹依哥哥吗？滚！”兰源蜷缩到被子里。

“睡吧，‘睡仙’。”她笑着离开。

有时候，兰源觉得马俪跟她走得近是因为她想靠近李阳天，因为兰源在学校乒乓球打得很好，还得过系里女子单打比赛亚军，阳天同学喊她一声“兰老师”。那阵子，足球场、篮球场上叱咤风云的阳天同学，硬是愣头愣脑地跟兰源和另外一个女同学学打乒乓球，马大姐也兴致勃勃地拿起乒乓球拍，斩钉截铁地命令兰源：“快，教我打乒乓球。”

这都是什么态度？兰源吹胡子瞪眼，瞅着疯狂而又笨拙的马俪。

宋祯是京西大学最贤惠最识大体的女子。身高不到一米六，八十多斤，娇小玲珑，但也是凹凸有致，杏脸桃腮，皮肤水灵，黑发垂肩，谈吐有节，气质超群。

作为家里长女，宋祯懂得照顾人，她八○年出生，宿舍几个人中她最大，她们都喊她阿宋姐，因为她死活不肯被叫“贞子”。

阿宋姐的男朋友陈钰在广州华南理工大学读市场营销，家境没有她家好，可是她偏偏爱上了这位让她一见倾心的满腹经纶的男孩。据说高二那年，他俩一前一后地走在学校花园里，他猛地一回头，分毫不差地吻住了她的樱桃小嘴，一吻定终身。

她绝对是兰源身边最痴情最重感情的女子。大学期间，他们经常一个季度甚至半年才见一次。大多数时间，她都是听音乐、看书，然后看着窗外一春又一春地过去，无怨无悔地守着这份遥远的爱情和思念。

直到宋祯遇到了兰源，她对兰源就像施了向心力，兰源很喜欢她，她也很亲切地喊兰源一声“兰大妹”，虽然她们的性格有天壤之别。

有一次，兰源从食堂出来，看见阿宋姐向她缓缓走来，面若桃花，眼睛笑得眯成了一条线，她张开双臂，冲兰源柔情地喊了一声：“亲爱的兰大妹！”

兰源兴奋地赶上前去，忘记了脚下的台阶，踩空了，重重地摔倒在地上，那真是重重的“哐当”一声，地面都被震动了。兰源紧紧地贴着地面，嘴巴里全是沙粒，脸上都是土，饭菜撒得到处都是。很多同学围了过来。

“你怎么比看上去还要沉？”当时她身边的陶思琪很艰难地赶紧将

兰源扶起来，她龇着牙，一脸痛苦。

“哎哟，摔得太惨了，鼻子似乎都撞歪了，得去校医院了。”兰源摸了摸自己的鼻子，冲他做欲哭状。

阿宋姐三步并作两步跑了过来。

陶思琪却幸灾乐祸地跟阿宋姐说：“宋祯，兰源每次见到你都行这么大的礼吗？我看这地板太可怜了，都快开裂了，得找师傅修理下了。”

兰源抓起地上啃了一小半的馒头使劲砸向了乐呵呵的他，吼了一声：“滚蛋！”

陶思琪狼狈而逃。

阿宋姐笑得嘴都合不拢了，费劲地搀扶着兰源说：“大妹，还疼吗？以后不要再在别人面前给我行这么大的礼了哦。”

“阿宋姐，快摸摸我，看我是不是骨折了？”兰源艰难地用双腿支着自己胖胖的身体，内心还十分惶恐。

“摸哪儿？从哪儿开始摸？”阿宋姐把眼睛睁得圆圆的，故意开玩笑，用手掩住嘴巴，“大妹，你腹部和胸部肉多，能缓冲，相信我，你不会骨折的。这是你得天独厚的优势。”

“可我觉得我的鼻子歪了。你看看。”兰源轻轻摸着鼻子，酸酸的。

“别想多了，你脸也大，受力很均匀，高高的鼻梁还在！你就是吓了一跳，我扶你回去歇会儿，回头再去帮你打一份饭。”阿宋姐拿出纸巾轻轻地擦掉了兰源脸上的土，温柔地扶兰源往宿舍走去。

兰源没敢继续问阿宋姐她的牙齿掉了没。她摔倒前正边走边啃馒头，直到摔倒在地，她嘴巴里还咬着一小块馒头。

尚梦瑶是浙江女孩，一米六四，一百斤，绰约多姿，琼林玉树，柔情似水，想不为之动容都难。她是京西大学唯一一位能让异性第一眼就爱上的仪态万方的女子。

记得班上有个广州女生家境特别好，因为黑，又跟梦子是同桌，所以从大一就用一百多元一瓶的强力增白的玉兰油抹胳膊和腿。她抹得如此之厚，看上去确实蛮白净的，以至于她们经常会在后面算她这一身面积得用多少克玉兰油，然后感叹有钱能使黑变白！只不过一到了澡堂，她就完全露馅了，整个人黑黑的、小小的。

梦子的男朋友高鹏是复旦大学的一名理科生，他们是高中同学。按照梦子的说法，他虽然家境一般，但很帅，很有才，对她很好。梦子和阿宋姐一样，每个季度，这只美丽的莺就飞越千山万水去会郎君，剩下的时间，最大的爱好就是睡觉，她是宿舍里名副其实的“睡公主”，错，是“睡仙”。

大二那年，一个男生晚上八点多约她在湖畔聊天。那是暮春三月天，百花都已凋谢，他们并肩在条椅上坐下，聊学习，聊毕业后的愿景。聊了很久，男孩才开始穷尽毕生才华来倾诉衷肠，中英文都有，也不知道说了多久，他轻声地说了一句：“梦子，我可以抱抱你吗？”梦子没有回答，他觉得梦子是个有男朋友的淑女，对于这种肌肤之亲必定心存芥蒂，于是更加爱慕她的品德和冷酷的性格，继续说着各种相思寄语。当他再次说出“梦子，我能就抱你一下吗”时，发现梦子早已睡着了。此刻她右手搭在条椅的扶手上，手心支着下巴。她们的“睡仙”当天出去做了半天家教，极其缺觉，可想而知她有多么疲惫不堪，那男孩特别不懂事地把她轻轻摇醒了，继续说：“梦子，我能抱你一下吗？”

梦子这才慢悠悠地从梦境中醒来：“哦，你说到哪儿了？抱歉，我怎么就这么困呢，你要报什么？考研辅导班吗？我不打算考研。”

那男孩绝望地垂下头，双手使劲地挠着前额，轻声地又说了一遍：“我说，我可以抱你一下吗？”

梦子笑了，柔情似水地告诉他：“我看你还是报考研辅导班吧。”

据说，当时那个男孩顷刻间就崩溃了，表白也不把握好时间，不要以为花前月下才是最好的表白时机，对于“睡仙”来说，那可是她开启良梦的美好一刻。

因此，梦子在宿舍里醒着的时候永远是披着头发的，因为她不是刚睡醒，就是正准备上床睡觉。但她很聪明，按照兰源的话说，梦子虽然学的时间很少，却从不掉队，成绩在班上总是名列前茅，这就是天资聪颖。

不过，美女也经常犯糊涂，好几次洗澡都忘记带毛巾，与兰源同去，就借兰源的擦，与阿宋姐同去，就借阿宋姐的。她们得出结论，梦子就是睡太多了。

大三那年，高鹏从上海赶来，送了梦子一块黑色大手表。她是个很洋气、眼光很高的女孩，按照她的话说，这手表挺土气的。所以，她每次去见高鹏的时候就会戴着这块手表，分开之后就摘了放进抽屉里。她们都笑她太可爱了。

那会儿在宿舍里，梦子第一个买了手机，波导的，她每次发短信时就披着头发，噘着粉嘟嘟的小嘴巴，眼神迷离，一副睡不醒的样子，单手举着手机在上铺180度平扫，像扫地雷似的四处找信号。

兰源睡她对面，看她这般执着的样子，嘴巴都笑歪了。不知道是中国移动的信号差还是波导手机的质量太差，梦子后来换了松下的手机，情况有所改善。她只要躺着，信号就不好，稍微往窗口那儿伸下胳膊信号就又好了。兰源讨厌科技进步，让她此后鲜少看见梦子在宿舍扫地雷的样子。

陶思琪，身高一米七五，体格健壮，眉目清秀，还非常阳光，在京西大学算是棵非常不错的苗子。他的女朋友在老家，据说也非常漂亮。所以，他也属于前面说的半孤独的人，球场自然是他排遣寂寞、打发时光的地方。

陶思琪，学校篮球队的，兰源和他在篮球场上见面的次数比课堂上还要多，因为他们都是湖南人，既是队友，又是哥们儿，他把她当男人，她把他当女人，他们之间没有隔阂，经常一起打篮球，一起八卦学校的那些芝麻小事。

考日语前，兰源会没事献殷勤，对陶思琪格外好。那样考日语时，他还能给兰源递字条，帮她渡过难关拿学分。日语考完后，兰源就懒得多搭理他了，典型的过河拆桥。

但兰源有时候很佩服陶思琪，在这种只见莺飞不见草长的大学，在年年繁华绽放、娇嫩欲滴的诱惑面前，他还能坚守对老家女友的这份忠诚，实乃不易，简直就是极品。

大三寒假结束回京，兰源和陶思琪在长沙火车站的茫茫人海中居然偶遇了，两人眼睛都瞪得圆圆的，然后一阵狂笑，他们的座位在同一节车厢，不过兰源的在车厢这头，陶思琪的在车厢那头。她当时就拍着他的肩膀开玩笑地说：“你看，我们真有‘缘’，能买到同一日同一趟火车的同一节车厢，但我们没有‘分’，我在头，你在尾，还好我们是哥们儿，如果是情人，一定不会有好结局的。”

陶思琪当时笑得特别开心，拿着背包拖着行李箱边走边说：“没谈过恋爱，你这理论还一套一套的，你还以为你是算命的。”

“切，这是靠智慧，懂吗？智慧的大脑是可以领悟到事物的本质的，算命的都是忽悠百姓愚弄百姓。”兰源也拖着行李箱边走边取笑他。

“拜托，把你的那点智慧放到学习日语上，每次考试我给你递条子是有风险的，别老指望我。”陶思琪不屑一顾，“一会儿换个座位，我们坐一起？咱俩还可以一起打打牌。”

“算了吧，拜托，在学校看你两年多了，篮球场、教室、食堂，还没看烦啊，给我点机会接触另类缘分好吗？没准我身边坐的是位超级大帅哥呢！”

兰源满心欢喜地憧憬着，如果是曹依哥哥该多好啊！他也该开学回京了吧？兰源的花痴本色尽显无遗。

“看你这花痴样！”陶思琪拖着行李箱扬长而去。

“你慢点走好不好，你腿比我长，太欺负人了吧。”兰源追赶着。

上了火车，陶思琪特意往车厢前面走过去，看看兰源说的那种另类缘分，只见她身边坐了一家五口，一个三岁的小男孩不停地折腾她，一会儿哭，一会儿闹，身边的父母还为点鸡毛蒜皮的事争吵不休，孩子的爷爷奶奶时不时咳嗽几声，爷爷还一直流着浓浓的鼻涕，时不时用手蹭掉！简直不忍直视！

兰源的心在流泪，懊恼，悔恨，这下好了，帅哥没遇到，弄得吃不下也睡不好了，还不如刚开始换到陶思琪那儿去，他怎么也强过眼前这惨不忍睹的画面啊。

陶思琪路过兰源身边时，她正垂头丧气地看着窗外嗖嗖过去的风景。他故意开心地咳嗽了一声，咳得如此嚣张，引起了她的注意。

待兰源抬起沉重的脑袋失望地看着他时，他咧开嘴巴笑得如此帅气，如此得意，就像中了六合彩，一脸阳光灿烂。

还没待兰源有任何回应，他给了她一个帅气的背影，跟她身边这五口人相比，她真的感觉他前所未有的帅，史无前例的美好，怎么也看不腻似的，兰源冲他的背影瞪了一眼。

兰源继续支着下巴沉思，大三第二学期都要开学了，老天爷什么时候赐予她缘和分啊。只是没想到，老天爷冥冥之中早就已经给了她和陶思琪这段缘。只不过，按照兰源刚才的分析论证，他们终究没有那段分。

曹依哥哥是京东大学的一位明星帅哥，兰源大二时有一次不那么偶然的机会认识了他，并亲自导演了一场独角戏，后来她发现自己很是喜欢帅气阳光、谈吐有节的他。

当然了，既然是明星帅哥，那么兰源和他肯定不会有什么惊天地、泣鬼神的故事，明眼人一看就知道是落花有意，流水无情。

虽然兰源之前一直没有男朋友，理论上来讲她是个孤独的人，但她从来不会觉得孤独，依旧爱玩、爱吃。因为兰源有一群美好的、可爱的、也一样孤独或者半孤独的朋友，还有班里的老蔡、老开、老余。

她们经常骑车去农贸市场买水果，一路吼着Beyond的歌，以《逝去日子》为最爱，其实她们当时青春勃发，没有为逝去日子而忧伤，只是觉得这首歌若干年后听应该仍然会很好听，所以挚爱。那些年，她们披肝沥胆，惺惺相惜，结伴而行，风风火火，她们用满腔热情和无比的快乐，潇潇洒洒地书写着自己最美好的青春。

除了考试、应付校领导、拿学分，兰源的大学生活还是非常幸福的。

她们的宿舍在三楼，在水房旁边，远离厕所。

窗户外有一排特别高的桦树，夏天碧绿碧绿的，秋天金黄金黄的，冬天光秃秃的，常有小鸟聚集在那儿，一年四季欢畅地奏响它们生命的乐章。她们看着桦树一年一年地生长、落叶，从没有期盼自己的青春也能去了还能回来，她们以特别的方式挥霍着青春，享受“极尽的快乐”。

没错，她们宿舍永远都是笑声不断。

首先，兰源宿舍四个人身边都没有男人。虽然其中三个人有男朋友，但都在千里之外，所以她们除了谈谈各自男朋友都怎么样了，取笑一下身边的那几个男同学，也实在没什么好聊的——男生太少。她们四个人惺惺相惜，相互照顾。

其次，她们中间没有学霸。有的宿舍的人，一天十几个小时都在学习，晚上也是，每个床铺都挂幅帘子，就像女人坐月子，进去了开盏台灯就看到深夜，只为了考级、考证。她们乐此不疲地将最好的青春奉献给了乱七八糟的考试，为了将来能找到更好的工作。大家一天到晚都在竞争，明里暗里，默不作声地报班，就怕别人学得比自己多。更逗的是，还有的宿舍，有那么几个热衷于看言情小说的人，醉生梦死的，多可怕，而兰源她们不会，她们会把自己的生活过得有滋有味，虽然平淡，但不失浪漫和快乐。

她们每次回到宿舍都会聊身边那些莫名其妙的事，窝在床上很八卦地谈及澡堂里听到的好玩的事，聊口语老师的口误，比如说把“凶兆”说成“胸罩”什么的。

还有个南方老师更逗，每次在黑板上洋洋洒洒地写下几个经典的句子后，就拖着南方口音，很得意地说：“快，抄！”兰源非常自觉，端端正正地就抄了下来，后排很多北方同学笑了。兰源后来问马大姐大家为什么笑，她说老师普通话太差：“‘快，操！’我们谁敢动啊！就你傻乎乎地赶紧抄，把我的颜面都丢光了，鄙视你！哈哈！”

汗！

宿舍有兰源和马大姐两位性格开朗的表演者，还有梦子和阿宋姐这样温柔耐心的聆听者。台上两个铁骨铮铮的女汉子，台下两位柔情万种的淑女，四个女人的一台戏甭提多么精彩纷呈。因此，她们宿舍每次上演各类精彩表演和点评，别的宿舍的积极分子就会鱼贯而入，一起分享快乐。

大一刚开学时，兰源经常模仿院主任贾主任走进教室的高傲姿态，像只公鸡，撅着肥肥的屁股，停下来时又像母鸡要下蛋。兰源穷尽自己毕生的表演才华，站在宿舍中央，极力模仿着，还想象着老家农村养的那群骄傲的公鸡撅屁股的样子。再放一首《独一无二》，她一时兴起就跳了起来。每次她们都笑得酣畅淋漓，直到笑得没气之后，整个宿舍突然之间鸦雀无声，紧接着又爆发出震耳的笑声。

梦子说，李贞贤会恨兰源一辈子，贾主任更会恨她十辈子，没准还会不让她毕业，留在京西大学外院跳一辈子撅屁股舞。

对门那个爱学习的、习惯了清静的宿舍每次都紧闭大门，她们抱怨兰源屋里有群疯子，太可怕了。只是她们没想到更可怕的还在后面，比如兰源和马大姐垂涎校外的烤红薯，毅然违反校规攀爬铁门，被发现后落荒而逃，却始终不忘初心，最终成功果腹；还有大三那年，她和马大姐两人一起唱跳“双飞燕”，“三公主”装扮成《倩女幽魂》中小倩的模样，一舞轰动学院，迄今为止无人能及，兰源“三公主”的名号也渐为人知。

第四章
话不投机半句多

周日下午两点，兰源如期赶到柳轩家。也许是因为被阿宋姐说教，也许是因为不想再被柳轩奚落，这次在门禁处，她刻意压低了嗓门：“是我兰源，开下门呗。”

“嘟”一声，门开了，那头没人说话，兰源感到好生奇怪。

给兰源开门的是柳轩，他爸爸不在，屋里只有柳轩的奶奶和阿姨。

兰源跟他寒暄两句，问他：“你听到我说话了吗？”

“没有，我都没有把话筒放耳朵那儿，你嗓门太大，我正好在阳台那儿看见你走了过来，直接给你开的门。”柳轩边招呼她进来边说，“你怎么走路像兔子似的，一蹦一跳的，比我同龄的女同学还幼稚。”

“我在听广播里的歌呢，在外赚钱不容易，这叫解压，懂不懂？真是饱汉子不知饿汉子饥。难不成你还能在家给我唱歌听啊，就你这低沉的嗓子，也唱不出什么好听的歌来。”兰源蔑视地看了他一眼，一阵风似地穿过过堂，坐到椅子上，拿起桌面上一个小本子使劲往脸上扇风，

"你坐好等我，我先去洗个脸，这才刚五月份，怎么就这么热了？"

"好吧。"他似懂非懂地应和了一句。

两人还是在老地方坐下，这次他没跟她坐一边，而是坐在桌子左边，柳轩一抬头正好能跟她目光对接，说这样方便请教她问题。

兰源娴熟地教他分辨各种时态，并教他将几种较难的时态用在写作上以争取加分。他这次表现得很温顺，嚣张气焰骤减，以至于兰源边讲边忍不住瞥他几眼。他一直盯着她讲义上的例题，眼镜下那双单眼皮眼睛虽然不像她所喜欢的双眼皮眼睛那般炯炯有神，但也蛮传神的，怪不得马大姐对单眼皮男生如此迷恋。不错，他果然进入状态了。

"等等，兰源。"

"怎么了？"

"shouldn't have done（本不该做什么）如何运用？"他用笔在讲义上做了个记号。

"你肯定看过大美女布莱尼*I Did It Again*的MTV吧，那个宇航员满心欢喜地给了布莱尼一样东西，布莱尼说：'这不是已经被扔到大海里了吗？'宇航员说：'Yes, it is, well, baby, I went down, and got it for you.'（他亲自下去帮她捡了起来。）布莱尼说：'Oh, you shouldn't have.'（亲爱的，你用不着这么做。）实际上，宇航员已经下海帮她取了上来。"

这个聪明的孩子开窍了，微微一笑，露出洁白整齐的牙齿，这是他第一次发自内心地笑。

兰源看看时间，麻利地把手头的讲义换成了他的课件："快五点了，咱们快点讲完，我好赶回学校去食堂打饭吃，否则又只能吃泡面了。该死的宿舍阿姨，连酒精炉都不让用，查得很严。"

"你以后每次吃完晚饭再走吧，我们可以早点吃晚饭，吃什么你就别讲究了。"这话好像从天上飘下来的，让兰源猝不及防。

她把眼睛睁得圆圆的，不可思议地讽刺道："Joke? Your highness?"（开玩笑的吧？殿下？）

“No，an invitation.”（不，是邀请。）

“不行，花痴们会笑死的，她们上次还在宿舍边切西瓜边骂你，我今天在你家晚饭，她们会说我没有气节。吃人家的嘴短，地球人都知道。”兰源赶紧摇头。

“边切西瓜边骂我？”他突然瞥她一眼，惊讶不已。

“嗯，我还想画个圈圈诅咒你这个孤芳自赏的学生呢。”她笑得有点嚣张，但这完全是她内心真实的想法。

“那我更得留你吃饭了，让你嘴短，留点口德。”他像个孩子一样顽皮地笑了。

“切！吃了还指望我给你歌功颂德啊，不吃。言归正传，快点把剩下的讲完我就回学校，别耽误我打饭。”兰源把课件往他那边挪。

他败下阵来，内心很不爽，却对她无计可施。

这会儿，柳轩的爸爸下班回家了。柳叔叔人很好，怎么他儿子就这么傲慢呢？看来，龙生龙凤生凤，老鼠生的孩子未必会打洞，兰源心里暗自嘀咕。

五点了，兰源准备撤，她去了趟洗手间。出来时，见他们父子俩在说话。她一手拎包，一手拎着接满温水的水壶正准备走人。柳叔叔走过来，亲切地跟她说：“兰源，柳轩想留你吃完饭再走，说你不好意思在陌生人家中吃饭。这不用担心，你就是他姐姐了，不是陌生人。”

说罢，还吩咐柳轩帮她拿包。柳轩侧过头看着窗外，一脸得意地笑着。奇怪的是，面对诚恳的柳叔叔，兰源竟然连反驳的词都没有，摸摸肚子，她已经饿得前胸贴后背了，失去气节就失去吧，她也笑了。

兰源点头答应，满心欢喜地跑去厨房看阿姨做了什么好吃的，要不要帮忙。

“你还真当这是自己家啊，阿姨会搞定的。”柳轩走了过来，“厨房小，你别在这儿添乱了，还是来我房间，我有东西给你看。”

其实，兰源哪儿有那么勤劳想下厨，意思一下而已。她听见柳轩喊她，二话不说，趁机“嗖”的一声就溜进了他屋里。

这是兰源第一次进柳轩的房间，一个十几平米的小卧室，很简洁地陈列了床、书桌和衣柜，看家具的纹路有点像水曲柳，桌子上面摆了几个相框，照片上当然都是他英气逼人的脸蛋，照片上沉默不语的他比本人可爱多了。

桌子上有个录音机，柳轩倚在桌边，倒着磁带，不急不慢地按下了播放按钮，张信哲的天籁之音如涓涓细流缓缓流泻。

“我给你唱首歌吧，你不是要解压吗？还说我这低沉的嗓子唱不出什么好听的歌来吗？我也正好一起解压，备考很烦人。”现在的柳轩与在客厅时判若两人，为什么他变化那么大？难道是吃错了药？

柳轩起身倚在窗台边上，兰源靠着书桌，这样他们的高度差减小了很多，视线能基本处于平行。

柳轩唱了好几首张信哲的歌，《爱如潮水》《有一点动心》《过火》等。兰源不禁像粉丝遇到偶像，拍掌折服，睁大眼睛惊呼道：“哇！我感觉眼前的你就是张信哲啊！”

“我一直练习模仿他。”柳轩很骄傲地笑了，很天真，很幼稚。

“哇，你还有模仿张信哲这般本事，简直就是‘情歌王子’！你这出去就是‘万人迷’！”兰源发自内心地夸了他。

“你喜欢吗？”

“我当然喜欢阿哲‘王子’，我们宿舍还有几个花痴都特别迷恋他，不过我更喜欢听柔情点的英文歌和热情奔放的韩文歌、粤语歌。柔情的英文歌让人放松，高亢的韩文和粤语歌让人觉得生活永远激情四射。”

柳轩淡淡地回答她，非常狂傲：“没这歌喉，我也是很受欢迎的。”然后非常自信地把目光落在兰源脸上。

“哈哈，别这么趾高气扬，孤芳自赏！人家张信哲是万人迷的‘情歌王子’。你模仿得再好，没混出来，就只能当冰箱里的速冻猪肉丸子，我想吃几个就吃几个，哈哈。给姐再唱首《爱如潮水》吧！”她扬起高傲的头。

“你……你这风风火火的，一副男孩子的性格，脾气还那么倔。”柳轩瞅兰源一眼，不过瞬间就笑了，“真是同情你，一把年纪了，中文这么差，‘丸’和‘王’都讲不清，我就当你是喊我‘王子’了。”

兰源一溜烟飘到他身边，踮起脚，费力地把一只胳膊放到他右肩膀上，左手食指和中指夹着一根笔，放到自己嘴边作抽烟状，酷酷地一甩额前的刘海，盯着他的眼睛，把声音压得低低的：“Meatball（肉丸子），借个火。”

兰源的表演天赋又得到了很好的发挥，有时候她觉得自己一开始就应该考北京电影学院去当演员。她之前的外籍老师就说过，以后一定能在中国的大舞台上见到兰源的身影。

柳轩被她突如其来的举动乐坏了，心跳有些加速，又惊又喜，轻声说：“有点女孩子的样子，好不好？你这样子不招男孩子喜欢，你最好温柔娴淑点，要不然他们都把你当哥们儿。”怎么他说话的口气越来越像阿宋姐？兰源没有发飙，反而觉得有点儿亲切。

“一语中的，我去年喜欢的那个曹依哥哥就把我当哥们儿。”兰源说完后又有点后悔，跟他说这个干吗？她咬着下嘴唇，埋头使劲抠着手指头，沉默不语。

“其实你的性格有时候也挺可爱的，别抠手指头了，自虐啊。对了，你喜欢看《天空之城》吗？”柳轩赶紧岔开话题。兰源很感谢他。

“喜欢啊，我最喜欢久石让的音乐，这首曲子很好听，我去年老送以这首歌为背景音乐的电子贺卡给曹依哥哥。不过无所谓啦，都是哥们儿了，我一个人不也好得很吗？吃吃喝喝，开开心心的。”兰源继续抠着手指头。

“我给你看它的MTV，希望能对你有所启发。”柳轩冲她点了点头，狡黠地笑了。

“太好了，我还没看过。”她兴奋得像个小姑娘。

“有什么启发吗？”

“No.”

“巴斯接住舒达，然后跟她一起飞了？”她弄不明白柳轩葫芦里究竟卖的什么药。

“唉，我如何说好呢？舒达要是有你这么胖，十个巴斯都接不住……”他貌似是在报复她，谁让她讽刺他只是“速冻猪肉丸子”，“女孩子太胖了，男孩不喜欢。你要节食了，免得以后你喜欢的男孩都把你当哥们儿。”他抬起眼，企图捕捉兰源愤怒的神情。

“太伤自尊了！”她把笔甩到桌子上。

“你看，说了不许生气，忠言逆耳。”

“胖怎么了？宫崎骏可以把巴斯画得高大点嘛，不用弄个小屁孩在上面嘛！”她极力反驳，在空中比画出一个高大的巴斯。

“呵呵，我这么高大接你也够悬，估计整个房梁都要塌了。你这样只会弄得动画片里全是彪形大汉。”柳轩忍俊不禁。

“彪形大汉怎么不好了？你看《三国志》里，哪个不是舞刀弄剑的，从桃园三结义，刘备借荆州，到曹操和袁绍的官渡之战，东吴和西蜀的赤壁之战，再到关公败走麦城，诸葛亮出师未捷身先死，满画面都是彪形大汉啊。”

“但女子不是这样子的，你学学人家端庄儒雅、贤良淑德的小乔，再学学貂蝉举手投足，一颦一笑，或许你也能迷住吕布和董卓，曹依哥哥就更不在话下了。呵呵，我表姐就做得很好，嫁了个好人家。”柳轩顺手把她扔到桌上的笔拿起来，摆弄着。

兰源一时语塞，她还是第一次这么直白地被帅哥说胖，而且居然还说是为了她好。

柳轩避开兰源的视线，冲着窗外笑得很开心。或许，从这一刻起，他开始对这位“女土匪”有一点点动心了。

“有什么好笑的，姐我是婴儿肥，以后就会好的，再说了我又不是没瘦过。”

柳轩笑得眼镜差点掉下来，他用手扶正，有条不紊地说：“婴儿肥？你还以为自己是襁褓中的兰源啊，哈哈。”

“我现在宣布你可以去死了！”兰源伸出右手，向他做出长剑刎脖的姿势，笑着说道，“对了，柳轩，你喜欢什么花？”

“玫瑰花。”他非常肯定地说。

“哇，‘花中皇后’啊。你让我想起了上‘英语国家概况’时老师讲的英国有名的Lancaster（兰开斯特家族）与York（约克家族）的玫瑰战争，也是各以红、白玫瑰为象征。为了纪念这次战争，英格兰以玫瑰为国花，并把皇室徽章改为红白玫瑰。我喜欢英格兰，也喜欢玫瑰，玫瑰花很美，象征爱情，而且食之芳香甘美，令人神爽。”

兰源侧身看着柳轩那张俊秀的脸庞，继续说：“不过，我也想起了张爱玲小说里对红玫瑰和白玫瑰的描述，你可要小心哦，不要太贪心。”

“哈哈，扯远了。对了，你平时跳舞吗？”柳轩忍俊不禁。

“跳啊，那个李贞贤是我的偶像，你看过她的《独一无二》的MTV吗？看着她踩着动感的节拍，穿着蓝色服装走出来，化着前卫的妆，舞蹈就像打太极。哇，她瞬间就成了我的偶像，年轻时就得像她那样风风火火地活着。”兰源乐不可支地说着。

“你没男朋友，跟谁去跳？那里很乱吧？”柳轩好像不谙世事。

“拜托，我有好多女同学，”兰源抬起头看着他，哈哈大笑，“你知道动物园天成市场那儿有个很大的舞厅，四周是玩儿旱冰的，中间的大舞台属于年轻人。”

“是啊，别人不说，就你在那儿跳几个来回，舞台估计都要震塌了。”柳轩得意地笑着。

“你不损我会死啊。”兰源瞪他一眼，愤然跑去厨房帮阿姨做饭。

“开饭啰。”兰源张罗着，她在谁家吃饭都好意思，只要有好吃的。

柳轩见她不像刚才那样生气了，也笑着坐了下来，叔叔、奶奶和阿姨也都过来了。柳轩的妈妈加班，每天回家都很晚。她只在客厅的一幅素描画上见过阿姨的样子，的确是位清秀端庄超凡脱俗的女子。

柳叔叔给兰源倒了杯水：“兰源，你当初为什么来北京？”

“哈哈，这可有来头啦。”她放下筷子，麻利地卷起袖子，大笑一声，吓了柳轩一跳。

“难道你还是佛陀转世？”受惊后的柳轩不屑地说。

“我高考前做了一个改变命运的梦，梦到毛主席亲手给我一张通行证，并嘱咐要我去北京。我说北京太远，这时候如来佛祖送给我一个房子那么大的热气球，说可以载我去北京，他在前面带路。妈妈得知后，说她们几代人都没做过这样大吉大利的好梦，于是认为我去北京是命中注定，果断把十八岁的我送上了北上的火车。我一把眼泪一把鼻涕，开始了背井离乡的求学生活。不过，我觉得这几年在北京活得特别痛快，是我最快乐的时光，潇洒地享受美好的青春，心宽体胖说的就是我这个样子，哈哈。”兰源特别神气地说着。

柳叔叔问：“真不错，湘妹子命里注定与北京有缘，不过南北差异很大，你喜欢北京吗？”

兰源突然意识到这儿不是宿舍，也不是自己家，于是学梦子彬彬有礼地放下筷子，很客气地说：“我可喜欢北京了，北京是文化艺术之都，所谓天地有大美而不言之，北京有大美而不言谢。不过，我不喜欢北京的沙尘暴和柳絮，这开春过得太辛苦了。对了，听柳叔叔您口音不像北京人？”

“我是河北人，年轻时就来北京工作了。”

“哈哈，原来我们都是北漂，这么多年，您也不容易吧，怪不得我跟你说话比柳轩投缘得多。他老损我！”兰源眉飞色舞。

“对，我也算是北漂，哈哈，柳轩怎么损你了？”柳叔叔笑了。

“他说我太胖没人喜欢，我的尊严像鸡毛飞了一地呢。”

“你还可以啊，胖点多好，你们这个年龄的孩子，胖点健康，你看柳轩他们美术班上的几个女同学和模特，都骨瘦如柴，就像天天没吃饱似的，家长多着急，养个孩子容易吗！每个人的眼光不一样，他看你看习惯就好了，这不算损，哈哈。”柳叔叔安抚她。

“柳叔叔，他损我损得可厉害了，罄竹难书！”她斜眼瞪柳轩一眼，“听见没？这才叫人生智慧，懂不懂？别天天把自己整得像古墓里的小龙女那样自命不凡。”

柳轩扫她一眼，一脸清高。

兰源把视线转到了沙发上面的几幅素描画上，问柳叔叔："那些画虽然笔法很嫩，不过还蛮真实蛮漂亮的。"

柳叔叔乐得合不拢嘴："那是柳轩画的，他从小就学美术，有点天赋。那天他妈睡着了，他就给画了一张。你阿姨很喜欢，就一直放在客厅。对了，柳轩，回头你也给兰源画一幅人像素描，留个纪念呗。"

柳轩抬头看她一眼，愣愣地说："我不用看她，都知道怎么画好她。"他说完，继续埋头吃饭。

兰源特别高兴地问："才见面两次，你就对我的面容如此熟悉？咱俩交情没那么深吧？"

他笑得坏坏的，语不惊人死不休："画大眼睛、大鼻梁、大嘴巴、大耳朵、大脸就可以了，很简单。"

兰源特别想扁他，可是发现吃人家的嘴短，一时半会儿居然说不出任何解气的话，只好任由他如此张狂。

柳叔叔笑得很灿烂。柳轩放下碗，抬起他那骄傲的头颅，直勾勾地看着她，欲言又止。

"哈哈，对了，兰源，帮叔叔个忙，你要想办法让柳轩喜欢上学英语。这学语言一定要兴趣在先，这样才能给大学英语打好底子。我看他这几天早上都在背单词，比以前认真多了。"柳叔叔恳切地说。

"没问题，哈哈，他再不认真，考试就只能吃咸鸭蛋了！"兰源转头瞥一眼柳轩，同时认真地告诉他，"学英语，贵在持之以恒，对它而言，你若不离，它便不弃。再说了，三更灯火五更鸡，正是男儿发愤时，否则白了你的少年头，就空悲切去吧。"

柳轩从容回应："你有完没完，'食不言，寝不语'，抓紧吃你的饭。"

"柳叔叔，您看，这北京孩子怎么这样？太不像话了，说他几句还叽叽歪歪，小心眼儿！"餐桌底下，兰源踢了柳轩一脚，以至于他把菜喂到了鼻子上，特别滑稽，她忍不住笑了起来，"叔叔，您看，就他'食不言，寝不语'，吃饭还吃到鼻子里去了。多逗！"

柳轩很生气，拿纸巾擦拭着。餐桌底下，他也回踢了兰源一脚，以牙还牙。兰源只是不动声色地再踢他一脚，这次力度加大。

柳轩总算明白，什么叫作“好男不跟女斗”！

柳叔叔笑得不行：“兰源，他矫情，咱不跟他计较。”

“哈哈，好！”

第一次在他家吃饭，兰源很快乐，没有拘束感，她很喜欢这种单纯的快乐。

饭后，柳叔叔说天色已晚，要柳轩送兰源去车站。柳轩扶着自行车出去，但没邀请她坐上去。

北京五月的夜空很美，繁星点点，凉风习习，空气中弥漫着浓郁的丁香花香，沁人心脾，闻着都不舍得走。

“你骑车出来做摆设啊？”她顺手把手中沉甸甸的水壶放进他的车筐里，腾出手来，舒展下胳膊，坐了一下午，腰酸背疼。

“送完你，我再骑回来，”他答道，“我们走去车站吧，我车轱辘快没气了，扛不动婴儿肥的你，尤其是刚才你还吃了那么多。”

“滚！你气我还不够啊，我今儿非要坐上去，车轱辘没气最好，累死你。”说罢，不管三七二十一，兰源抓着柳轩的腰利落地坐了上去，果然车轱辘快没气了，她坐上去感觉海平线低了几厘米，羞愧感油然而生，佯作捶胸顿足。

“哎哟，你轻点，书包打着我的腰了，你不能斯文点吗？我同学坐到我自行车后座上，像朵云霞那样轻盈。你一上来，我都得使劲握住车把手。”柳轩抱怨着。

“你哪儿来那么多废话！”她也抱怨着。

“哎呀，你别掐我啊。”柳轩因为疼痛没有抓牢车把手，车左右急剧地晃动了几下。

兰源轻轻一跃就跳了下来，改为步行。卸了货的柳轩仰天长呼了一口气，就像女人生完孩子那样轻松惬意。

柳轩骑着车，双脚放在地面上，向前滑动，忍住笑问她：“兰源，你有120斤吗？”

“Bull shit！”（废话！）

“我看只会多。”他又转头贼贼地上下打量了她一番，视线停留在她肚子那儿，让她好不自在。

“滚！滚得远远的！”

柳轩仰天长笑，一副胜利者的姿态，得意忘形到了极点：“对了，你日语复习得如何了？”

“你怎么老是提我的伤心事？”她懊恼地踢起了地上的一块小石子。

“我这是督促你好好学习，你不好好学习，怎么教我啊？要严于律己，宽以待人。”他双手不停捏闸，怕她跟不上。

“我日语很烂，却是日语课代表，我是老师的奇耻大辱。”她摇着脑袋无奈地说着。

柳轩大笑。

“我好喜欢木村拓哉。”她像个情窦初开的女孩子，痴痴地笑着。

“花痴！”他嘟囔着。

“你嫉妒人家比你帅。”她看着身边不远处有架秋千，“我吃太撑了，这会儿上车肯定都得吐了，柳轩，你陪我坐一会儿吧。”

“注意爱惜公物，”他喊道，“那是楼里孩子玩的小秋千。”

“没事，我只是个胖孩子而已。”兰源一屁股坐下去，胯部遇到巨大阻力动弹不得，于是使劲把屁股往里一塞，果然一点点缝隙都找不到了，她冲他得意地说，“See？Perfect！”（看见了吗？完美！）

“因为喜欢木村拓哉，所以你二外才选的日语吗？”柳轩很无奈地把车停靠在秋千旁边，自己也坐了下来。

“是啊，谁不爱慕帅气的木村拓哉呢？尤其是他弹奏钢琴时落在黑白钢琴键盘上忧郁的眼神，弹完后抬头憨憨地一笑，帅呆了！我第一次窝在宿舍里看日剧《悠长假期》，那时我18岁，和电视剧里女二号凉子一样的年纪，我特别喜欢坚强和乐观的小南。

“第二次看，是现在临毕业要各处碰壁找单位实习，我虽还不到女一号说的要努力奋斗的‘老太婆’的年龄，但经过在京这三年的沉淀，我看到的不再是热闹的剧情，而是刺痛男女主角的那些辛酸和无奈。濑明不再是单纯的帅，而像个诗人和智者。我还记得濑明的那句话：‘老天爷让星星旁边布满黑夜，是为了告诉大家星星有多亮，当你失意时，给自己放个假，当是神给你的安排吧，让你振作。’南小姐听到久违的那句‘我爱你’时，哽咽着说道：‘三十年了，一直让自己努力奋斗着，以为自己这辈子再也听不到这句话，所以我一直自己对自己说‘我爱你，谢谢你’。好感人啊。”

“我也弹得一手好钢琴，从小就学了。”柳轩很骄傲地说着，摆弄着自己修长的双手。

“是吗？你还有这本事？”兰源低头看了看柳轩纤长的手指，确实很适合弹奏钢琴，多幸福的人啊，她虽只比他大三岁，却在校外勤工俭学两年多了。兰源仰头看着黑压压的星空，仿佛身边坐着的就是她的濑明。

许久，兰源站了起来，果然太胖了，屁股都被夹疼了。她轻轻揉了揉，然后使劲拍了拍，让血液流通顺畅。

柳轩随即也站了起来：“你能别在异性面前揉屁股吗？说了要你别挤进去坐吧，还不自量力。”

“小子，你要是再说我胖，我就用精武门的陈真腿功踹你屁股，到时候你也不得不在我面前揉屁股。”

兰源突然停了下来，说：“柳轩，你这么帅气招女孩子喜欢，会喜欢我这样胖点的女孩吗？”

柳轩猛地抬头，一脸不知所措：“120斤只算胖点？”

“嗯，胖点。”兰源不好意思地比画了一下，强调自己只是胖了一点点而已。

蔑视的笑容顷刻爬满柳轩俊秀的脸庞，正当他要开口刺激她时，兰源低头迅速向他伸出大手掌，大声说：“打住！给姐一点尊严，别让我蒙着头回学校。我知道你的良苦用心了，我也知道曹依哥哥为什么要把我当哥们儿，我回去好好研究小乔和舒达，谢谢！”

柳轩吓了一跳，本能往后退了一步。

兰源脚步沉重，此后便觉得和柳轩话不投机半句多。

到了车站，柳轩陪兰源等公交车，高傲如达西的他，也不会想办法插科打诨让她开心点。兰源瞅着他，眼睛一亮，说："柳轩，我想现在就开始减肥，你去给自行车加点气，我骑车去动物园倒车，你一会儿去那里取车，好不好？你也不能老学习，要注意休息锻炼，这会儿刚吃饱饭也没什么事做，陪姐减肥吧。既然你已经损我了，就要负责到底让我变得苗条，让曹依哥哥喜欢我。"

"Oh，my god，我吃饱饭还有好多事要做，姐，"柳轩惊出一身冷汗，语无伦次，"减肥伤身，要循序渐进，饭后不宜过度运动，下次吧，姐。不要激动，车来了，赶紧上车吧。"

车来了，不过是趟区间车，在他们等候的这个站台不停车。柳轩扫兴地踢起了地上一块小石头，真希望把兰源塞进公交车把她带走。

兰源视线又挪至柳轩脸上，路灯下片片树叶的倒影映在他脸上，越发显得他的脸庞轮廓清晰，她肆无忌惮地盯着他。柳轩怕她还要骑车去动物园倒车，赶紧昧着良心劝诫她："兰源，如果说胖是十丑的话，你一白遮十丑，算是扯平了，不用太放在心上，安心回学校吧，你这是婴儿肥，不怕。"

"帅哥真是这么认为吗？曹依哥哥也会这么认为吗？"兰源咧嘴大笑。

"是的，他也会的。"他没有底气，答得很心虚。

"哈哈，好！"兰源傻乐，他陪着乐，纵然被"哥们儿"这个词刺激了这么久，有他陪着，她仍然很开心。

"能给你提个建议吗？"柳轩弱弱地问她。

"可以，姐高兴了，不会生气的。"兰源抬起下巴看着他，他着实好高大。

"你以后笑的时候，能收敛一下吗？斯文点，不要把嘴巴张这么大，像母河马似的。"柳轩微笑着说，"至于笑得那么开心吗？"

"哈哈，姐我就这副德行，从小到大都是张大嘴笑的，改不了啦，哈哈哈！”兰源笑弯了腰，第一次发现柳轩那么可爱。

“好吧，你看，车来了，快。”前面来了一趟车，他赶紧招呼兰源。

兰源“嗖”一下踏上了车，坐好后冲窗户外的他喊道：“回去吧，拜拜！”她挥手再见，依旧张嘴大笑。路灯树影下，柳轩的背影斑驳、孤独，越来越模糊。

今天还是兰源第一次在丸子家吃饭，一个电话都没往宿舍里打，想必宿舍几个女人一会儿将展开疯狂围攻，以马大姐为首，兰源想想都觉得好可怕。

兰源趴在车窗上笑着，丸子的一颦一笑还萦绕在她的脑海里，映入眼帘的窗外美景，“嗖嗖”的往后跑，慢慢就消失在她的视线外。

第五章
喜欢你需要很大的勇气

兰源哼着布莱尼的*I Did It Again*，蹦蹦跳跳进了宿舍楼，待兰源轻轻地踏进宿舍第一步，她就知道这里的女人们要炸锅了。

“我回来啦，姐妹们！”她特别开心地喊着，嘴巴张得大大的。

“哎哟，我的‘三公主’，你可舍得回来啦，我们都等你好久了。”梦子赶紧从上铺下来，径直走向她，她穿着那套蓝底白色条纹的睡衣，狡黠地说着，“我们还以为你今天住柳轩家，给他家擦地呢。”

“说什么呢？”兰源坐在凳子上，一两个小时的车程着实好辛苦，晚上吃的那些差不多下车就吐光了，脸色更显苍白。

马大姐也跟着起哄：“怎么样？今天跟帅哥处得如何？不是每次三小时吗？今天怎么这么久？跟帅哥轧马路呢？”

“大妹一脸春光灿烂，我们宿舍是不是能等到有男孩过来帮忙擦地啊？”阿宋姐放下护肤品，冲兰源挤眉弄眼。

兰源放下书包，边脱衣服边嚷嚷：“拜托，姐们儿，有点追求好不好？除了男人，我们还能聊点别的吗？”

马大姐哈哈大笑：“‘兰三八’，李老师问你日语考到几级了？”

“哎哟，妈呀，你们还是等我冲完澡后再跟我聊男人吧。”兰源只穿着小吊带和内裤，准备去水房简单冲个澡。

三个女人瞬间凑了过来，把兰源摁在椅子上，问的都是她和柳轩的那点故事。可能是兰源身边真没什么男人，更别提柳轩这种空降的帅哥，难得冒出来这么一个，就被她们往死里关注。

“你们吵架了吗？”

“你们打架了吗？”

“这么晚回来干吗去了？”

“帅哥还拽吗？”

“这下可找到你新一代的‘开山怪’了吧?”

……

兰源只好从书包里取出沉沉的书和讲义，再放进抽屉里，坐在凳子上大笑。笑完后，她用双手支着自己的下巴，跟她们说：“No，No，No，没你们说得那么夸张啦。我今天跟他好像彼此都打开了心扉，有了相知的过程，聊得还不错。后来听说我回到学校后食堂没什么吃的，他就留我吃晚饭了，我还真吃不惯北方人家里的饭菜，不过能赶在饭点吃饱肚子好幸福啊。柳叔叔要我想办法帮柳轩建立学习英语的兴趣，于是我就受人之托忠人之事，饭后和他多聊了一个小时，再后来他就送我去了车站。”

“才多聊一个小时？我的‘三公主’，从下午五点到十点，除去你在路上的一个半小时，你们才多聊一个小时？”梦子咕咚咕咚喝了几口水，掐着手指算着，像个邻家妹妹。

兰源继续说着：“他说我太胖了，说我普通话不标准，说我说话声音太大，像土匪，男孩子不喜欢，还说我笑的时候嘴巴太大了，像母河马。”

“你没骂他？他这么侮辱我们的兰大小姐，这还得了？这要是换成我们京西大学那几个男同学这么说你，你还不得扒了他们的皮。”马大姐睁着大眼睛，从没这么惊讶过。

“他说得还蛮贴切的，不过说我笑得像母河马，我是第一次听说，太逗了。”兰源的酒窝里写满了久违的幸福。她也不知道自己为什么不舍得扒他的皮，或许还是因为在乎他吧。

“我的花痴大妹，产生感情了吧？这个帅哥不再自命不凡、孤芳自赏了吧？”阿宋姐依旧甜蜜蜜地看着兰源笑着。

“还好，比第一次好多了，吵来吵去还算热闹。这个活干得比上次轻松多了。”兰源站了起来，想去冲澡，她们又把兰源摁住坐了下来。

“柳轩这人到底怎么样？除了帅，跟我们说说。”马大姐花痴般的笑脸比牡丹还要漂亮。

“他能很逼真地模仿张信哲唱歌，他还以为自己就是‘情歌王子’呢，却被我嘲笑为‘猪肉丸子’，那种只能搁置在冰箱里的猪肉丸子，哈哈。他给我唱了几首，确实模仿得太像了，我都听惊了。”她笑着回忆着。

“哇，阿哲，我的‘情歌王子’，我最喜欢啦。”马大姐依旧不依不饶。

“他是学画画的，跟濑明一样有双特别漂亮的手，和梦子的手一样白净，他也会弹钢琴，喜欢玫瑰花。”兰源和盘托出。

三个女人乐呵呵地看着她笑，看来摊上了柳轩，兰源就成了宿舍的话题女王，谁让她是唯一一个没有男朋友的女人呢。

“赶紧去买个手机吧，下次你再这么晚回来，给我们发短信。”阿宋姐关心地说。

“嗯，该买了，这周末就去看看。”兰源傻傻地笑。

“买了手机，帅哥的电话也只能打到宿舍里来，知道吗？”马大姐狠狠地说着。

“滚！”兰源哈哈大笑，不停地摆弄着桌子上的那支圆珠笔。

“哎哟，一个艺术范儿的帅哥哦。”梦子坏坏地笑着，将身体优雅地靠在床栏杆上，“‘三公主’，你可要好好把握哦。”

“说什么呢，梦子，我们只是师生关系，聊得还不错，没那么讨厌他了而已，我对比我小的男孩没兴趣。”

“说不好哦，大妹。”阿宋姐也火上浇油，“女大三，抱金砖呢。”

“切，我坚信我的王子会在大不列颠岛的土地上，手捧一束鲜嫩的玫瑰花，默默地等着我。”兰源仰头看着窗外，一脸花痴样。

“兰花痴！你可别找一个穿着苏格兰裙不穿内裤的男人，我会鄙视你的。”马大姐大笑。

宿舍里随即响起一阵狂笑。

这时候电话铃响起了，笑声嘎然而止。

“太好了，你们当中的某个男友打温馨夜话了，我可以去冲个澡了吧。”听到电话铃声，兰源如狡兔般敏捷地从椅子上站了起来，顺手把脱下来的脏衣服放入脸盆里，另一个脸盆里装好洗漱用品，拎着两个开水壶就往水房走去。

“喂。”梦子慢悠悠地走去接电话，这个点儿，准是她和她家老高的浪漫时间，隔着千山万水，老高怕劲敌上位，所以对梦子很是宠爱。阿宋姐也开始做面膜了，马大姐整理着床铺，准备上床看会儿书睡觉。

“‘三公主’，你的电话。”梦子冲过道娇滴滴地说了一声，“先别去洗澡了好吗？你家丸子来电话了。”

“别跟老高一起调戏我了，丸子这会儿怎么会给我打电话！除非他吃错药了。”兰源继续往水房里跑。

“真的是找你的，是柳轩。兰源，你快回来。”梦子费劲地提高了分贝，她平时很少高分贝说话，跟老高吵架都是温柔至极。

兰源从水房探出一个头，用手指着自己的鼻子低声说：“柳轩？真找我？”

“是的，‘三公主’。快来接吧，人家等得着急呢。”梦子笑嘻嘻地说着。

“喂。”兰源慢慢走了过来，放下脸盆和水壶，左手扶好右肩上的吊带，一脸困惑。

“‘三公主’，你好，我没吃错药。”电话那头果然传来了丸子播音员一般的声音，而且在坏坏地笑，梦子和兰源说话时肯定忘记捂住话筒，他都听见了。

“平身！”她也借机坏坏地回答。

“她们喊你‘三公主’？难不成你在宿舍排老三？我看你没有公主的范儿啊。”丸子继续问着。

“哈哈，我的确是排老三，不过喊我‘三公主’不是因为这个，这里头是有故事的。”她俏皮地说着。

“什么故事？”

“因为我在宿舍表演了一段《东成西就》里的‘三公主’和黄药师跳的‘双飞燕’舞，特别逼真，所以她们就开始喊我‘三公主’。”兰源哈哈大笑。

“是林青霞主演的那部吗？”他问。

“是的，这是我最喜欢的一部喜剧。”她得意扬扬地说着。

“哎哟，你这般姿色，林青霞跟你比还是有差距的。想必这个‘双飞燕’必然能登上大雅之堂，你下次能给我跳一段吗？”丸子很不客气地讽刺她，这语气兰源太熟悉了。

“想得美！我不轻易对外演出，有话快说。”

“哦，我回家路上才发现你的水壶放在我车筐里了，你还有多余的水壶吧。下次过来就是周五了，还有好几天才能给你。”丸子慢慢地说着。

“哎哟，对啊！我当时觉得水壶沉，就偷懒放你车筐里了。你怎么不追上来啊？公交车开得那么慢。”兰源挠了挠头。

“姐姐，我车轱辘气不足，真心追不上。”他苦笑了一下。

“没事，我有多余的水壶，放心吧。记得把茶水倒了，帮我刷一下，如果有茶渍就放点醋，还要晾干。算了，你还是让你家阿姨做吧，你这么个懒少爷，肯定懒得刷。”

“嗯，都是你说的。”丸子语气重重地说着。

“多谢你了，‘小丸子’同学。”兰源打趣他，眼瞅着马大姐又往她这儿走了过来，赶紧对着电话谨慎地说，“有个坏女人过来了，还有事吗？”

“我没事了。”他笑了笑，清了下嗓子，“你们忙吧，别玩太兴奋了，会影响睡眠的。”

“开玩笑，我们床头都贴着日语《五十音图》呢，每晚睡前背十几分钟《五十音图》准能昏昏而睡。自从我学日语以来，我就从没失眠过。”兰源头头是道，电话那头丸子开怀大笑。

“帅哥，你知道我们‘三公主’还有个外号叫‘兰三八’吗？”阿宋姐如此出言不逊，继而引发她们一阵欢乐的笑声。

兰源赶紧把门关上，丢人丢到崇文区了，她一手捂着笑痛了的肚子，一手紧紧地捂住话筒：“姐姐们，放过我吧，这周我都擦地擦桌子打水好吗？”

“不行，怎么也得两周。”梦子抬起她高傲的下巴，兴风作浪。

“成交！”兰源咬牙切齿地应下，冲着电话那头喊着，“丸子，我们说到哪儿了？”

“说到‘兰三八’了。”他不怀好意地重复了阿宋姐的话，挑衅兰源。

“哈哈！有个同学用日语喊我‘兰小姐’，我听成了‘兰三八’，我狠狠地骂了他。他口语太差，居然在日语课代表面前班门弄斧，自找没趣！”

“那真是个可怜的孩子。我发自肺腑地表示无比同情他。”丸子乐滋滋地说着，没完没了似的。

“听好了，你以后不许喊我‘兰三八’，小心我扒了你的皮！”兰源乐此不疲。

“‘三公主’，小人不敢。”他很肯定地回复。

“料你也不敢！没事就不聊了，我还得去水房。”她轻声笑着。

“那好吧，晚安，‘三公主’。”他一字一字地说着，忍住没笑。

“嗯，平身，晚安。”兰源用高傲的口吻说着，仿佛自己真的就是三公主。

挂上电话，兰源把门关上，四人继续狂笑。兰源心里也是欢喜的，丸子不经意间走入她的青春，让她的青春有了别样的幸福和期盼，让宿舍的姐妹有了新的快乐源泉，无论如何，快乐就好。

兰源觉得她们四姐妹这么闹着、乐着，从来不会觉得孤独。

接下来一个多月的十几次课，兰源和丸子也是这样闹着、乐着，她越来越觉得快乐和充实，这是青春岁月里第一份实实在在的美好。

有一次辅导完，兰源和柳轩靠在他屋里窗台那儿聊天。丸子会很礼貌地继续恳求兰源，给她唱很多首好听的歌来换她跳一段“双飞燕”，被她严词拒绝了好几次！他只好一再要求看一眼她在宿舍即兴表演时的装扮，兰源奈何不了他对“三公主”造型的执着和好奇，答应给他看了一眼照片，她从没给任何男孩子看过。按照梦子的原话，太丰满太露肉太搞笑了。

兰源只记得他接过照片时，目瞪口呆，目光瞬间被定格，十几秒后才咧嘴大笑：“这就是‘三公主’的装扮？”

“嗯。”兰源和他并肩靠在窗台那儿，也低头看了一眼，点了点头。

“你能不拿这两把大妈们才拿的蒲扇吗？真是煞风景！”他一脸抱怨看着兰源的眼睛，而她却笑得像春日里枝头上那朵鲜红的海棠花。

“哈哈，电影里的‘三公主’拿着两把红色的羽绒扇子，我没有装备，就只能随手拿来宿舍里的大蒲扇。”兰源扑哧一声笑了，觉得自己当时真是乐疯了。

“都什么年代了，女生宿舍还用这种扇子？”他很诧异地垂下眼睛，继续看着照片。

“‘小农村’卖两元钱一把，很便宜，很结实，能扇风，还能打蚊子，打苍蝇，清洗也方便，多实用啊。”兰源抬头看着柳轩的那双单眼皮眼睛，很俏皮可爱，她好像没那么喜欢双眼皮眼睛了。

“嗯，还能用来打人，对吧，‘三公主’。”柳轩扑哧笑了，“这红色吊带裙子你能穿得上？还是露背的。”

他抬起头很快地扫了一眼兰源的上半身。

“当然没有，我胖，后面的拉链只拉了半截！那是梦子的裙子，我是女汉子，很少穿裙子！照片只拍了正面，没拍后面，她们在场的都看见我后背的肉，梦子说贪吃贪睡把我当初刚来京西大学时的清秀模样彻底摧毁了，哈哈！”兰源摸了摸后脑勺。

“你的发型用了什么牌子的定型水？”他斜着脑袋看着兰源，一本正经地问她。

“没有用，随意扎的。粉色丝巾是梦子的，盖住额头不是装鬼，是为了显示‘三公主’独特的神秘感。”兰源极力辩解。

“哈哈，‘三公主’挺漂亮的！”柳轩继续看着照片上的兰源，不知道到底在夸哪个她。

“那当然，林青霞可是天生丽质难自弃，是多少男人的梦中情人！”兰源只好顺水推舟。

“我是说你挺漂亮。”丸子抬起头，又认真地将兰源打量了一番。

兰源没回应，只是抬起头看着他，面若桃花，天真无邪地憨笑着。丸子第一次不损她，反而说她挺漂亮，他葫芦里卖的什么药？她该怎么接招？

“呵呵，又受宠若惊了吧？”丸子搞怪地笑着。

“滚远远的！”兰源使劲推了他一把，他瞬间撞到了大衣柜上。

“哎哟，‘三公主’真是暴力狂！”他用手摸着被撞的胳膊，依旧笑个不停，“‘三公主’的眼睛和眉心的一点红很好看，长发也很漂亮。”

“废话，地球人都知道！”兰源非常不谦虚地自夸着。此刻，她心里美滋滋的。

“哈哈，我刚从火星来的。”他一脸无辜地说着。

“你这个外星妖怪，我要把你赶回火星。”

“你头发有那么长啊，我看看。”丸子说完，随即抓着兰源后腰的辫子看。

“垂下来到腰，我头发很厚，所以我平时外出都编辫子，这样显得少，显得短，没那么累赘。”兰源得意地抓起自己的辫子。在京西大学，她的头发是她唯一能拿得出手去抗衡各路美女的。这跟她从小爱吃坚果有关，所以发质非常好。

“披着应该很漂亮。”丸子一直看着她。

“有病啊，大夏天的，你要热死我啊，我那么爱折腾。”她咧嘴大笑。

“这样吧，‘三公主’，吃完晚饭我给你画一幅人像素描吧，一个多小时而已，你就自然散开头发，家里没那么热，你长不了痱子的，而且我这儿有的是痱子粉。”丸子慢慢抬起头看着她，又摆弄了一下她的粗辫子。

“画什么啊？”兰源眼睛睁得圆圆的。

“画你啊。”他不好意思地笑了。

“哎哟，你上回不还说画我特别简单吗？不用看都可以画，就画大脑袋、大脸、大眼睛、大嘴巴、大鼻子。干吗还要看着我画？还披着头发？还要盯着我一个多小时？”兰源从窗台走到书桌旁，看着桌子上丸子的那些英气逼人的照片。

“上次是逗你玩的。我当然得看着你才能画啊，要不然学校要那么多模特干吗？”柳轩也走到书桌旁，“照片和人像素描是不一样的，后者更生动，更有质感，关键是我不会让你手捧两把蒲扇，太煞风景。”

“不行，我又不是模特，再说了，我不喜欢被异性盯着看，尤其是你这么直勾勾地看着我，我是不是还得含情脉脉地看着大画家你？想想我都觉得很别扭，太搞笑了。”兰源转过身看着他，特别不好意思地晃着脑袋，严词拒绝。

“别扭什么，我还能吃了你啊？我可是很专业的。”丸子无奈地反驳，可能觉得她太不识相。

“反正不行，吃完饭我还得赶车回学校呢。我走了大半天，宿舍那三个女人会很寂寞的，我也困了，大半天没睡觉。”兰源轻轻地打了个哈欠，舒服地伸了个懒腰，就像在宿舍那般自在，“你就照着我这张照片画不就得了吗？头发也是披着的，还涂了口红，关键是还穿着小裙子，这真是千载难逢，你还非得我坐个把小时啊。”

“真服了你。”丸子低下头去，看着被灯光照得亮堂堂的实木地板。

兰源看着他的眼睛笑着说："'小丸子'同学，你总算大彻大悟了，果然是位天资聪颖的小帅哥，孺子可教也，哈哈。"

"滚！"丸子居然吐出这个字。

"哈哈，你完蛋了，彻底被我带坏了。"兰源尽量压低声音，怕他家人听见，捂着肚子笑了起来。近朱者赤，近墨者黑，真是一点都没错。曾几何时，兰源从马大姐嘴里学到这个"滚"字，马大姐不会骂人，但凡她想发飙骂人，就只会脱口而出一个"滚"字，最厉害的也就是"死女人，赶紧滚"，没有新招。

"可不是嘛，认识你'三公主'可真是三生有幸，我'受宠若惊'呢！"丸子继续冷嘲热讽。

"免礼，平身！"兰源紧闭双唇，昂首挺胸，姿态如公主般高傲，左手随意放在身后，右手手心向上，缓缓地向上抬起来，居然还是兰花指。

丸子非常无奈地深呼了一口气，想要极力保持清醒，他彻头彻尾地被兰源打败了，他开始喜欢上这位独一无二的"湘西女匪"了。

兰源此刻已经笑得前仰后合，活生生一只母河马："看，词穷了吧？小子跟我斗，你还嫩了点！

丸子不屑地看着兰源的大嘴巴，然后扑哧笑了："你又笑得这般'可爱'，嘿嘿。"

"可爱什么？可怜大学三年都没人爱？回头我去庙里烧香拜佛，希望我的曹依哥哥能爱上我，来我的宿舍帮我们擦地就最好了，花痴们会高兴坏的，就不会天天笑我了。"兰源双手合十做祈祷状，酒窝里写满了期待。

"真没出息。人家都把你当哥们儿了，你还那么迷恋他干吗？他除了帅，还有什么好的？天涯何处无芳草！"丸子低头掐着手指，语气极其不耐烦，醋意尽显，只是兰源并没有察觉，她始终是个不解风情的女子。

"不许你这么说我的曹依哥哥，大人的感情，你小孩子懂个屁！"兰源使劲掐了一下他的胳膊。

"哎哟，他知道你这么暴力吗？"丸子使劲揉了揉胳膊，离兰源远远的。

“当然不知道，我可以伪装嘛。”她摇头晃脑地微笑着，得意扬扬。

“他知道你会跳‘双飞燕’吗？”

“不知道，我上个月才学会的。”

“你们宿舍几个姐们儿没在电话里告诉他？我才给你打几次电话，就摸清楚了你的底细。”丸子笑着抬起头，盯着她的眼睛。

“废话，就算诛灭了宿舍的三个女人，也不能让他知道。再说了，他从没往我宿舍打过电话，每次都是我去外面的公共电话亭给他打电话，宿舍的三个姐们儿知道得很少。”她看了柳轩一眼，埋下头去，神思恍惚，黯然伤神，大二时发生的故事历历在目。

“原来是单相思啊！”丸子幸灾乐祸地笑了。

“呵呵，其实我和曹依哥哥有一年多没联系了。所谓哥们儿只是我在自我安慰，我们现在彻底是陌生人，我也没勇气继续给他打电话。所以，这些所谓的‘底细’，他一概都不知道，也不知道我都发福成这个样子。要是知道他也不会崩溃，我又不是他的谁。”兰源抓起书桌上一根小绳子，缠到手指上，松开，又缠上。

“真希望他知道你的底细，彻底断了你的相思。”丸子躲得远远的，取笑花痴兰源。

兰源横眉冷对丸子，过了一会儿，她摇了摇头，微笑着，慢慢地又低下头，无意中看着他的小腿发呆。

“你不会是想踢我吧？”丸子本能地后退了两步。

兰源彻底被他逗乐了：“哈哈，丸子你也很可爱啊。”

“得，打住，爱我的人很多，我可不会怨天尤人。”丸子恢复了他孤芳自赏的本性，一脸怡然自得的样子，像只骄傲的孔雀，“高考后几天我生日，会有个party，到时候你也要来，我带你见见我的同学们。”

“少臭美！”兰源看着他笑着，“到时候肯定有很多美女吧？都是喜欢你的女孩子吗？对了，丸子，你喜欢什么样的女孩？”

“不都是，呵呵，我想想啊……我跟你的曹依哥哥一样，肯定也不会喜欢你这种类型的绿林好汉，喜欢上你是很需要勇气的。况且，我比你的曹依哥哥更熟悉你的底细，比如你的身材、歌喉、舞姿、个性等，简直让人闻风丧胆，哈哈。”丸子捂着嘴巴哈哈大笑，仿佛损她能让他很快乐似的。

兰源瞬间收住了笑容，转而非常难受。丸子可能以为这只是个玩笑而已，也有可能是他发自肺腑之言，但兰源的心受到了伤害。同时，她的内心也在挣扎，反省自己这孤独的三年内的所作所为，怎么就没有男生喜欢她呢？会不会以后都没人爱她了？她会不会只能嫁给拖家带口的二婚男人？或嫁给老气横秋的秃顶老男人？她若不从，会不会孤独到老？会不会老了以后去公园跳广场舞来寻觅一场夕阳恋情？她不会真的只能嫁给穿裙子却不穿内裤的矜持的苏格兰人吧？……

她越想越委屈，恐惧感油然而生，慢慢地垂下头，侧过身，面向窗外，陷入沉思。

“生气了？”丸子往前走了几步到她身边，低头侧身看着她，“‘三公主’哭了？”

她轻轻擦去了泪水：“不带这样损我的，弄得我都觉得自己注定要孤独到老了。我不想降低要求嫁二婚男或老男人。”

“对不起，对不起，‘三公主’。”丸子有些不知所措，用手揉着后脑勺，抓起床头的抽纸递给她，语无伦次地说，“别哭了，‘三公主’，我开玩笑而已啦！你人见人爱，人见人夸，英姿飒爽，曹依哥哥肯定很喜欢你，跟你做哥们儿是他没福气。我也很喜欢你啊……你这么可爱这么快乐的老师我第一次见，简直受宠若惊！除了模特，我很少给身边的女孩子画人像素描，我喜欢你才愿意给你画一幅，画画也很费时间，很辛苦的，对吧？今天你困了，要赶回家，等我高考后，找个时间，我再给你画吧？”

兰源拿纸巾擦拭脸上的泪水，破涕为笑，轻声应了一声。

“别哭了，我给你唱首歌，张信哲的《难以抗拒你的容颜》，让曹依哥哥悔青肠子，好不好？”

“好。”兰源点了点头，虽然知道丸子是哄她开心，但她依旧很开心地笑了。

缘来则合，缘去则分。

丸子其实挺可爱的，也很善解人意。他说得没错，异性要喜欢上“三公主”这种性格的女孩子，确实需要很大勇气。

丸子有着达西的帅气和傲慢、爱德华的沉稳、艾希礼的忧郁、濑明修长的手指，又有着阿哲“情歌王子”清澈的歌喉，同时还更可爱一点。

潜移默化，“三公主”改掉了很多不好的毛病，丸子无形中改变了她很多。试问哪个女孩子愿意老被帅哥瞧不起呢？更何况是她那么在乎的人。

六月逼近，丸子高考的压力陡增，“三公主”的学业压力也很大，他们时常互相鼓励，那段时间他们很开心，最可怕的是“三公主”已经习惯了这种快乐的日子，甚至形成了精神上的依赖。

直到那天，丸子知道“三公主”要考雅思去英国读研，他们之间这种温暖的友谊才有了些许微妙的变化。不可否认的是，丸子已经走进了“三公主”的生活，走进了她的内心，她好像已经离不开他了。其实，对于丸子而言，也是一样的，只不过“三公主”反应迟钝没察觉而已。

第六章

我的未来在大不列颠

跟丸子从初识到相知，“嗖”的就过去了一个多月，六月中旬的一个周六的晚上十点半，兰源拖着疲惫的身体从新东方回到宿舍，梦子和马大姐还在图书馆，只剩下阿宋姐一人在进行各种程序的护肤，她是个漂亮爱美的女孩。

“大妹，你回来啦。”

“累死了，”兰源把书包扔到桌子上，像条鲤鱼跳到了床上，用枕头埋住了脸。

“你家丸子来电话啦。”她哈哈大笑，“我说你去外面上课还没回来，他问我你去哪儿上课。我说是新东方。他怎么都不知道你报名考雅思了？我告诉了他，他冷冷地挂断了电话，不过还算客气，他的声音真好听。”

“是的，我没告诉他，出国留学是我的事。”

“他会舍得你这个可爱的小老师吗？”阿宋姐熟练地把面膜轻轻敷

到脸上，她的脸那么小，面膜都贴到她下巴和耳朵上了。

“怎么会呢？我和他就像哥们儿一样。”兰源费力地从床上爬起来，拿水杯接水喝。

“你会舍得丸子吗？”

“有什么舍不得的，我未来的世界在西半球，在大不列颠岛。”兰源装作无所谓，咕咚咕咚喝着水。

“我看你会很舍不得，呵呵，或许你已经恋爱了，你自己还不知道。看你们平时多亲热，多要好啊。”阿宋姐的眼睛笑成了一条线。

“怎么可能，我们在一起玩闹只是觉得好玩而已，我是他姐，我对比我小的男生没兴趣。”兰源心口不一地说着，悄悄走到了阿宋姐身边，“阿宋姐，我想跟你说个秘密，你不要跟她们说，也不许笑话我，我憋好久了。”

“快说，快说。”阿宋姐的眼睛闪着奇特的光彩，一边把录音机的音量调低，一边使劲抓住兰源的胳膊，怕她临阵跑了。

兰源赶紧跑过去把宿舍的门关了，把录音机的音量调高点，万一门口有人听到了呢。

“天啊，居然还关门，我的‘三公主’，你的初吻没了？”阿宋姐一脸诧异，茫然地看着眼前的大妹，“难不成……你失去处女之身了？”

“哎哟！我的阿宋姐，不是这样子的，你想多啦，我不是那种随便的女孩。”兰源赶紧跑回来，坐在她床头，抿着嘴巴。

“上几次跟他上课，他要看我‘三公主’的装扮，我给他看了，他笑得不行。后来有一次，我无意看到他上课走神，盯着我的胸看，让我特别尴尬，我的脸唰地就红了，感到无地自容，我没骂他，跑去厕所洗脸。我从他家回来后翻来覆去睡不着，越想越生气，他就是个斯文败类！”兰源轻声说，声音从没这么小过。

“哈哈，大妹，男人最喜欢看女人的胸了，要不女人干吗要去为男人丰胸，这个事情有点意思哦。不过大妹，你长得最好的两个地方就是眼睛和胸，眼睛大得像赵薇，胸还特别丰满有弹性。”阿宋姐笑得特别坏，手指往兰源胸那儿压了压，“我也喜欢，别说你家丸子了，男人看女人一眼能看穿的，他是不是日子久了，对你有点动心，所以才对你产生了幻想？”

“什么幻想？”兰源压低嗓门，说话从没这么轻过。

“性幻想！”她斩钉截铁地回答。

“不会吧。我根本不是他喜欢的那种类型，我能看出他喜欢那种能被他保护，极其依赖他的小女人，起码是赵飞燕那种瘦瘦的女子。”

“每种女人都有她不同的美可以吸引异性，就像花朵一样，花期不一样，韵味也不一样。你虽然丰满有余，但你热情似火，你的纯真善良还是很吸引人的。我都很喜欢你，别说你家丸子了。”阿宋姐紧紧地抱着兰源的胳膊，捂着嘴巴笑了。

“阿宋姐，说好了你别笑话我，丸子都说过男孩子喜欢上我很需要勇气。”兰源抱怨地推了一下她的胳膊，“还有，可能是天越来越热，他前两次上课居然只穿了件挎篮儿背心，这北京小爷们儿怎么这么随意？让我特别尴尬。他胳膊居然比我的还白。”

“你也看他胸了吗？”阿宋姐特别坏地笑着，前仰后合，面膜都快要掉了，她赶紧仰着脑袋，用手掌压一压。

“看了，扫了好几眼，男人的胸是平的没什么好看的。他臂膀很宽，肌肉挺结实的，就是那件背心让我很不自在。”兰源很不好意思地承认了，“说好了不许笑，以后我再也不跟你说了。”

“好了，不笑了。他18岁，你21岁，青春期嘛，互相看看很正常。大妹你要老实告诉我，你看到他那宽大的臂膀和结实的身材，对他有过幻想吗？”她猛地摘掉了面膜，把腿盘起来，身体前倾，睁大眼睛看着兰源，笑得那么狡黠，好像兰源干了坏事。

“没有，我就想着快点考过十二月底的雅思，明年秋天踏上大不列颠的土地，那里承载着我太多的梦想。”兰源斩钉截铁地说，“不过，他身材真的很好，抱着应该很有安全感。”

“依我看啊，没有幻想最好，他那种白马王子型的男孩以后去了美院或艺校，漂亮女孩子那么多，会把他宠坏的，就像你以前喜欢的曹依哥哥，繁花开尽都为他们，丸子怕也是靠不住，别辜负了你。你是个重感情的女孩子，伤不起。”阿宋姐继续用手挽住兰源的胳膊，并把头靠在她的肩膀上。阿宋姐一如既往地爱撒娇黏人，怪不得男孩子都可喜欢她了，“那你喜欢你家丸子吗？”

兰源哑口无言，装作没听见，起身抓起桌子上的曲奇饼干，胡乱地往嘴里塞，就像她此时乱糟糟的心情。

“大妹，你喜欢你家丸子吗？”阿宋姐抬头看着兰源，重复了一下刚才的问题。

“喜欢，这个时候认识他，感觉挺好的，我又不是LES，只是他太优秀了，我觉得很自卑，而且又偏偏是这个时候认识他，我们以后注定越走越远。你听校园广播里最近放的那些歌，让人肝肠寸断，都是为毕业就分手的那些情侣放的，都是些无疾而终的爱情。”兰源使劲吃着饼干，看着窗外一年一年繁荣茂盛又枯萎凋谢的桦树，开始心疼自己一寸一寸失去的青春。

“别太喜欢他了，守住自己的底线。以后你去英国了，自然就会忘记他。他进入大学，也自然会忘记你。”阿宋姐善解人意地说着。

“放心吧，阿宋姐，我跟他在一起的日子也就剩半个多月了，完事他走他的阳关道，我过我的独木桥。我教过这么多学生，不至于到他这儿就被爱情撞了一下腰吧，我只是喜欢他而已，我这花痴喜欢的人多着呢。”兰源微笑着说，她也不知道为什么要在阿宋姐面前伪装成满不在乎的样子，或许是没有希望就没有失望吧。不过，喜欢就喜欢，刻骨铭心就刻骨铭心，怎么在爱情面前，她却变得这么懦弱？

“嗯，你能这么想最好了，不过感情的事很难说清楚，别想那么多了，赶紧洗洗睡吧，你明天还要去给他上课呢。”

“哎呀，忘记准备讲义了。”兰源猛地从床上坐起来，“都11点了，我得赶紧做。糟糕，我水房还泡着好多衣服没洗呢，这事怎么都赶到一起了，真希望自己多长两只胳膊，临近毕业，好累啊。”

“哎呀，凑合讲讲得了，那么认真干吗？你都累一天了，歇会儿吧。”

“不行，拿人钱财，替人消灾。”兰源起身打开抽屉，拿出她的讲义。梦子这会儿轻盈地走进了宿舍，笑颜如花。这个长得像雅典娜的女孩，是无数男孩的梦中女神，老高捕捉了她的芳心是多么幸运啊。只不过这种幸运也经不起毕业的考验，谁都在意城市之间的距离。兰源非常清楚，梦子没有老高是可以更幸福的，只不过她宁愿为了他而辛苦地守护着自己的这份孤独。

这时，电话响了。

“估计是老高的电话，我刚进门，他这人烦不烦呀。”梦子的声音嗲嗲的。

她像只幸福的小鸟，满心欢喜去接电话。有男朋友的女人真是幸福，能这么被人关心着、疼着、爱着，兰源不免有点嫉妒，只不过这个念头稍纵即逝，她赶紧开工，打开讲义，备课，画重点。

“喂，你好。”梦子温柔地应答，声音如此甜，像天使一样，“找哪位？啊，她回来啦，稍等，小兰，你的电话，是你家丸子哟。”

也许是刚讲到了性幻想和胸的事，兰源特别不情愿地拿起了电话，犹豫了片刻，轻声说：“喂，我在。”

“小兰。”他吐字特别清晰，“她们喊你小兰？挺好听的。”

“没大没小，小兰也是你这个小屁孩喊的吗？我比你大三岁。你有事吗？”兰源嘟囔着，好像吃了火药，柳轩停顿了一会儿。

“晚上有道题不会做，打电话想请教你，你不在，你们宿舍一个女孩告诉我你去新东方上雅思辅导班了，”柳轩的声音很低，“你毕业后想去哪儿啊？”

“嗯，今年十二月底考好了再申请英国的高校。”兰源说得有板有眼，生怕阿宋姐在旁边笑她对丸子有幻想，“考不好就不去了，没那么多钱多读一年预科班。你这么晚了找我就这个事？都几点了，还不睡？”

“嗯，你也累了，明天我们再聊，早点睡吧，晚安。”他语气很僵硬。

“好，晚安。”兰源果断挂断电话。

“看来丸子和我们大妹还是有故事的。”阿宋姐在旁边冲梦子挤眼。

不说还好，越说兰源越尴尬，临睡前看让人头晕目眩的日语都睡不着，满脑子都是丸子，夹杂着临近毕业的迷茫和对出国的无限憧憬。

兰源第一次失眠了，天居然很快就微微亮了起来，窗外桦树上的小鸟叽叽喳喳地叫着，扑棱着翅膀。

丸子，兰源对他没有性幻想，或许是因为她太忙太累了，或许是因为他们就不是一条路上的人。但兰源知道这些不代表她不在乎他，不喜欢他。

第二天中午，丸子家楼下的门禁依旧不动声色地自动开了，兰源也习惯了，这次她迟到了半小时。她在车上塞着耳机反复听着Sarah Brightman的*Scarborough Fair*，可能是曲调太凄美婉转，给她以心灵深处的触动。尤其当她听到“Remember me to one who lives there, he once was the true love of mine……”时，更是万分纠结，也不知道她发什么呆，神思恍惚地就坐过了好几站。

“小兰，你今天迟到了。”丸子抱怨。

“怎么还这么没大没小的？不好意思，我坐过站了。”兰源弯腰脱鞋，把鞋放得整整齐齐，冲他苦笑了一下，一头大汗把额前的刘海都弄湿了，乱乱地贴着头皮，丸子看着她笑了。

“在车上睡着了吧？”他随即把门关了。

“最近挺累的，学校好多事。”兰源弱弱地回答着，耷拉着困倦的眼皮，不再如以往神采奕奕。

她冲丸子笑了一下，直接走向书桌，放下书包，拿出一个本子扇着：“不早了，开始吧。”阿宋姐说男人能一眼看穿女人，这让她惶恐不安，所以她今天特意穿了两件衣服，着实热得不行，汗流浃背。

兰源刚开始一直不敢看丸子的眼睛，一直盯着试卷给他讲解，头都不抬。一会儿，她就进入了状态，慢慢把什么胸啊、幻想啊、出国啊给抛到了九霄云外，之前的兰源又回来了。

兰源讲着讲着，视线回到柳轩那双单眼皮眼睛，不知道是被吸引过去的，还是实在觉得老不看人家太不礼貌，兰源发现他正凝视自己的本子，并没有看她的讲义。她低头一看，丸子在认真画画，她一巴掌打到他右胳膊上，很生气地说：“上课你干吗呢？”

兰源顺手抢过他的本子，见上面画着她的左手，还好不是胸，否则她会羞愧得撞墙，或者逼他撞墙。

“你的手挺好看的。”他摸着自己被打的胳膊解释，“我们那些模特的手指不像你这么肉乎乎的。”

“肉乎乎的手好啊，你看我手背上十个小坑，算命的说这是大富大贵之命，我以后肯定能赚很多钱。哈哈。”兰源被他讽刺多了，习惯了为自己据理力争，她不想在他面前把自己放得那么低。

“去英国赚钱吗？”丸子的声音很低，眼神空洞地看着眼前的本子。

“嗯，这也是学英语的好处。”她装作无所谓地回答。

“国内有很多赚钱的渠道，再说女孩子那么能干干吗？找个条件好的人家嫁了多好，一样大富大贵。”丸子用笔在本子上随意画了几笔，一副老沉、落魄的样子，和兰源第一次见到他时差不多。

“从来好事天生俭，自古瓜儿苦后甜！条件好的人家太少了，我本就是个很平凡的女子。天道酬勤，这双肉乎乎的手才是成家立业的保障。再说了，你看我现在如果想嫁你，你会娶吗？”

兰源脱口而出，随即无比后悔，肠子都悔青了，因为她早就知道了答案会给她造成很大的不安，不管是yes还是no。

“想娶你需要很大勇气。”丸子认真思考了几秒钟，低沉地应答，没有用平时那种特别不屑的语气，有些话他是不能说的。

“切，我还不屑于嫁给你呢，”她猛地合上课本，“你还真以为你是我的prince啊，滚一边去。”

“小兰同学，你今天火气很大，考试压力不小吧，顺其自然，待在国内也挺好的，不行就继续在京西大学读个研究生呗。”他淡淡地笑了。

“我喜欢大不列颠，不喜欢京西大学。”她回答得很肯定。

“我想中场休息一会儿。”说罢，兰源起身去厨房接水。她也不知道是为什么，当听到丸子说‘想娶你需要很大勇气’时，自己竟然瞬间浑身冰凉，失落，惆怅，她这是怎么了？兰源掐指一算，还没到来大姨妈的时间。

不一会儿，兰源听到了他清脆的脚步声由远而近，她把内心的彷徨和忧郁藏得严严实实的，转过身，抬起头，扬起嘴角，装作很有底气的样子和他说：“丸子，我要是出国了，你会想我吗？”

“你不出国我也会想你的，”他斜靠着吧台，压抑着自己的情感和内心的委屈，云淡风轻地说着，“身边像你这么逗的人太少了。”

“滚！”兰源笑得很开心，认识一个多月了，这是她最爱听的一句话。

“喝点红酒吗？我想喝点，有点乏。”他打开酒柜，拿出了一瓶瓶身上满是法文的红酒，娴熟地打开了。

“我从不喝酒。”她接完水，扭头就走了。

“真是不解风情。”他嘟囔着，声音低得她都没听见。

“你说什么，我没听见。”兰源回过头瞥他一眼。

“没事，我自己喝。”他从柜子里拿起一个透明的酒杯，自斟自饮。丸子举止文雅，漂亮的酒杯被他修长的手指夹着显得更加透亮，红酒的红晕透过酒杯，散出淡淡的红光，照在他的脸颊上，仿佛女人在那儿留下了性感的唇印。

他咽下一小口，若有所思地看着窗外，就像兰源此刻并不在他身边，柳轩真的很帅很年轻，但她也知道这个男孩是不愿意娶她的。

后面那两个小时不知道怎么熬过来的。五点了，阿姨在厨房里忙碌着，奶奶在看电视，柳叔叔在家看报纸，家里人多，气氛没之前那么紧张了。

平常丸子会带她去他屋一起听歌，玩录音游戏，这次他叫她去楼下走走。她也憋得难受，便尾随他，一步一步离开小区，往马路对面一个胡同深处走去。

“那边有架大秋千，你会喜欢的。”他特别认真地说着。

他们走到了一个池塘旁边，里面的荷花因为还没有到花季，因此看不到“接天莲叶无穷碧，映日荷花别样红”的美景，但还是散发着淡淡清香，使人心旷神怡。

兰源心里犯嘀咕，丸子今晚为什么要带她来这里？

第七章
离别却开始留恋

很幸运，他俩过去那会儿大秋千没人坐，他们赶紧冲过去，稳稳地坐了下来。环顾四周，开满了牵牛花、月季、菊花，五颜六色，娇嫩欲滴，争奇斗艳。书上说每个女人都是一种花，兰源知道她跟玫瑰、牡丹肯定是不沾边的，她一定是漫山遍野的金灿灿的油菜花，活在那一片自由的充满阳光的田野里，感受天地恩泽，吐露芬芳。她知道自己不是丸子钟爱的那朵玫瑰花。

“小兰，我下个月就要高考了，最近也要多复习其他科目，我看你最近很累，来回折腾也够辛苦的，咱们的课到今天为止吧，你下次不用来了。”丸子俯身把胳膊压在大腿上，侧着头茫然若失地盯着她，眼神闪动。

突然知道自己提前下岗了，兰源有点惊讶：“是我教得不好吗？我昨天确实没怎么好好做讲义。”她也不知道为什么要替自己解释，难道是为了能留下来多陪他些日子？

“你是我见过的最负责任的家教老师，我很感谢你。”他抬头看着池塘里的莲叶，语气异常坚决，“我需要点时间调整现在的备考进度，学校的课程也很紧张。”

兰源心里堵得慌，却装作若无其事的样子：“嗯，我能理解你，都是过来人，那你要努力。我们宿舍的梦子英语精读很强，阿宋姐的听说很好，如果需要我们帮助，尽管给我们打电话，大家都是朋友嘛。高考面前，你要斗志昂扬，你可是我的学生，得给我长脸！”

丸子一直凝视着她：“考雅思对你来说犹如探囊取物，你不要有太大压力。顺其自然，你肯定能申请到英国的好高校，或许还能在那儿生根发芽，然后就不会再惦记北京了。把日语学好，学分不能落。有时候，我觉得人就像蒲公英，你的意志和方向取决于那阵风。我能认识你，真的很高兴。”

兰源鼻子一阵发酸，却咧着嘴笑了，希望笑声能够淹没她抽鼻子的声音：“丸子，你的嘴真甜，什么时候这么会说话了，你是我教的最后一个学生，暑假我还要在学校担任外教助理，之后着手毕业论文、单位实习这些麻烦事。我也累了，不管以后是‘北漂’还是‘英漂’，我都注定是孤独的浮萍，这场征服自我的战斗总要打响，苦闷的煎熬会使我醇化的，我会让自己活得开开心心的，像向日葵一样。脸上写满阳光，心就不会迷茫。丸子，你也要永远开心。”

“你很坚强！”他一直盯着她的脸，好像要看透她。

兰源知道她再怎么巧舌如簧，脸上还是写满了离别的伤感，她从来没有对哪个异性产生过这种依恋的感觉，而丸子却揣着明白装糊涂地问她：“你出国了，那个你喜欢的曹依哥哥怎么办？”

“哎哟，说这个干吗？”兰源习惯性地轻轻踢了一下他的脚。

“我好奇，跟我说说你们的事呗。”

“不关你的事。”她转过头去看着身边盛开的鲜花。

“很好，没有说关你屁事，有进步。女孩子不要天天说什么‘屁’之类的词语，不文雅。”丸子的笑容种流露出一丝对她的欣赏。

他们像孩子一样笑着，打破了彼此心中的隔阂，想着明天就要跟他分道扬镳，兰源开始对他友善了许多，语气也较以前平静了。她认真地说："曹依哥哥，上天给了他俊朗的外表，同时又才华横溢，为人诚恳，是无数女孩的'梦中情郎'。"

"你爱他吗？"他问得如此直白，她一时语塞，马大姐都从没这么问过她。

"爱？我想想，开玩笑吧，我喜欢他就像喜欢木村拓哉。我只是他的粉丝而已，都没见过他，只打过电话，喜欢他是生活中一种非常美好的感觉。就像《少年维特之烦恼》中所说的：'Whoever is a girl does not want to be loved, and whoever is a boy does not want to be royal to his lover.'他钟情于他的女朋友，我默默钟意于他。等我哪天遇到了自己所爱的真命天子，这些感觉就会烟消云散。"

"那两句英文什么意思，你说得太快了。"他也调皮地轻轻踢了一下她。

"哪个少女不怀春，哪个少男不钟情！"她回踢他一下，"猪！"

"跟我说说你们之间的故事吧，你不是轻易喜欢别人的那种女孩。"

"谁说的，哈哈，帅哥我都喜欢！"她心直口快，此刻却恨自己有点不知羞耻。

"我也很帅，你喜欢吗？"他紧接着问，满脸的得意。

"喜欢啊，我的'猪肉丸子'。我可是双鱼座女孩，水瓶座之东，白羊座之西，一生都充满想象，富有强烈意愿去追求缤纷多彩的浪漫，你那么帅我怎么可能不喜欢？我又不是同性恋。"

兰源只图嘴上痛快，说完就后悔了，赶紧编造谎言掩盖错误："不过我大你三岁，你太小，还那么孤傲，我对你没兴趣，我还是更喜欢我的曹依哥哥。"

"呵呵，你只大我三岁，没见过你这么花痴的。"他得意得很。

"丸子，你是什么星座？"她好奇地问，试图多了解他一点，怕以后没机会。

"巨蟹座。"

"都说这个星座的男人很闷骚哦。"她总算找到机会可以讽刺他了。

“请注意用词，我们巨蟹座男人感情丰富、细腻，有很强的感受力，具有母性的博爱之心，属于居家派。”他使劲地抖动了下腿，把秋千荡得高高的。

“去！闷骚就闷骚，还母性的博爱之心呢！”兰源从上到下将他打量了一番。

“呵呵，好吧。对了，跟我说说浪漫的双鱼座女生和曹依哥哥认识的故事吧。”

“哈哈。我跟他之间很简单很纯洁，没什么故事，我都不知道他是什么星座。”兰源把视线转向渐渐黑起来的天空。

“跟我说说吧，上次我随便开了个玩笑，你就哭了，你是很在乎他的，对吗？”

兰源看着丸子俊秀的脸庞，想着马上就要分离，就没机会再和他讲自己的故事，于是将她和曹依哥哥的故事和盘托出：“说来话长，我有个花痴发小叫晗晗，是武汉大学的校花，她喜欢曹依哥哥，但她很羞涩，不敢告诉他。我这个人敢爱敢恨，知道世界上很多门看似紧闭，其实只要你勇敢去敲或推，总会有人回应你并满足你。我鼓励她给他打电话、写邮件，可她说就算这些都做了也是徒劳，他肯定不会回应，喜欢他的女孩子太多了。我不信这个邪，就跟她打赌，我去联系他，只要他给她写一封邮件，就算回应了，那么我就赢了。赌注是武汉三日游，包吃包住。是不是很诱人？哈哈。”

“看样子你赌赢了，我们‘三公主’这么能干，有什么事干不成。”他默默笑着，身体往后仰，估计是坐累了，他把胳膊平放在秋千椅背上，秋千晃动起来，“你肯定死缠硬磨，曹依哥哥才满足了你，对吧？哈哈。”

“拜托，我靠的是智慧和执着。”兰源侧过身看着近在尺咫却即将远在天涯的他，特别自豪地说着。

“我的姐姐，‘执着’就是死缠硬磨，说得这么冠冕堂皇，说说你多久收到了他的邮件？”

“一个月吧。”

“一个月？要是我，当天就给你回信。”他坏笑着说，使劲把秋千荡起来。

“为什么？”她抓紧秋千，特别不解地问。

“你那么厉害的角色，就像穆桂英，声音那么大，我都怕你。”他把身体朝右边挪了一下，怕坐在左边的兰源使出巴掌打他。

“人跟人的差距怎么能这么大呢？快给我滚池子里去！人家比你诚恳多了，他没架子，很有礼貌，不像你，自命不凡，拽不拉几的，不就是冰箱里的‘猪肉丸子’嘛。”

兰源果然给了他左胳膊一大巴掌，很生气地告诉他：“我的曹依哥哥每次接通我电话都非常友善，不管我打多少次，从没有不耐烦过，他很有涵养。”

“哈哈，你天天打电话，让他给你同学回信？这么逗？”他咧开嘴笑着。

“当然不是啦，姐是有智慧的人好不好？我以武汉晗晗的名义给他打电话，就像交朋友，起初他会觉得正常，毕竟跟他联系的女孩子太多了。但人的骨子里都是很虚荣的，他也不例外，被人喜欢、被人关心、被人暗恋总会让他觉得头顶的光环还在。

“他一开始对我彬彬有礼，有时候会有点不高兴，可是他毕竟是个特别诚恳的男孩，声音跟你一样好听，像播音员。他也很会模仿歌手唱歌，英文歌唱得可好听了，尤其是唱后街男孩的歌。当年他一袭白衣，风度翩翩地在台上边唱边跳*Get Down*，我是因为他才喜欢后街男孩的，呵呵。”

她把双腿抬起，看着自己的鞋尖，害羞地笑着继续说：

“我敢保证，神仙姐姐下凡看到他都会迷恋他，龙驹凤雏，皓齿朱唇，他是所有怀春少女心目中永恒的Jack，可望而不可即。

“他慢慢发现我一直在给他打电话，不是诉说衷肠，而是聊学习，聊书，聊后街男孩和Beyond的歌，聊那些操蛋的老师和校园里的一些奇葩事。我还给他送过好多贺卡，就是那种带着久石让《天空之城》背景音乐的电子贺卡。这种卡片会显示对方哪年哪月哪日何时被打开过，这样我就大概知道他几点在宿舍上网，所以我给他打电话一打一个准。

“说心里话，他并没有完全把我当成他的花痴粉丝，我觉得他并不讨厌我。我知道他爱读书，就跑去香山，买些枫叶书签，以啥啥北京朋友的名义寄给他，他很喜欢。说实话，他的学校在京东的农村，离香山太遥远了。一个月后，我问他到底有没有把我当朋友。他说：‘我们本来就是朋友嘛。’我高兴得抱着电话要飞起来。成功近在咫尺，我趁热打铁让他给我写封信，他答应了。第二天我收到了他的e-mail，一百多个字，虽然有点敷衍了事，漫不经心，但我赢了！

“我在武昌、汉口、汉阳肆无忌惮地挥霍着，吃遍了户部巷美食街和吉庆街美食街的各种小吃。我觉得自己真勇敢，当我伫立在黄鹤楼上，远眺长江，特别开心，做个勇敢的女孩真好，虽然没人爱，哈哈。”

说完，兰源把视线转向丸子，振振有词：“所以说，风景属于看风景的人。很多事并没有那么绝对，很多你讨厌的后来竟慢慢开始喜欢，很多你喜欢的后来竟慢慢开始厌弃，人的情感变迁很莫名其妙。”

丸子低着头抠着指甲，他以前可讨厌兰源抠指甲了，觉得是在自虐，但许多变化和习惯都是潜移默化的，他心里其实很怕失去兰源，他很害怕以后的日子没有她。

“很多人稀里糊涂地认识了，也有很多人稀里糊涂地就这么散了，可能以后永远都见不到面，就算见面了，也已是熟悉的陌生人。”

兰源看着那轮大月亮，突然兴奋地推了下他的胳膊，问他：“对了，你听过陈明的《我要找到你》吗？”

“听过。”他很小声地回答。

“其中有这样一句歌词，‘我明白会有一颗心，在远方等我靠近’，好激扬的曲子，好美丽的歌词。我趁着国庆艳阳天，头戴遮阳帽，骑着自行车，左手拿着地图，从西北四环的海淀，一直骑到东四环外的朝阳。我记得骑了两三个小时，从京西一个破村子到京东另外一个村子，第一次觉得北京原来那么大。那时我刚认识曹依哥哥不久，我居然骑到了他的学校。”

“你不会跑到他宿舍下面，捧着一束鲜花，对着窗户振臂高呼曹依哥哥吧？然后大唱：‘喔，我要找到你，不管南北东西，直觉会给我指引，若是爱上你，别问什么原因，第一眼就能够认出你。’你这个花痴！”丸子鄙夷的眼神从她的头一直扫到脚。

“别这样好不好？我好歹是个黄花闺女，我在你眼中就这么轻浮吗？我没有找他，他也不知道我去了，我不会去打扰人家的。是我的，我一定据理力争。不是我的，强求不得，我就当他是顺流而下的一片绿叶而已，我就是想看看他生活、学习的大学，他只是我的一个偶像朋友而已。”

“每次都没有找他？我问你，你去了他学校几次？”他低声问着。

“三次吧。骑车一次，坐公交车去过两次。为免晕车，上车我就睡觉。呵呵，我可是宿舍的‘睡仙’之一。第一次去他学校，校园广播里放着迪克牛仔的《三万英尺》，这首歌讲述了一个外表坚强内心脆弱的灵魂正蜷缩在内心最阴暗的角落里，拼命修补伤痕。这绝对是一首男人的歌，而且是一首适合经历痛苦后发泄的歌。

“估计曹依哥哥也想躲你三万英尺，别烦他了，哈哈。”他继续坏坏地笑着。

“滚！”兰源使劲踹了他一脚，“对了，丸子，我在他们操场旁边的小亭子那儿，捡起一块锋利的小石头，在柱子上刻下‘兰到此一游’几个字，虽然这不是我第一次明目张胆地破坏公物，不过还是很心虚，我怕被保卫处的人抓了，他会瞧不起我。”

丸子帅气地笑了，慢慢地问她：“我很想知道，你后来跟曹依哥哥表白了吗？”

“那是我的秘密，无可奉告。”她紧闭嘴唇，微笑着看着那塘清水，“每个人的内心深处都有美好的东西，你就不要刨根问底了。你再问，我就把你扔进池塘里喂鱼。”

“他或许并不讨厌你，但你并不爱他，你们只是聊得来的朋友而已，”丸子抬起头看着她，“你要是真爱他或者表白被拒绝了，就会经历惨痛的失恋，失恋可是让人非常伤神的。你看看你这‘胖一点点’的身材和大大咧咧的性格，嘴巴笑得那么大，天天就像中了六合彩一样，呵呵。”

“谁知道呢，他已经从我生活中‘飘’走了。朋友也好，喜欢也罢，最重要的是他让我变得更勇敢，不管以后在哪儿漂泊，我都更加相信自己，同时相信别人最基本的善良，相信我前面的那些门始终是虚掩的，不要怕，大胆去叩开即可。困难只是内心设置的那道门槛，迈过去就可以了，对吧？哈哈。”

“别花痴了，没他你一样勇敢，跟他没半点关系，你这种勇敢是打娘胎里就注定了的。看你刚来我家时那一身的匪气，还以为我爸把你从湘西请来的，一点都没有南方女子的温柔委婉。”他很恼火地反驳着。

“你怎么老抬杠，你是不是嫉妒他比你优秀啊？”兰源有点反感地吼他。

“你要学会从男人的角度看问题，别庸人自扰，作茧自缚。”丸子振振有词。

“丸子，你是不是吃醋了？哈哈，听完我和他的故事，如果你是他，遇到我这样一个正如你所说的死缠硬磨的女孩，你还会当天就写信给我吗？”兰源抛出这个问题后又后悔了，赶紧把头扭向左侧。

“呵呵，得了，看在贺卡和枫叶书签的分儿上，我觉得你很坦诚，就忍忍多听两天，第三天给你回邮件吧。从京东大学去趟香山确实太折腾了，你们京西大学的地理位置得天独厚。但毕竟京东大学那么多温柔委婉、仪态万方的女生，声音都比你好听。”丸子讽刺人的劲头上来了，嚣张得不行，“看来，他还会把你送的多余的枫叶书签借花献佛。”

“滚滚滚！”她嚷嚷着，猛地起身要走。

丸子起身紧紧地抓住兰源的右胳膊，她有点麻麻的感觉，立即僵住了，嚷着：“你怎么老是这么讨厌？我鄙视你！”

他此刻特别想把她揽入怀里，他承认自己确实嫉妒曹依，不过他还是压制住了冲动，只是紧紧地抓住她的胳膊，静静地看着她那双愤怒的眼睛。

“好了，别生气了，开个玩笑，”他始终没有松手，一直把她拉回秋千上，“我给你唱首歌吧，想听什么？”

兰源抬头看着天空，皓月千里，浮光跃金，静影沉璧，但丸子终究只是丸子，童话故事里，公主始终是要跟王子才能过上幸福的生活。

兰源用心感受着他们身上温柔明亮的月光，让自己消消气，若有所思：“‘今人不见古时月，今月曾经照古人。’丸子，今晚的月亮好圆好漂亮啊。人海茫茫，我们对于彼此来说，谁又是谁的谁？铁打的秋千，流水的看客。今天我们坐在一起，明天又将身处何方？不过，这轮当空碧月始终像琉璃一样明净，不知道英国的月亮有没有这里的圆。”

丸子想了片刻，站了起来：“小兰，我给你唱首张信哲的《用情》，是《挚爱》这张专辑的主打歌，我特别喜欢。”

“嗯。”她微笑着看着他，似乎在等待一个惊喜。

丸子唱得特别用情，凄婉的声音直达兰源内心深处。她很不争气地哭了，不知道在哭什么，哭曹依哥哥？哭丸子？哭自己漂泊不定的命运？哭自己形单影只？哭自己想爱却不敢爱的懦弱？还是哭与他就在眼下的离别？兰源真的不知道，也不想弄清楚。歌声太凄凉了，被这月光笼罩着，她浑身都感到冰凉，她无声地哭着，正如歌词说：“我用情付诸流水，爱比不爱可悲。”

爱还是不爱，对于“三公主”和丸子来说，都是可悲的。很多年后，兰源才意识到自己从这一刻起，就已经无可救药地爱上了丸子，只是她当时过于压抑真实的情感。

“好听吗？”他走过来，坐了下去，天确实黑了，兰源想丸子应该没看见她的眼泪，不过这又怎么可能？

“你太讨厌了，干吗唱这么伤感的歌？我记得这首歌的MTV里，女主角死了。你就不能让我开开心心地来，开开心心地离开啊。”兰源侧过头任凭泪水流了一脸，眼泪扑簌簌地落在大腿上，“能再给我唱一遍吗？丸子。”

丸子拿出纸巾，低头帮她擦去脸上的泪水，安慰她："嗯，你怎么这么容易就被感动，真是湘女多情。"

他又深情地唱了一遍，皎洁的月光更显凄凉。或许是因为离别吧，兰源好舍不得离开他，恐怕她还不是一般地喜欢他。

"哎呀，丸子，几点了？我肚子咕咕叫了，我饿了。"

"赶紧走吧，哎呀，都七点了。"丸子把她扶了起来。

回他家的那条胡同现在已经非常黑暗，放眼望去，稀稀拉拉的几盏路灯，昏暗得像萤火虫发出的光，加上胡同边上堆积了各种杂物，时不时还会蹿出来几只猫和狗，走路得仔细瞅着。走着走着，兰源看见前面有家小卖部在卖烤红薯，香味扑鼻而来。兰源惊呼："哇噻，是烤红薯，丸子，你带钱了吗？"

他摸摸裤兜："我带钱包了，你不至于那么兴奋吧。"

"请我吃个烤红薯吧，我好喜欢吃。"她兴致勃勃地指向那个小店，欢喜地说着。

他从钱包里拿出50元递给她："够吗？"

"哎哟，不要给我钱，会让我感觉欠你钱似的，你给店主。"兰源把钱递回去。

"这有什么区别？"丸子很不解地低头看着她。

"区别很大，我要你请我吃。"她哈哈大笑。

"一会儿就吃饭了，到时你还吃得下饭吗？"他犹豫了一下。

"没事，不影响，我很有实力，你又不是第一天认识我。走吧。"

店主给了兰源一个很大的烤红薯，2斤多重，此刻兰源的酒窝里写满了知足和幸福。她摸了一下红薯还很烫，赶紧熟练地吹了吹被烫了的手指，两手倒腾着，用嘴使劲吹了吹，等不那么烫了，才抬头看他一眼，顺手掰了一半给他。

"看你美的，至于吗？"她这娴熟的动作把丸子逗乐了。

"当然啦，这是你请我吃的。"她低着头，直盯着手中香喷喷的红薯，垂涎三尺！

他不是很情愿地接住了，一小口一小口地吃着。

“丸子，好吃吗？多甜啊。大一军训期间，有一次我为了吃烤红薯，傍晚和马大姐偷偷爬铁门逃出学校，还被院主任逮个正着，我在他眼皮子底下还是敏捷地跑掉了。我告诉他我叫‘超级玛丽’，反正他也不知道我的名字。我当时就想，只要能吃到烤红薯，任何处罚都是值得的，哈哈！我就是吃烤红薯和曲奇饼干才胖的，我刚从湖南来学校时才一百来斤，同学都说我长得很清秀，大眼睛，粗长的辫子，就像维吾尔族姑娘，大家都喊我‘小赵薇’。悲催的是，我太服北京这里的水土了，心宽体胖，乐极生悲，变成了现在可爱可怜没人爱的‘发福版赵薇’，哈哈。”

兰源边吃边凝望着丸子的双眼，怕以后再也看不见，很是不舍。

“我的‘超级玛丽’，你真的为了烤红薯爬铁门逃出学校？”丸子很不解地看着她，满脸困惑，“这有张条椅，坐下吃完再走吧，这巷子太黑了，别摔倒了。”

“嗯，不骗你。大二那年，我去学校的中外友人交流晚会上当翻译，一眼就看见了好几排制作特别精致的曲奇饼干，我从没见过这么多长得像艺术品似的曲奇饼干。摊上老外，学校竟然如此阔绰，胳膊肘往外拐。我很是愤愤不满，于是决定狠狠地消灭它们，来熄灭内心的怒火。

“我端着小盘子一直站立在那儿吃，草莓味的、巧克力味的、蓝莓味的，越吃越开心。吃完还找个口袋准备打包回去带给马大姐她们吃。结果你知道吗？我特别背，又遇到了那个院主任，当时他站在我旁边看了我许久，轻声跟我说了一句‘Excuse me’，我没搭理他，我当时忙于吃曲奇饼干都没察觉，他轻轻拍了拍我的肩膀，我猛一抬头，发现是他，他还冲我笑着：‘Long time no see，‘超级玛丽’，right？两次都是因为吃认识了你。慢慢吃，有实力不要保留。’

“半路杀出个程咬金！我一惊，饼干都呛嗓子里了，咳嗽个不停，拼命拍打自己的胸口，和第一次见你时一样失态。他顺手递给我一杯果汁。My god（神啊），我在宿舍跳的‘撅屁股舞’，就是模仿并讽刺他的。我当时特别心虚，趁他没问我的真名，匆匆打包了一些曲奇饼干，落荒而逃，生怕他秋后跟我算账。”

兰源抬头看着那轮皓月，回忆着过去的岁月，似乎忘记了今晚要跟丸子离别。

“你真是个称职的吃货，不得不敬仰你。我对烤红薯不太感兴趣，但为你的体重着想，还是帮你分担一半吧。”他费劲地吃着，还挺高兴。

“哈哈，这是甜蜜的负担，比你家的果脯好吃多了。”兰源侧身看了他一眼。

“第一次见我，为什么喝水都能呛着？我当真像你们院主任那么有能耐吗？”丸子盯着她。

兰源一脸天真烂漫：“想听真话吗？”

“当然想，你也说不出虚伪的话。”

“丸子，我第一次见你，我很欢喜，我从来没见过如此帅气的男孩，帅得赏心悦目。可是，你却有一双老成、压抑的眼睛，我能看出你内心的孤傲和茫然，那种感觉让我窒息，以至于我喝口水都呛得那么惨，而你一贯的冷漠和拒人于千里之外的孤僻又将我推开几丈远。我暗自诅咒你，甚至几度想放弃你，可是又有种说不出来的力量让我选择了坚持。

“人家孟子还说过：‘当今之世，舍我其谁？’可能因为出于当老师的职责，也可能是我真的想帮你快乐起来。我不入地狱，谁入地狱，哈哈。要是能让帅哥脸上写满了阳光和豁达，那是件多么幸福的事情，简直就是造福于民。”兰源时而咧嘴大笑，时而低头微笑，内心对这段即将消逝的短暂的快乐时光伤感不已。她知道那种说不出来的力量是对丸子沉甸甸的情感。

“这一个多月我很开心，谢谢你，小兰。”丸子一字一字说着，抬头看着天上遥不可及的闪亮的星星。

“谢什么，我没什么太大本事，但我有十足的快乐，能够分享给你，能帮助你，我也很高兴。”她摇头说着。

他转而低头看着路边跑过的一只惶恐的小白猫，羡慕地说："看来'三公主'的大学生涯非常幸福，很羡慕你总能这么快乐。"

"丸子，你也会有很幸福快乐的大学生涯。相信我，你是个非常优秀的德才兼备的孩子，北大清华你肯定考不上，但你要知道，好学校和快乐没有必然联系。无论如何，不要把自己搞得像个苦行僧，懂吗？我第一次见到你，那么帅的人却有那么苦的一颗心。我当时其实挺愿意帮你，毕竟十年修得同船渡，我们师生一场，也是修来的福气。你要记住，人就像一本书，但你只能看一遍，所以每页你都要认真去读，去享受，去理解，一定要做快乐的自己。时间流逝，不会给你任何机会去翻篇，我们的生命没有轮回，覆水难收。"

他似乎有了一丝触动，眼眸里也传递出一丝温暖。

"答应我，丸子，开心备考，开心应考，再开心地享受你风风火火的大学生活，你那么优秀，又不报考理工科院校，一定会有很多漂亮的姑娘爱慕你的。"

"这跟报不报考理工科院校有关系吗？"他非常自信地笑了一下。

"当然有，如果你问我最后悔什么事，那就是选择了文科，来了京西大学这个男女比例极其失调的学校，简直后悔得捶胸顿足。这里埋没了我的青春，害我把所有的热情都奉献给了美食，胖了二十斤，真是悲哀。

"如果我考了理工科院校，那里遍地都是帅哥，我不可能纵容自己吃成这个样子。"

她放下烤红薯，开怀大笑，随即又抱怨道："看来我以后只能去英格兰或苏格兰碰碰运气了，看能不能找到自己的如意郎君。我一定要找穿裤子不穿裙子的，否则那三个女人会笑死我的。"

"嗯，你还真是少根筋，否则不会孤独到现在。"他幸灾乐祸地说着。

"滚！"兰源推了他一下，"话说回来，丸子，我是很信任你的，如果你现在把我卖了，我都不会怀疑是你干的。"

她乐呵呵地边吃边说，环视着身边这片黑压压的平房，有屋子里飘出来香喷喷的饭菜香，有茅厕里传出来难闻的味道，有猫狗的叫声，也有小孩琅琅的读书声，还有嬉笑打骂声。

“我卖你干吗？这年头人贩子又不是按斤来算价格的，抓紧吃你的烤红薯吧。”丸子又一次蔑视地将她从头打量到脚，哈哈大笑着。

“你这个坏人。我都要走了，你还要伤我自尊，你舍得啊？”兰源试着让烤红薯带来的快乐将那寒冷的寂寞赶走，想起自己刚哭过的眼睛，不想让丸子家人看见，她继续说，“我吃饱了，不想吃饭了，你回家帮我取一下书包吧，或者你让阿姨下来遛弯时给我送下来吧，我在巷口车站那儿等她。丸子，我真走不动了，还得回海淀呢，我累了一天，辛苦你了，好丸子。”

兰源第一次说话像极了阿宋姐，像是在撒娇，带着温柔。她肯定自己是情不自禁这么脱口而出的，虽然她都觉得这不像自己的口吻，不过无所谓了，可是丸子却被深深打动了。

“你肯定没饱。”

“你又不是我肚子里的蛔虫，你怎么知道？吃完快去给我拿书包，别逼我发飙，咱好聚好散。”她轻轻地踢了一下他的小腿，很快就恢复了本性。

丸子还是像以往一样服从了她，他们肩并肩一起往车站走去，遇到巷边突然出现的野猫，她本能地靠近他，因为她从小不怕耗子，特别怕猫。认识“三公主”的人都知道，“小农村”那儿有猫，“三公主”绝对不敢独自前往。

“丸子，我特别怕猫，白天看见也怕，更别说在这黑漆漆的胡同里了。”兰源胆战心惊，丸子一眼就能看出她的惶恐。

“真是一物降一物。我还以为你这‘湘西女匪’天不怕，地不怕呢。”丸子迟疑了一会儿，放慢了脚步，不经意间拉住兰源的手。瞬间，她呆若木鸡，找不到拒绝的理由。

兰源嘴角很幸福地上扬，无比幸福地感受着柳轩带给她的安全感。

他们继续默默地走着，彼此的脚步都很缓慢，都不希望很快走到胡同尽头，那里意味着分别。

“小兰……”丸子低头看着他们在地面上微弱的人影，轻轻地说，“小兰，认识你后，我苦咖啡都很少喝了，没那么乏力了，知道为什么吗？”

她很臭美地问：“是不是听我一席言，感觉醍醐灌顶啊？”

“不完全是，是你声音太大，我很自然就清醒了，你走后我估计又得继续喝苦咖啡了，身边嗓门如此之大的人太少了。”他很无奈地叹了口气，用力抓紧她的手，好像怕她会挣脱，“还有，有时候你笑起来那么夸张，你不怕笑得太厉害下巴会脱臼吗？严重的话还会导致习惯性下巴脱臼呢。”

说完，丸子停下脚步，侧身看着她的脸。她也停下脚步，抬头看着他那双瞬间变得忧郁的眼睛，她多想稳稳地抱住他，扫除他眼神里的各种阴霾，可她没勇气。

此时，丸子伸出左手轻轻碰了一下她的下巴，她感觉一股电流从自己下巴不折不扣地打到心脏，她颤抖着后退了一步，摆脱了眼前的这个“电源”。丸子也赶紧把手给缩了回来，视线尴尬地转到身边漆黑的过道里，他也没多大的勇气。

丸子和“三公主”都还只是孩子，这种终隔一层朦胧的感觉让他们看不清楚。或许这只是好朋友之间的情谊，或许只是姐弟情分，应该与爱情无关。

兰源低着头，尴尬一笑，轻声问他：“下巴还能笑脱臼吗？母河马嘴巴那么大，下巴脱臼了吗？”

“你根本就用不着怕猫，你说话那么大声，猫也会被你吓跑的，它们怕你都来不及。”丸子抿着嘴巴看着她，忘记了刚才的尴尬。他努力笑着，不停找乐子，继续牵着她走在这条终将走完的胡同里。

“如果哪天我下巴脱臼了，不管我在哪儿，一定第一时间告诉你这个天大的好事。我知道淑女要笑不露齿，蒙娜丽莎最神秘的地方就是她那抹淡淡的微笑。可是，我就是忍不住想张嘴大笑啊，我妈说我从小就笑成这副德行，她不指望我走淑女路线。”她说着，笑着，压根就不怕什么下巴脱臼。

他们在车站心照不宣地松开了彼此的手，简短告别，兰源嘱咐了他几句复习时的注意事项，柳轩走了，没有犹豫，没有回头。

兰源看着他远去的背影，眼泪夺眶而出，独自伫立在车站等阿姨给她送书包。

夏天的车站，站着很多人，大家成双结对地都出来轧马路。有人陪着多幸福啊。不过，兰源坚信，她以后一定会很幸福，她是月圆之夜出生的女孩，是命中注定的宠儿。

一会儿，丸子向车站走了过来，是他，不是他家阿姨！兰源暗自高兴了一下，偷偷转身擦掉脸上的泪水。只见丸子的脚步一如既往地沉稳，眼睛一直看着她："小兰，今天的酬劳我放你书包里了，我还往书包里塞了一些山楂、果脯和糕点，你路上吃点吧，有食量不要隐藏，我知道你很能吃，别饿着了。谢谢你这一个多月对我的辅导，我们一起为未来加油吧。"

"也谢谢你。"兰源顽皮地向他敬了个礼，像跟她的外国友人告别。她轻盈地走向丸子，踮起脚，礼节性地搂住了他的脖子，抱住了他，丸子也紧紧地将她揽入怀里。兰源怕自己突如其来的心跳泄露了自己的真实情感，几秒钟后她局促不安地松开双手，努力让自己侧过身："车来了，再见，丸子。"

车真的比以往来得及时，不是区间车，也不是座无虚席的车，她没有理由不走。

丸子抬起头，看着徐徐驶进站台的公交车，再看着一脸平静忧伤的兰源，慢慢地将书包和水壶递给她，温柔地嘱咐着："小兰，路上注意安全，这么晚了可不要睡着了，吃点山楂能减轻晕车的症状。到了学校，一定要记得给我报个平安。"

"嗯，"兰源接过沉甸甸的书包和灌满水的水壶，踏上了回去的公交车，找个靠窗的座位坐稳后，把头探出窗外，冲着他大喊，"丸子，要开心哦。高考加油，拜拜……"

丸子高高地举起右手，向兰源挥手道别。车毫不留情地把她带离了站台，没让他们多寒暄一句，柳轩的身影越来越模糊。

兰源从来不知道男人会不会哭，也没见过男人哭，而此刻，孤独伫立在站台上的丸子真的落泪了，只不过兰源没看见而已。

她慢慢地打开书包，拿出甜甜的果脯，吃在嘴里，甜在心里，泪水蓄在眼眶里，很快夺眶而出。

她用自己的右手紧紧地抓住左手，回味着那短暂的安全感和幸福感。

那帅帅的人儿，你知道她多舍不得你吗?

那傻傻的“三公主”，你知道丸子的内心其实也有很多的无奈和挣扎吗?

这下好了，“三公主”又感到孤独了。

她走了，带回了满脑子对丸子的相思。

丸子也孤独了，他看着“三公主”坐过的椅子、斜靠过的窗台、踩过的地板、批改过的试卷……他继续孤独且孤傲地品尝着他习以为常的苦咖啡。她走了，留给丸子满屋子“三公主”的一颦一笑，挥之不去，也不舍挥去。

毫无疑问，“三公主”和丸子对彼此的暗恋开始了。

第八章
暗恋不是丑事

赶上北京晚高峰，公交车像蜗牛爬行一样慢，花了两个小时才把兰源带回学校。听了两个小时大音量的音乐，兰源的耳朵有些疼，双腿像灌了铅一样沉重，每走一步都要使很大的劲。最后，她拖着沉重的身子坐在学校花园旁的椅子上。此时天色已经黑透了，白天那些红的、黄的、紫的绚丽多姿的花看上去也黯淡了许多，身边来往的成双结对的人不断增多，夏日的校园多么青春浪漫，却与她无关。

她就这么一直坐着。

“咦？‘三公主’，你在这儿干吗呢？”陶思琪拿着一个篮球，笑着向她走过来，“月上柳梢头，人约黄昏后？”

陶思琪是班上日语最好的孩子，也非常阳光最帅气，如早上七八点钟的太阳，他是李老师的宠儿。李老师曾经说过，兰源日语再考不过级，就要罢免她的日语课代表。

“学校真小，我又遇到了你。”兰源转过头去不看他，上周考日语时，他给她递纸条，她考试得以顺利通过，现在她准备过河拆桥了。

“咱俩多有缘分。长沙火车站那么大，我们都能买上同一列火车的事，还在同一节车厢。下午篮球场上没看见你，干吗去了？”陶思琪凑了过来，在她身边稳稳地坐下，“去见网友啦？人家没被你吓跑吧？”

“没干吗。”她很轻地回复，悄悄擦掉眼角的泪水。

“你怎么哭了？”他侧过身子盯着她。

她弱弱地回应他：“刚跟一个朋友道别，现在心里难受，很舍不得。”

“哎哟，天下无不散之筵席，马上就要毕业了，你还不得掉一桶眼泪啊。想开点儿，‘海内存知己，天涯若比邻’。”他轻描淡写地安慰着她。

兰源沉默不语，继续擦着眼角不争气地往外涌的泪水。

“不会是男朋友吧？你没失恋吧？没看见你谈恋爱啊。”他开心地笑了，“应该不是，如果‘三公主’找到了男朋友，我不会不知道，对吗？”

“不是男朋友，谈何失恋？没有男孩子会喜欢我这样的女孩子。我就是个粗鲁让人讨厌的女生，什么‘三公主’，不就是你们眼中的一大活宝吗？我哪里有点公主的样子，没钱，没身材，没涵养。我要是有一点点梦子的温柔和阿宋姐的得体就好了，恐怕我以后得孤独到老了。”她声音轻得不能再轻，垂下头，从没如此自卑和痛苦过，是丸子让她幡然醒悟。

他转过身去，肯定地说着：“是你辅导的那个特帅的欧巴吗？”

“你怎么也知道我的学生？”她瞪了他一眼。

“还不是马大姐八卦，哈哈，她说你最近神采飞扬，是因为有了个欧巴陪伴，你们都处了一个多月了。”

“死女人！”她擦了下泪水，“她还跟你说了什么？”

“呵呵，没什么，她说你可能恋爱了，而你自己还不知道。恋爱中的女人都很傻，傻得都不知道自己在干什么。”

“我没恋爱，就今天才牵了下手而已。我们只是师生，玩得来的朋友而已，我……我俩也玩得来啊。”她厌烦地解释着，越解释越心虚。

“原来是你暗恋人家啊？”他看着她闪烁其词，幸灾乐祸地笑了。

“去死！”她站了起来，“你最好给我守住你的臭嘴巴，别在其他同学面前嚷嚷，小心我扁死你。”

“暗恋又不是做贼，你干吗那么抵触？再说了，谁这辈子没有过暗恋的历史啊。你能暗恋他，说明他赢得你芳心，说明你长大了，心智也成熟了，不要害臊。”他笑了笑，用手娴熟地把篮球轻轻地抛起来又接住。

“我没暗恋他，他只是我的学生，我的朋友而已。你以后离开我，我也会这么哭你，舍不得你，你等着瞧吧。”她坐回椅子上继续跟他聊，不想红着眼睛回宿舍，“毕业了你打算怎么办？”

陶思琪看着黑暗中那些不起眼的花，说：“我回湖南。”

“可是你日语那么好，李老师不是推荐你去朝阳那个日企实习了吗？你不去多可惜啊。回湖南，一切都得重来，你又拼不起爹。”

“我女朋友在那儿，她不喜欢北京，我肯定得回去陪她，成家立业呗。”

“真让人感动，看来你自己恋爱时也是盲目愚蠢的，不过我佩服你。”她像大姐姐一样拍了拍他的肩膀。

“你呢，毕业了有什么打算？”

“我想考雅思去英国，我大伯资助我出国读研。”兰源陷入沉思，“其实我不愿意去，我家境一般，爸爸上班很辛苦，是我妈妈执意让我出国，所以求助于我大伯。她觉得家中无才子，官从何处来，这样的投资是必须的。所以，雅思考过了我就去，考不好我没多余的钱承担硕士预科班的费用。到时我就当名勇敢的“北漂”吧，早点赚钱，好让我爸爸退休。我是绝对不会回湖南的，我喜欢北京，喜欢北京这里的人和景，喜欢这里的温暖。”

“有时候，人算不如天算，你是‘三公主’，班上最坚强最开朗的女孩，你在哪儿都差不了。”陶思琪肯定地说，“但你是个多愁善感的女孩，不要太过于感情用事了，每个人走的路都不一样，要让自己一如既往地开心下去。别哭了，暗恋不是丑事。”

“我太胖了，我要减肥。对了，陶思琪，你女朋友胖吗？”她转移了话题。

“九十多斤吧，太瘦了。”

“看来我真该减肥了，女人胖了，真没人爱了。”她无奈地摇了摇头。

“是该减减了，看你刚来学校时，穿着一身蓝色的衣服，瀑布般的黑头发，透亮的大眼睛，是我们山美水也美的地方出来的湘妹子。你在开学典礼上唱了一曲许秋怡的粤语歌《现代爱情故事》，好几个男生都喜欢你呢。只不过你发福的速度如此之快，让他们悬崖勒马追别人去了，京西大学鲜花太多了，哈哈，不过还是有人喜欢你的豪爽和善良，比如我，成了你的哥们儿。”

“滚！”兰源笑着喊了一声，“姐明儿起开始减肥，我不能再被他瞧不起了。老天啊，饿死我吧，让我重回一百斤吧，我愿永远为奴，伺候您老人家。”

“既然跟他已经散了就散了吧，你底子那么好，天下好欧巴多得是。”他说，“不忘初衷，一心减肥，兰源。”

“一心减肥！”她露出了久违的笑容。

“‘三公主’其实还是很善良很漂亮的。”他冲她笑着点了点头。

“真的？没有拍马屁？”她边擦眼泪边笑。

“拍你马屁干吗？我日语考试又不指望你？”他开心地笑着，“今儿我都不敢用日语喊你‘兰小姐’了。知道你最近心思都花在那个欧巴身上，肯定没时间好好学日语，我怕你水平还那样，真心不想被你骂。”

“阿里噶多搞咂咿嘛斯（非常感谢）。”她用日语回答，并装成温柔的日本女人向他半鞠躬。

“哈哈，不客气。”

“嗯，对了，说起上次你用日语喊我那次，对不起，我确实听错了，还当着那么多人骂你，不好意思。我真是太粗俗了。”她摸着后脑勺，不好意思地说着。

“哎哟，都过去了，我没想到你日语能差到那种程度，以后不说就是了。”说完，他哈哈大笑着打算起身去篮球场，“不错嘛，他果然改变了你不少，你都学会认错了，还能意识到自己粗鲁。不错，他真勇敢，真厉害。”

“陶思琪，你能牵下我的手吗？”兰源试探性地问了一句。他吓一跳，愣愣地看着她。

“干吗？”

“就牵一下，我不会扁你的。”她继续说。

陶思琪侧着身看着她，脸上露出无比阳刚的笑容，月色下更显帅气。他如果没有女朋友，或许大一兰源就跟他好了。

“好吧，算我怕你。”他环顾四周，像做贼似的慢慢地向兰源伸出右手，轻轻地牵住她的左手，很疑惑地抬头看着她。

“唉，松手吧。”片刻后她挣脱开来，无奈地垂下了头。

“怎么了？”他很好奇地问。

“陶思琪，今天晚上我在胡同里，惧怕路边的野猫，他第一次牵住了我的手。我当时好紧张，心怦怦直跳，觉得好幸福，真希望他不要松开，可他还是松开了。你刚才牵我的手，我一点感觉都没有，就像被哥哥握着手。看来我是爱上他了。”她轻轻地擦掉了眼角的泪水。

“原来你只是拿我做实验啊。呵呵，爱就爱了呗，恋爱很正常，勇敢点。去打会儿篮球吧，那些乱七八糟的事就随它去吧。”陶思琪伸出手拍拍她肩膀，很有大哥范儿。

她摇摇头，说：“你快去吧，我不去了，我这舟车劳顿的，太累了。我打小就晕车，等眼睛不那么红了，我就该回宿舍了。今天回来得太晚，手机也没电了，宿舍里那几个女人会担心我的。答应我，陶思琪，替我保密，我不想让她们知道，不想她们担心我。”

“你是个性情中人，你瞒不住她们的。”他倒腾着手中的篮球。

“至少我现在不想让她们知道我难受，或许我装几天，事情就这么过去了，我不想因为这件事被同学议论。求你了。”她抬起头看着陶思琪，抓住他的胳膊，近乎哀求。

“嗯，放心吧，我不是个八卦的人。呵呵，确实也不早了，赶紧回去吧。”说完，他往篮球场走去。兰源知道他是个一言九鼎的男孩。

回宿舍的路上，兰源一直在想陶思琪说的话，或许她是真的已经暗恋上了丸子，只是她不情愿别人揭开她的伤疤，因为她知道丸子始终是属于玫瑰、郁金香或牡丹的，而不是属于她这朵油菜花。

“我回来啦。”在宿舍二楼拐角处兰源又大声嚷嚷了起来，以免她们看到伤感的她。谁让她天生就是个好演员呢，谁说性情中人就不能导演一场虚伪的戏呢。

兰源一进宿舍，梦子就从上铺徐徐爬起来：“哟哟，‘三公主’，我的床都被你晃动了。这么晚才回来，怎么那么兴奋？丸子又给你打鸡血了？”

“手机没电了，我放他鸽子了。姐姐不干了，又要考雅思，又要攻日语，又要找实习的机会，马上暑假还要担任外教助理，现在就得准备一些辅导材料。几件事都要准备，太累了。”兰源放下书包，伸了个懒腰，打了个大大的哈欠，以迅雷不及掩耳之势转移了话题，“咦，我们可爱的马大姐去哪儿了？”

“她还在教室没回来，你也知道她决定考研，报了很多辅导班，最近学习很认真哦。”阿宋姐笑着回答。

“妈呀，我忘记还有‘英美文学’和‘欧洲文化’了，伤脑筋。”兰源拍了拍脑门，着急地在宿舍踱步，“梦子，我压力好大，真希望自己永远停留在大一。”

“咬咬牙就过去了。”梦子轻声说着，“那你家丸子舍得吗？我记得你说他的课还有半个月。”

“有什么舍不得，我们告别得特别痛快，他给我钱，我拿着钱就走了。他家教那么多，我学生那么多，谁又还会记得谁。”兰源端起桌子上的水杯去接水，“梦子，我忘记打水了，咦，怎么是满的？”

“我帮你打的，知道你今天去做家教回来晚。我还以为你和你家丸子情意绵绵不回来了呢，呵呵。”梦子趴在床上，长发披肩，非常妩媚，笑得很狡黠，“结果你回来就说不教帅哥了，让我伤心。他以后不会往宿舍打电话了吧？我喜欢听他说‘你好，请问小兰在吗’，‘那麻烦你转告下她，方便时给我回个电话，多谢了’。声音像播音员一样，真好听。”

“一定不会了，他吃饱没事干啊，马上就要高考了。我也没时间管他那么多，我现在是‘泥菩萨过江，自身难保’，当初就不应该接他这一单家教，累得不行。”兰源装作若无其事地唠叨着。

“丸子半个小时前还往宿舍打了电话，问你回了没。”阿宋姐好奇地说着，观察着兰源的反应，“他还说你回来了一定要给他回个电话，这么晚了，他很担心你。”

兰源若无其事地嗯了一声，端起水杯，咕咚咕咚一口气喝完了。

她痛快地打了个嗝，慢慢整理书包。看到没吃完的果脯，内心不知被什么东西给触碰了一下，鼻子微微一酸，情不自禁地感叹了一句：“烦恼即菩提，这个世界哪里分什么真心与妄心、烦恼与菩提呢？”

“干吗说这么深奥的话？”梦子优雅地爬下床，细长的腿和玲珑的曲线让兰源羡慕不已，她突然觉得女人把最美好的年华给了肥胖真是罪不可恕，于是更加坚定了减肥的意志，就算不为丸子，也得为自己。

“纸上得来终觉浅，绝知此事要躬行。”兰源突然变成一个思想家，慢慢地悟着感情的事，她和丸子之间到底是依依不舍的友情还是情窦初开的男女之情？

“‘三公主’，你胡乱说什么呢？”

“丸子把你怎么了？吃点曲奇饼干吧。”

梦子和阿宋姐一起在兰源身边坐下来，拿出曲奇饼干给她，她们都知道兰源难受的时候只要有东西吃就开心了。

“不吃，我要减肥。”兰源像刘胡兰一般坚决，毫不犹豫地拒绝，把头扭到另外一边。

梦子娇嗲嗲地笑了：“认识你三年了，今天真是忽闻晴天霹雳。每次在宿舍看见你，你不是在吃饼干，就是正准备吃饼干。不会是你当真去跟他表白，被丸子拒绝了吧？”

“没有的事，别瞎说，就是我不想教了而已，我去洗洗睡了。梦子，我真的累了，不想说话了。”说完，兰源拿起脸盆就往水房走，留给她们更多的问号和叹号。看来，她不是一个优秀的表演者，她无法演出轻松洒脱虚伪的自己。陶思琪说得对，兰源是瞒不过她们的。

水房里的姑娘们，欢快地唱歌的、洗衣服的、交头接耳闲聊的、隔着窗户和楼下男友打情骂俏的，还有个一直在减肥，吃完就抠自己喉咙催吐的……

这里的姑娘姿态万方，青春真好。

兰源也懒得复习了，十点半就上床，塞着耳机，听着国际广播电台慢慢睡去。马大姐还没回宿舍，剩下梦子和阿宋姐坐在下铺直勾勾地看着她，欲言又止。

她们都是聪明的女孩，知道兰源骗不过她们，可奈何她一直窝在被窝里，背对着她们，她们看不见兰源脸颊上的泪水。兰源可以彻底放松，不用再伪装成无所谓的样子，奥斯卡最佳演员奖还是别颁给她了。

这时候，电话铃声又响了起来，阿宋姐轻声应答：“喂，你好。哦，柳轩啊，她回来了……不过刚刚上床睡了，她太累了，今天早早地就睡了……嗯，没事的。好的，再见。”

兰源偷偷拔掉了耳机，听得一清二楚。是的，这么晚了，忘记给丸子报平安，不过她身体是安了，心却久久都平静不了，报不报平安也就无所谓了。

接下来的一周，兰源茶饭不思，精神不振，宿舍姐妹们都心照不宣，不再提起丸子。可是，兰源始终还是能感觉到她们欲言又止。尤其是阿宋姐和梦子，看她这么憔悴，特别心疼。但她们知道兰源有多倔强，兰源不主动说，她们绝对撬不开她的嘴巴。

马大姐是个豁达的女孩，她可忍不住。兰源就把那晚跟梦子和阿宋姐说的话重复了一遍，同样轻描淡写，同样毫不在乎。她同样也看到了兰源在刻意隐藏，因而没有打破砂锅问到底。

她们坚信兰源向丸子表白但被拒绝了，她们觉得这是情理之中的事，只是没想到这么快就没下文了，她们希望时间和忙碌会冲淡一切。

兰源白天上完课，就骑着自行车满京城跑，一是为了减肥，二是为了减压。六月中旬的京城美景如画，马路边的月季开得火辣辣的，还有很多花她说不出名字。头顶的太阳也着实很伤人，骑了半天，她的脸就被晒得脱了层皮，轻轻一摸，还隐隐作痛。

兰源总是装作不经意翻开手机，但还是没有丸子的来电显示。

兰源曾经沉迷于神思者为故宫创作的三部曲之*Palace Memories*，荡气回肠的打击乐完美地诠释了北京千年积淀下来的永恒的瑰丽与辉煌，她情不自禁爱上了北京。

在京三年，兰源一直认为年少皆有凌云志，平凡一生也英雄。她新认识了那么多来自五湖四海的同学，他们真诚的友谊让她活得那么潇洒。她突然想，如果毕业后去了英国，她还真有点舍不得北京，更确切地说，是舍不得在北京的丸子吧。

她抬头看着天空上的一片浮云，咬着牙，默默告诉自己："如果选择留在北京发展，我就要勇敢到底，不畏浮云遮望眼，要牵着命运走。"

在兰源的内心，有股强大的力量影响着她，无论她选择哪种走法，她对丸子的思念都有增无减。他复习的进度如何？遇到难题怎么办？没人逗丸子乐，他会不会一个人压力太大？丸子会不会又变成原来压抑的苦行僧？他会不会像她想他那样想她？还是他早就把她抛到九霄云外去了？

她爱不爱丸子已经不重要，重要的是他们注定没有结果。落花有意，流水无情，至少此刻她是这么认为的。不过，感情的事还是不要太轻易下定论。

第九章
女为悦己者容

离开丸子整整一星期后的一个晚上，兰源上完晚自习，安静地回到宿舍，意兴阑珊地说：“我回来了，今天好无聊啊，全是些枯燥的日语和诗篇，还好刚才去操场打了会儿篮球。”

“哎哟，我彪悍的‘三公主’怎么打篮球都不喊上我？”马大姐很恼火地问。

“你最近爱学习，我怕耽误你考研，你就好好学习吧。”兰源微笑着说，捧起水杯咕咚咕咚地喝着。

兰源一直避开她们三个都在的场合，不到临宿舍关灯不回来，她继续找话题：“莎翁的英文诗真晦涩，我背了快一周才弄完，下周考试应该没问题了。”

“梦子，阿宋姐备考的进度如何？”兰源一如既往地跟她们打招呼。

“大妹，你平时在宿舍从不跟我们聊学习，莎翁的英文又不是今年大三才开始变得晦涩，都读三年了，你从来都是信手拈来！怎么现在跟我们这么生分了？”阿宋姐向兰源走过来，轻轻地挽着她的胳膊，把脑袋斜靠在她的肩膀上。

原来，女人温柔起来的力量真大。兰源的内心不禁颤抖了一下，觉得这么疏远她们挺不好。兰源只是近期不想让她们再提丸子的事，她需要点时间来修复自己的心情。

只不过，始料未及的事还是发生了。就像划破夏天夜晚天际的那一道闪电，如此之快，如此之亮，紧接着就是轰隆隆的雷声。

“小兰，十点左右丸子打电话来找你。”梦子弱弱地告诉兰源，两眼盯着她，观察她的反应。果不其然，兰源脸部的肌肉抽搐了一下，很快就转过脸去。“我问他什么事，他说一会儿再打，我跟他说你最近忙学习很少在宿舍待着，一般都十一点左右回来，估计一会儿他就该打来了。”

兰源像只受惊的兔子，但她还是装作若无其事地放下书包，找个凳子坐下来，低头看着陈旧的地砖，一脸疲惫地说：“我们的劳资关系已经结束了，还打电话来干吗？如果有问题，找你们就可以了。”

“人家没说要问问题，就说要找你。”阿宋姐调皮却又不失分寸地说，“大妹，你别乱跑了，一会儿他肯定还会打来的，要不你给他回过去吧。”

“太晚了，我不想回。”兰源立刻拒绝了阿宋姐的提议。

这时，电话铃响起了。

“你看，说曹操曹操就到。”梦子笑着抬起头看着兰源，“‘三公主’，快去接吧。”

兰源慢慢地走向电话，内心五味杂陈，又欢喜又紧张。说实话，她真不知道丸子这会儿打电话找她什么事，她水壶没落他家啊，丸子不至于那么小气还找她要烤红薯的钱吧？

“喂，你好。”兰源轻声地说着，生怕大嗓门吓着电话那头的丸子。

短暂的停顿后，电话那头传来了丸子的声音：“小兰。”

“柳轩吧，有事吗？”兰源故作沉稳，不想让他感受到她受宠若惊。

“一周不联系，语气怎么变得那么生疏，声音还那么轻。”他在电话那头微微叹气，“看来还是上次没吃饱，记恨我，又在学校画圈圈诅咒我吧。”

丸子变了，不像以前那么不可一世，他如此幽默，让她忍俊不禁：“我刚回宿舍，你有事快说吧，我们这儿快要熄灯了。”

“我想让你再回来帮我辅导三次课，就当是考前冲刺，好吗？”他赶紧补充道，“如果你太忙就算了，大热天，我不想你疲于奔波，挺累的。”

兰源沉默了一会儿，内心一阵狂喜，又一阵慌乱，不好如何作答，只能用手指死劲地掐着电话线，又怕掐断了，只好将电话线一圈一圈地缠绕在手指上，再一圈一圈松开，她该说好还是不好呢？

电话那头，丸子焦急地等待着。

“可以。”沉默了一会儿后，兰源斩钉截铁地说。

“谢谢‘三公主’。”丸子在电话那头开心地笑了，她能感觉得到。

“什么时候开始？”她还是轻声地问着。

“这周六，老时间。”他很快回答。

“这周六我在新东方有课，周日我应该没问题。”兰源继续使劲地掐电话线，抬头看了看宿舍的姐妹们。她们没像平时那样起哄取笑她，而是坐在那里非常安静地聆听他们谈话。

“周日也可以，看你方便。”他很高兴地说着。

“柳轩，还有别的事吗？”她弱弱地问着。

“这周没有你耐心督促，进展不太好，我爸爸恨不得掐死我，试卷上的红叉叉又多了起来。”丸子沉默了一会儿。

兰源内心笑得就像海面上初升的太阳，她知道丸子此刻也是想念她的，这就足以让她满心欢喜了。

“这周你肯定不必拿手指重重地掐眉心，用拳头捶胸口了吧，小兰……你有想我这个让你伤透脑筋的学生吗？”丸子一字一字地问着，电话里传过来的呼吸声略显局促不安，“嗯，我还是个矫情的学生，不过我上次真的自己动手帮你刷水壶了。”

兰源再次语塞，内心就像踩着地雷似的砰地炸开了，却很欢喜。她把脸冲墙，不想让她们看见她隐藏不住的久违的笑容，像山上的雪莲花一般美好纯洁的笑容。

过了一会儿，兰源转过身，抬头看着身边不远处的三位姐妹，感受着她们火辣辣的眼神的炙烤。她越沉默，她们越是按捺不住好奇。兰源只能继续轻声地告诉他："有的，谢谢你。"

他笑了，非常动听，非常开怀，非常坦然，是她从来没有听过的笑声。

"我要去洗衣服了，先挂了。"兰源感到心怦怦乱跳，她已经不能再继续通话了。她怕会完全将自己真实的情感暴露在丸子面前，更怕自己日后被伤得体无完肤。

兰源努力保护自己，却不想这一声"有的"，将自己推向了另一个深渊，一个让她难以自拔、孤独无助的感情深渊。她爬了好些年才爬出来，伤痕累累。

"嗯，晚安，小兰。"丸子依依不舍地说着。

"拜拜。"她果断挂断了电话，周遭空气凝聚着他们彼此的相思，让她幸福得不知所以，却还装成无所谓的样子。

兰源冷静地转过身，阿宋姐已经等候多时，急忙跑过来把她拽过去："大妹，大妹，先别洗衣服，说说到底怎么了。你这周很不正常，我们都很担心你，但又怕说多了你不高兴。临毕业这个节骨眼儿，大家压力都很大，你那么乐观，一定要学会角色调整，及时抽身。你跟丸子到底怎么回事？你刚才许诺他什么了？"

"我没事，阿宋姐，他想让我再给他辅导三次课，就当是考前冲刺，可能他现在还需要我辅导吧。"兰源低头说着，像犯了错，"我确实太忙，但想想他要是临时换老师，肯定摸不清彼此的脾性，他高考在即，我不忍拒绝他。"

"你不会假作真时真亦假，爱上丸子了吧？"阿宋姐的眼睛睁得大大的，从来没有过的大。

"我不知道，但我们俩清清白白，就像好哥们儿一样。"兰源努力解释，隐藏内心的真实想法。

"小兰，你上周没有向丸子表白吧？你那个样子就像表白被拒绝了一样，居然闹着要减肥。”梦子也在唠叨。

“没有的事，真的。”兰源笑着低下了头。

“你高兴就好，你这几天那么沉默，我们可难受了，都不快乐了。连隔壁宿舍都问你是不是病了，近期怎么玩起了‘沉默是金’。你要恢复以往的神气啊，你是我们打不倒的大妹。”阿宋姐亲切地挽着兰源的胳膊。

“哈哈，好的，我去洗衣服了。”说完，她走向水房。

兰源始终都没告诉梦子和阿宋姐她有多欢喜，因为她很快就能见到她朝思暮想的丸子了。

第二天，兰源骑车偷偷跑去珍妮丝专柜买了件浅绿色的连衣裙，很文静的那种，穿上能让人感觉到江南女子的温婉和美好。

这一周，兰源老在外面骑车，吃得也少，人确实瘦了些，但也黑了很多，她又去“小农村”买了两斤嫩得滴水的黄瓜。

宿舍只有阿宋姐在和她家老陈通电话，一脸的幸福。兰源第一次特别想要被爱护，哪怕时间很短。她冲阿宋姐挤了下大眼睛，找地方坐下来。

阿宋姐看出兰源在等她，于是迅速挂断了电话：“大妹，你找我有事啊？”

“阿宋姐，我这几天晒伤了脸皮，我去‘小农村’买了黄瓜，你能帮我做个黄瓜面膜吗？就你和梦子经常做的那种，我原来还老鄙视你们浪费食材。”兰源特别惭愧地指着自己那张惨不忍睹的脸，“不想让丸子又嘲笑我。”

“好啊，把脸用洗面奶洗干净，再去洗两根黄瓜。”阿宋姐瞅了一眼兰源袋子里的黄瓜，“还有花和刺尖，很嫩，你头一回挑得这么仔细嘛。”

兰源赶紧去洗了，蹦蹦跳跳回到宿舍时，手拿一根，嘴里吃着一根。

“你怎么这么调皮？”阿宋姐禁不住哈哈大笑。

“一根够了吧？你们每次都只用一根的啊。”兰源很委屈地说着。

“大妹，你脸部‘工程巨大’，不能跟我们比，你需要两根，再去洗一根，真是淘气。”阿宋姐故作生气状。

阿宋姐小心翼翼地拿来一个盘子，把黄瓜皮削掉，横着切成薄片，切一片，就往兰源脸上放一片，以免黄瓜的水分流失。

兰源躺在床上，双手揪着胸口的睡衣玩，第一片黄瓜放上去的时候感觉好凉好舒服。

“大妹，你脸上晒伤挺严重的，都起红斑了，就像烂了的苹果，唉，你自虐啊！好在黄瓜面膜是纯天然的，补水美白，虽然便宜，但效果立竿见影。”阿宋姐一边贴，一边心疼地说着，“弄完黄瓜面膜，我给你擦点护肤品，保证你漂漂亮亮地见到丸子。”

“嗯，救救我这张脸吧，否则见面他肯定又要损我。”兰源几近祈求。

“女为悦己者容。我看到你买的绿裙子了，很漂亮。大妹，你老实告诉我，你是不是爱上丸子了？你瞒不了我，前几天你闷闷不乐的，天天骑着车出去逛，像个男孩。外面多晒啊，你还不听我们劝。”阿宋姐提高了嗓门问她。

“可能是我太孤独了，我很喜欢跟他一起玩，分开后就觉得更加孤单，从没有过的空虚，我还老梦见他。我也不知道自己怎么了，但我知道他只是觉得我很逗很好玩，我不喜欢他这么形容我。”兰源在她面前很难撒谎，“我可能已经偷偷爱上他了，但不想打破师生这层关系。”

“其实你暗恋他也很正常，我们早就知道你和丸子肯定会有故事。”她认认真真地将黄瓜片一片一片放兰源脸上，“大妹，你要克制，他现在面临高考万万不能分心，你可别耽误了他。等他考入美院或艺校，大学里很多青春靓丽的美女会喜欢上他，他十成是把持不住的。你要克制自己的情感，暗恋很苦的，我怕他会伤着你。我们都看出你的心思了，他不傻，肯定也早就看出来了，或许他也不想捅破这层关系吧。”

“谢谢阿宋姐，我知道我跟他没结果，我会善始善终，去给他上最后三次课，助他高考取得好成绩，以后就分道扬镳，不会跟他有任何瓜葛的。”兰源从没这么肯定地回答过她。

“这样最好。自古以来男人薄情的多，暗恋也要把握好分寸，守住自己的底线。”阿宋姐说。

“嗯嗯。”

“好了，贴好了，躺好睡半小时，一会儿你的皮肤就变得水嫩水嫩的了。呵呵。我大妹天生丽质，能瘦下来肯定也是京西大学的大美女。”

“哈哈，力争四年内瘦到解放前。”兰源觉得阿宋姐隔着厚厚的黄瓜也能清晰地看见她不可自持的笑容。

“拭目以待。”阿宋姐也欢快地笑了。

周日中午，兰源穿上漂亮的绿色连衣裙，阿宋姐细致地帮她梳头，把乌黑的齐腰长发轻轻地扎在颈后，有了一丝女人味。敷了几天黄瓜面膜，擦了几天护肤品，她脸上的晒伤只剩下微微疤痕，不仔细看是看不出来的。

阿宋姐仔细瞅着兰源，走过来搂着她说：“不错，大妹穿裙子还是很漂亮的，虽然丰腴有余，但白皙干净，五官端正，青春靓丽。我们大妹只是婴儿肥而已，哈哈。”

“‘三公主’，拿上我的丝巾，去给丸子跳个‘双飞燕’再回来。”梦子坏坏地说着。

“我这儿还有口红，擦了更性感。”阿宋姐推波助澜。

“我能跟着一起去吗？我想听‘情歌王子’唱歌。”马大姐花痴地笑着。

阿宋姐和梦子齐声冲她吼了一句：“滚！”

兰源就这样走在了去往丸子家的路上，惶恐不安。再见他会发生什么事？她能克制不去喜欢他吗？穿成这样丢死人了，她都后悔了，丸子要是再看她的胸可怎么办？她好几次都想回学校把这身衣服换掉，无奈公交车把她越载越远，时间不允许她回头了。

她这是干什么？暗恋中的女人怎能这么蠢？

一片真心就能让爱情破土而出吗？谁知道呢，或许命运最清楚。

第十章
希望时间能停在那一刻

门禁自动开了，兰源不好意思地抬头看了一眼摄像头，没吭声，她知道丸子会在那端看着她，她不用开口说话，他也不用把听筒放在耳旁。

“小兰，你来了。”兰源从声音里听到了久违的期待，丸子的眼神欢喜透亮，像春节收获满满一袋子糖果的孩子。

“嗯，你好啊。”她内心不禁泛起一阵涟漪，声音低低的，一直低着头，一脸幸福的笑容。

丸子开门让她进来，上下打量她，笑得像个孩子：“哟，‘三公主’穿裙子了？”

“都六月了，穿裙子凉快啊。”兰源一边拿纸巾擦汗，一边努力替自己辩解。她懊恼不已，不想让丸子看出她的变化。虽然她之前一直都穿得像个汉子一样，嘴上还是辩解，“我是个女人，穿裙子很正常。”

“你穿裙子就淑女多了，刚在阳台看你走过来，也没有蹦蹦跳跳的了。”丸子的视线一直没离开她，像着了魔似的，这让她更不敢抬头看他的双眼，“感觉你瘦了些。”

“没有，晒黑了，黑了显瘦。”她弯腰麻利地换好拖鞋。

“绿色很衬你的皮肤，显得你很白净，很好看。”丸子忽然上前两步仔细瞅着她的脸，焦急地问，“你脸怎么了？”

兰源本能往后退了一步，弱弱地说着：“这都被你发现了，这周在外面骑车被太阳晒伤了，已经好得差不多了。”

“不会是骑车去动物园减肥了吧，你付诸行动了？呵呵。”他笑得有点得意。

“嗯，不想被人看不起，但也不完全是。快放假了，学校里挺无聊的，校园广播里放些乱七八糟的歌很烦人，大家都在忙毕业，忙考试，很压抑。我这几天老去高中同学所在的大学玩，骑车方便点。”

“男同学还是女同学？”丸子定睛看着她。

“都有，快要毕业了，大家多聚聚，以后天各一方，实难再聚。”

“去找你的曹依哥哥了吗？”丸子不依不饶地问着。

“没有啦。我不是说过了嘛，我们一年多没联系了。”

兰源跟梦子处了这么久，第一次用梦子那般柔情似水的眼神瞅了丸子一眼，很快又很不好意思地把视线转移到书桌上。她很纳闷自己是中了邪还是吃错了什么药，她深呼吸一下，准备走向书桌。

“小兰，你去沙发上坐会儿，我给你倒杯饮料喝，你先歇会儿吧。”他第一次展现出男主人的翩翩风度和细心体贴，兰源侧身看着他，不禁会心一笑。

兰源第一次很听话地在沙发一端坐下来，或许是坐学校的硬板凳太久了，这样的沙发实在是舒服，软软的。要是她们宿舍也能有这么舒服的沙发，她肯定天天睡在上面。

兰源想多跟丸子聊聊，而不是直接切入主题上课，她太想丸子了，主动问候了下：“阿姨陪奶奶下楼了吗？”

“嗯，出去凉快，屋里热。老人不能老吹空调。”丸子拿着两杯橙汁朝她径直走了过来，还是穿着那件白色的挎篮儿背心，露出宽大白皙的臂膀。他一直安静温柔地看着她，让她很不自在，但她内心又很欢喜，就像泥土里深埋的种子，期盼着破土而出。

丸子默默地在兰源身边坐下来，离她特别近。他侧身看着她，兰源的心开始怦怦乱跳，千言万语不知道该从哪儿开始说起，才发现自己也有才尽词穷的一天。

“你这周还好吗？”丸子端详着她的脸问道，同时给她递过来一杯橙汁。

“谢谢你，刚才进门不就说了嘛，马马虎虎。快放假了，忙着去高中同学所在的大学玩。”兰源说着，从他手上接下那杯果汁，凉凉的，瞬间让她的内心平静了不少。她尽量让自己笑得自然一点，让丸子看不出她受宠若惊，“你呢？这些天还好吗？”

“我上次电话里不是说了吗？我上周没有你耐心督促，进展不顺利，我爸爸恨不得掐死我，试卷上的红叉叉又多了起来。”

兰源能感觉到丸子一直在看着她，而她却看着茶几上的几本艺术类杂志。多么熟悉的难以忘怀的话语啊，兰源那晚听到后一直兴奋，失眠，捧着万恶的日语教材都无济于事。

兰源使劲抠着自己的手指头，酒窝被冷静的外表压抑得变了形，但里面满满都是欢喜。

此刻，丸子的眼睛也一直放在兰源脸庞上。她还在想，自己晒伤的皮肤难道还那么明显吗？她可是贴了好几天黄瓜，擦了几层护肤霜。

“怎么，我的脸是不是太难看了？”她轻轻摸了一下，还是有点疼，很不好意思地问着。

“还过得去，你以后要爱惜自己的皮肤，底子再好，也不带这么玩命地骑车出去晒，多难受啊！”他喝了一口饮料，近距离睁大眼睛看着她那张脸。兰源不知所措，也喝了一口。

“嗯，我会的，毕竟以后还要找男朋友嫁人，不保护好这张脸，恐怕就更没人要了。”她自嘲着。

丸子拿着玻璃杯，里面剩余的橙汁被晃动，丸子沉默了。

兰源找不到任何话题了，开始低头不语，扫视着茶几上的东西，丸子越是沉默，她越是如坐针毡。她觉得自己在丸子面前像个透明人，而且找不回原来那种和谐的友好的氛围了。他们都很拘谨，小心地保护着这份情感。

屋子里安静得很，只听见外面树上知了不停地叫，让人感到一阵困乏，兰源突然想起了她那只贪睡的“胖猫”。

她赶紧把玻璃杯放到茶几上，猛地岔开话题：“哎呀，我文曲星上养了一只‘猫’，我看看还活着没？”

她麻利起身去茶几上拿书包，拿出文曲星，回到沙发上坐了下来，借机离丸子远了一点，免得离他那么近，心跳一直加速。

兰源低头开机，进入游戏页面，自言自语：“哎呀，‘小猫’快死了。”

丸子也顺势挪动了身体，再一次靠近兰源，低头专注地看着她手里的文曲星，轻声念叨着：“怎么快死了啊？你怎么养的？”

“我好几天没喂它吃喝了……”兰源边说边笑着抬起了头，斜视着丸子，而他也心照不宣地抬起了头，斜视着她。兰源太紧张，都不知道丸子什么时候凑过来的，离她这么近，他的胳膊碰到了她的胳膊，让她六月天里居然打了个寒战。她甚至感觉到了丸子前额的头发碰到了她的右脸，瞬间就在她的脸抹上一层红润的晚霞。

兰源屏住呼吸，丸子靠她实在太近了，她甚至闻到了他淡淡的发香，四目凝视，无言以对，顿时她再次感到一阵电流从头打到脚，脸发烫，却又害怕得手脚冰凉，像热锅上的蚂蚁。只那么一瞬间，她猛地低下头去看着文曲星，结巴地说着：“我……我先喂……喂饱它吧。要不然快死了……我养半年多了。”

这样的尴尬让兰源浑身不自在，她不顾丸子炙热的目光在她脸上和身上游离，诚惶诚恐地埋头给“猫咪”喂猫粮，喂牛奶，洗澡。

正如阿宋姐说的，她和他现处在两条平行线上，没有交集，这种爱情终将如昙花一现，所以兰源一定要守住自己的底线。等她出国了，自然会慢慢忘记丸子。等丸子考入大学了，自然也会很快忘记她。

“小兰……”丸子终于开口了，语气非常温柔，却掷地有声，却遭遇兰源的当头棒喝。

“我昨天给你做了很多新的讲义，还……还有几套试卷，我太热了……我，我去洗个脸，上个厕所，你去桌子旁等我。你先看试卷，我们马上上课，不然得拖堂，我回学校也还有一堆事。”

兰源仓促喂完了“猫”，没等丸子同意，甚至不敢直视他的眼睛，“嗖”的一下就跳了起来往厕所跑去。她跑得如此之快，留给他狡兔般的背影，完全颠覆了她穿这绿裙子给人的淑女感觉。

兰源去厕所照镜子，看到自己面红耳赤，就像煮熟了的虾。兰源用冷水洗着、抹着，脸却越洗越红。丸子着实已经让她心猿意马，难以自拔。但她告诉自己一定得克制，不然她会很受伤。

深呼吸，镇定，冷静，待心跳回归正常，她微笑着回到客厅开始给他做冲刺辅导。

“怎么去了这么久？脸都红了。”丸子目不转睛地看着她，温柔地问着。

“便秘。”她脱口而出。

“哈哈。”他用手轻轻地捋着额前的头发，帅呆了。

兰源也不知道自己为什么会说出“便秘”这么低级、没趣味的话，可能因为对面宿舍那个爱生吃大葱的经常便秘的山东女孩，为了促进肠胃蠕动，经常在楼道转呼啦圈。话说那个呼啦圈真不错，十元钱一个，她这么天天转，肠胃果然蠕动了。只是可怜她们的楼道里尽是她的屁，她经常边转边放屁，每次都弄得臭气熏天。其他女生，尤其是住她对面宿舍的南方姑娘们，经常把楼道尽头的窗户打开。北京一年四季都干燥，上火便秘是常事。只是在这种场合，对着自己暗恋的人，脱口而出这样不文雅的字眼，兰源肠子都悔青了，谎都不能撒得更文雅点吗？比如说“本人肠胃蠕动不畅”。

丸子也在努力保护着他们目前这层师生关系，他也在压抑着自己的情感。

他很懂她。

熬过去三个小时，他的家人陆陆续续回来了，厨房里一阵忙碌。

丸子的家人在客厅里聊着，他像往常一样，带她去了他的房间，将房门虚掩着，只留了一条缝隙，说："小兰，我新学了一首英文歌，是野人花园的一首冠军单曲Truly，Madly，Deeply。"

"《Truly，Madly，Deeply》，'TMD'，哈哈。"她冲丸子欢快地笑了。

"'三公主'，你能别这么有才吗？"他非常无语地苦笑着。

她天真地笑着："你居然还有时间学歌？"

"嗯，我现在很喜欢英语，这歌很温柔，我想学了唱给你听。"不一会儿，他开始跟着伴奏唱起来。

兰源很知足地笑了，心里甭提多美了。

"我再放一遍，放一段，你翻译一段，考一考你的英文听力吧，呵呵。"说完，他搬了两把椅子进屋，他们一起坐在书桌旁边。

兰源听力不错，她不知道丸子是什么意思，他唱一遍她很显然差不多都听懂了，如此悠扬动听的一首老情歌，倾述着情人之间的缠绵爱恋。

丸子播放着歌曲，兰源翻译。

兰源有时候觉得是自己在羞答答地向他表白，她把声音压得很低很低，到后面干脆说听不懂。丸子就边播放，边给她翻译，兰源听着他翻译，比听歌手唱更开心。

平生第一次，兰源希望时间能停在那一刻，可以一直仰着头看着丸子清澈的双眸，永远有听不完的"情话"。

她很幸福地笑了。她心里那颗爱的种子，开始慢慢发芽。

"只是很可惜，野人花园的两名主唱像彗星般划过星空，留下些许耀眼光芒即宣布解散。人都如此，分分合合，合合分分。"她站起来，走到窗台边靠着，想起天下无不散之筵席，郁郁寡欢。

"你要是喜欢，我可以模仿他们，唱给你听。"丸子抬头深情地看着她。

"呵呵，你能给我唱多久？恐怕你日后的听众会非常多，你还是唱给她们听吧。"兰源撒起娇来有点像个小姑娘，语气像极了阿宋姐，

“我要是喜欢韩文，你也给我唱韩文歌啊？”

“韩文很晦涩，现在要高考了也没时间去学。”丸子也站了起来，慢慢地走到了她身边，靠着窗台，“怎么样，跟你曹依哥哥的英文比起来，怎么样？”

兰源继续看着窗外路边明亮的路灯和嬉戏追逐的孩子，低头莞尔一笑，无奈地摇了摇头说：“曹依哥哥不是我一个人的曹依哥哥，他是全省全国电视观众的曹依哥哥。说实话，他英文的吐词比你要清晰很多，不过他的中文歌肯定没你唱得好，你可是‘猪肉丸子’，况且他从来没有给我唱过歌，我只是在电视上看过他而已。”

丸子可爱地笑了，站直了身体，把手伸进书桌的抽屉里，拿出两个精致的小纸鹤递到她眼前，轻声地说：“小兰，这两个绿色的千纸鹤挺配你的绿裙子，送给你吧。”

“送给我干吗？难不成还用别针别在裙子上面啊？呵呵。”兰源打趣他，伸手接了过来，放在手心里仔细端详，脸上有按捺不住的欢喜，“是别的姑娘送给你的吧，这么小的纸很难折得如此整齐，你手有这么巧吗？”

“这个你别管了。”丸子看着她这身绿裙子，很腼腆地笑了笑。

他们沉默了一会儿。

“你抽屉里还有什么宝贝？”兰源抬起头，凝视着丸子。

他坏笑着说：“还有很多吃的。”

“什么吃的？”她欲往前走，往抽屉里头瞅，吃货的劲头一览无余。

丸子伸出手拦住了她，撇撇嘴，轻声说：“我不想祸害你了，少吃点，婴儿肥的‘三公主’，小心找不到‘开山怪’。一会儿还要吃饭呢。”

“哈哈，真讨厌。”兰源扭过头去，继续背靠着窗台，很不好意思地笑了，她很清楚自己几斤几两，但在食物面前总是忘记了自己的分量。

突然，丸子面对兰源，向她伸出那只精致漂亮的右手，说：“小兰，谢谢你能帮助我，辅导我，握个手吧。”

低头看着丸子伸过来的那只精致、白皙、细长的右手，上次在胡同里让她倍感安全和幸福的右手，兰源沉思了片刻，战战兢兢地向他伸出了自己肉乎乎的右爪子，谁知丸子抓得如此之紧，兰源的脑袋瞬间蒙掉。好像丸子还使劲拽了一下她，不知道是兰源当时已经被电得呆若木鸡，还是她胖胖的的身体靠着窗台重心偏后，丸子根本没拽动她。

总之，兰源很多年后回想起来都觉得很悲哀，他们俩这样握手僵持了好几秒，谁都没舍得主动松手。丸子盯着她，而她甚至连丸子的眼睛都不敢多看，一直低着头。

马大姐以前说过，自己如果能和所爱的李阳天牵回手，她会有多么的幸福。天不遂人意，他们没有走到一起，马大姐撕掉了满是他名字的日记本，却撕不掉对他久存的那份挂念，只能在兰源臆想的校园救火版本中含泪实现夙愿。

兰源现在实实在在地被心爱的丸子牵住了小手，她无比欢喜，酒窝里的幸福都要溢出来，丸子温柔地看着她，也是醉了。

正在她特别紧张不知所措的时候，柳叔叔推开虚掩的门，看到这一幕，愣住了，不过他很老练地化解了眼前的尴尬："我听你们在唱英文歌，看门虚掩着就进来看看，要准备吃饭了。对，柳轩，好好握手谢谢兰源，回头你记得给她画幅人物素描，送给老师，感谢她对你的耐心辅导。"

兰源知道叔叔的良苦用心，就像阿宋姐说的，丸子高考在即，他们不能越雷池半步。只不过她并不清楚柳叔叔更深一层的用心，而丸子懂。

柳叔叔走后，门依旧虚掩着。兰源像只热锅上的蚂蚁，心乱如麻，在窗台那儿来回踱步，她这样面红耳赤，出去怕叔叔和阿姨看出端倪，待在屋里更是忐忑不安。就在她慌乱不堪的时候，一抬头的工夫，无意与丸子也不那么镇静自若的眼神交汇，她用手紧紧地摸着自己发烫的脸，抿着嘴巴笑了一下，很安静地低下头。

丸子深呼一口气，敏捷地向她走了两步，他的阳刚之气扑面而来，空气里弥漫着青春的浪漫气息和难以抗拒的情愫。兰源“啊”的一声，她已经被他强有力的双臂拽进怀里，发烫的身体像冰块一样慢慢融化了。

“丸子，你……”

“嘘……”

第一次，兰源感觉到了丸子胸口那仓促激烈的心跳，他和她一样局促不安，甚至有过之而无不及，两颗年轻的心就那么猛烈地跳动着，谁都没有去破坏这份静谧。她于是也伸出胳膊紧紧地圈住他的脖子，不再像第一次在车站告别时那样匆忙而礼节性地拥抱。

他们的脖颈感受着对方急促躁动的呼吸，屋子里出奇地安静。丸子俯下脑袋，轻吻了兰源的前额。她没有骂他斯文败类，她像被他施了魔法似的定在那儿，手无缚鸡之力，没有思考，没有反抗之心。

不知过了多久，叔叔在门外敲了敲门，轻声说：“柳轩、兰源，准备下，一会儿就出来吃饭吧。”

“好的。”他俩惊慌应答，瞬间慌乱地松开了对方。

兰源更是方寸大乱，往后退了好几步，直到撞到了大衣柜，“砰”的一声响。她下意识地摸了摸后脑勺。

“撞疼了吧？”丸子向她走过来，轻轻地帮她揉着后脑勺。

“不疼了，我们出去吃饭吧，叔叔喊我们了。”兰源抓住他的右手，把它轻轻地放下来。她很自然继续低下头，咬着自己的嘴唇，不敢看他，真想找个地洞钻进去。丸子却抓紧她的手，含情脉脉地冲她笑了。

“小兰，你脸那么红，可别跟我爸妈说你又便秘了。”他似乎想逗她笑，让她自然点。

她果然笑了，咧着嘴巴说：“我可以告诉他们‘本人肠胃蠕动不畅’吗？”

“还是别了。”丸子笑得像个稳重的哥哥，用手帮她弄整齐前额的刘海，刚才在他怀里被压得变了形。

“谢谢。”兰源温柔地说着，“你松手吧，该吃饭了，别让长辈们看见。”

她几乎是红着脸逃出了丸子的房间，跑去阳台窗户那儿吹着习习夏风，留下叔叔和丸子在厨房忙碌着。

虽然兰源当时不敢正眼多看他一眼，但她此刻才知道丸子心里是有她的。

这份感情注定没结果，也无须坦诚表白，他们都懂底线在那儿。

饭桌上，叔叔和阿姨表情凝重，眉头紧锁，这让兰源心生愧疚。

饭后，丸子依旧送兰源去车站。她拒绝了，让他抓紧时间休息，努力复习。丸子拗不过兰源，只好在阳台那儿看着她远去的背影消失在夏季闷热的道路尽头。

兰源加快步伐，没有回头，她晃着脑袋问自己今天都干了什么，丸子要是心猿意马，还怎么复习？

“小兰，等等我。”她听到了丸子的呼喊声，猛地回头，看着丸子急匆匆地向她走来。她莞尔一笑，仿佛丸子就是她的太阳，而她正是那朵追随着太阳的向日葵。

“怎么了？丸子。我拿水壶了啊。”

“忘记给你拿话梅了，这个特别酸，搁抽屉里忘记了，你刚才不是问抽屉里还有什么宝贝吗？呵呵，你晕车，路上含着就没事了，尽量往前面坐，震动得不那么剧烈，能舒服些。”丸子气喘吁吁地说着，顺手把话梅放进她的书包里。

“丸子你真好。”兰源看着他笑了，被自己所爱的人关心是如此幸福，就像掉进了蜜罐子。

“我都出来了，就送你去车站吧，陪你走走。”丸子很自然地牵起她的手，“来，我帮你背包，挺沉的。”

“别，这里都是你的邻居朋友，我不想让你父母知道。”兰源把手缩回来，局促不安地瞅着周围的人。好在这个点儿在家吃饭的多，外出遛弯的少。

“小兰，你今天能来，我特别高兴，我以为你忘记我了。”他依旧兴奋地说着，白皙的面颊上留着一丝红润，“把你搂进怀里也很需要勇气，我怕你扁我，大喊‘打流氓’。”他又挠了挠脑门，开心地笑着，像个犯了错的孩子。

“丸子，我刚决定了我们的辅导课今日截止，我下两次不来了，有不懂的你多去问你的老师和同学吧。高考前，你也不要再给我来电话了。”兰源突然停下脚步，看着脚下的台阶，很坚定地说着。

“为什么？”丸子双手按住她的肩膀，“抬起头来，看着我，小兰。”

“因为我不想影响你高考，我也不想去猜我们俩是什么关系，我俩的感情以后是什么命运。我们都非常清楚，它注定像流星一般短暂，是没有将来的。这个话题等你高考完了我们可以再谈，但就目前而言，我的存在只会让彼此都局促不安，我像被你施了魔法，只有你能解咒。我这一辈子从没有像今天下午这般紧张彷徨过，你知道我是非常在乎你的，可是我不能表现出来，也不敢表现出来，就像做贼一样。

“这样太辛苦了，我不是个优秀的演员，丸子，我的情感全写在这张脸上了。我不能总对别人解释我是因为便秘所以面红耳赤吧。”兰源灼热的眼神看着丸子，直到点点泪珠夺眶而出。

丸子双手捧着她的脸，用手轻轻地帮她擦拭眼泪，他温柔地说着：“别哭了，傻姑娘，我尊重你的意愿。我不会那么自私的，我会好好复习，也就十几天就高考了，完事后我再去找你。我的生日聚会你一定要来，小兰你答应我，会有很多好吃的。”

“嗯，我答应你，我的好丸子。”她眼泪扑簌簌地往下掉，心里却乐开了花，同时又无比惆怅落寞。她一下子扑进了他的怀抱，丸子用情地搂紧她。

“我们走吧，此地不宜久留。”兰源总觉得有双眼睛盯着她，像是一团浓浓的火焰，她敏锐地环视四周。

“好啊！”丸子抓起她的手，快步往车站方向跑去，他们的欢声笑语响彻四周。

“慢点跑，丸子，我穿着裙子，凉鞋还是中跟的。”

“那我背你吧。”他开始得寸进尺。

“不可以。”她甩开了他的手。

“也好，我也怕扛不动你胖一点点的身体。”他起初那股讨厌劲又回来了，重新抓起了她的手。

“滚！”她拿水壶轻轻地敲打丸子的胳膊。

他们很快就到了车站，兰源一路小跑，心里的阴霾一扫而光。两人满脸是汗，笑得像朵向日葵，洒满了灿烂的阳光。

此刻虽已是傍晚，但依旧燥热无比。兰源定在那里，丸子用手轻轻地划过她潮湿粉嫩的面颊，柔柔地摸着她的嘴唇，眼眸里流露出渴盼躁动的气息，他俯下身子，非常轻地说着：“小兰，我想吻你，好吗？”

“考好了再说，考不好免谈。”兰源很犀利地回绝了他，不给他和自己留半点幻想。同时，双手使劲推开他伟岸的身躯，他打了个趔趄。

兰源觉得在这空旷的街道上，在这落日余晖的无情照射下，她开始慢慢恢复冷静。夕阳无限好，只是近黄昏。

“你轻点，好不好？小兰。”丸子看着她笑了，她也俏皮地咬着嘴皮。

兰源挣不脱他那双漂亮有力的双手，那就好好享受那份青春的感动吧，就像流星飞过那般短暂和璀璨。

明天的明天，谁知道会如何？或许到时候他自然就降温冷却了。

毕竟人走茶凉，或许爱情也这样吧。

兰源多年后在自己的婚礼上这么告诉自己最亲密无间的伴娘：“丸子是一本书，我很难读懂，就算读懂了，他始终也是别人的那本书，因为我的阅读证快到期了。我从来没有真正拥有过这本书。这份感情总是要回归图书馆，束之高阁的。呵呵，时间会让你慢慢遗忘这缕馥郁的书香。”

是的，唯独时间最清楚，这颗流星到底能飞多远。

第十一章
青春哪里有如果

这年的七月七号和八号，丸子高考，兰源还在学校勤工俭学当外教助理，她屏住呼吸，为他祈祷。宿舍三姐妹都放假回老家了，留下她和一台录音机，形单影只，倍感孤独和空虚。

兰源压住了内心的期盼，直到丸子七月高考结束了，她都不曾给他打过任何电话。

七月中旬一个晚上的七点多，兰源独自一人在宿舍放着录音机，边听歌，边拿着陌生的地图思考未来的人生，这时电话响起。

“喂，你好。”她躺在床头，有气无力地拿起了电话。

“小兰。”丸子的声音一下子让她有了久违的兴奋。

“丸子！”她猛地从床上蹦了起来，“考得如何？”

“还好，等结果吧。”他如释重负地说着，“不好意思，现在才给你打电话。”

“没事。”她欲言又止。

“你在干吗？”他继续问。

“我买了本大不列颠岛的地图，正在看上面密密麻麻的地名，想想以后哪个会是我理想的归属。”她非常痛心地说着。

丸子沉默了片刻，并没有让她抓紧复习。

“你在听歌啊，什么歌？”他片刻后说。

“高胜美的《遇见你是我的缘》。”她蔫蔫地回答。

“让我也听下，好吗？”

兰源缓缓地把听筒放到录音机附近，歌声传到了他那端，好像穿越了一个星球。

“小兰，我在京西大学。”丸子话锋一转，调皮地说，“我想见你。”

“什么？”兰源难以置信，使劲揉了揉眼睛，把电话拽得紧紧的，生怕听错了。

“我在你们学校西门。你在哪儿？”他一字一字说着。

“我们宿舍在南门，离你那儿还有点远，你等我一会儿，我过去找你。”兰源欢快地扔掉了地图，翻箱倒柜找漂亮的衣服，却发现自己太懒太累，好几件衣服都搁置在床下的脸盆里还没来得及洗。以前阿宋姐她们在的时候总会提醒她，如今她们回老家了，她就愈发懒惰了。

好不容易整理好了妆容，兰源看着镜子里自己饱满的脸颊、丰润的身材，十几天的相思着实让她清瘦了好些，肚皮也没有那么鼓鼓的了，脸蛋也瘦削了些许。

兰源一阵风似的刮出宿舍楼，一路向西狂奔而去，她知道丸子会在那里等她。虽然她并不指望他们的爱情会天长地久，可是丸子能来看她，她是那么欢喜。

老远，在那棵老柳树下面，柳枝随着晚上清凉浪漫的晚风，像帷幔一样婀娜地飘荡着。树下，一个挺拔帅气的背影伫立在那儿，隔着几十米远，兰源知道那就是她朝思暮想的丸子。

“丸子！”兰源扶着路边的椅背，微微弯着腰，大口喘气，迫不及待地大喊一声，响彻西校区。待他循声转过身，她兴奋地伸出右胳膊冲他使劲挥舞着，“丸子，我在这儿，跑不动啦。”

兰源没看清丸子脸上的表情，但她知道丸子肯定很反感她这么大声喊他。他向她款款走来，她也不遗余力地向他走去，心跳加速，一颗小心脏好像立马就会蹿出来。

十米……八米……两米，他们各自一个健步迈上去，紧紧地抱在了一起。丸子把她抱起来转了几圈，他们俩肆无忌惮地笑着。这里可是她“三公主”的地盘，她的笑声响彻周遭。此刻的她无比幸福。

“丸子，放我下来，我太胖了。”她努力让双脚着地。

“小兰，你瘦了。”丸子的眼神充满爱意，“抱歉今天才来找你，前几天我奶奶生病住院了，一直在医院照顾。”

“奶奶没事吧？”她惊讶地抬起了头。

“没事，已经出院了。”他牵着她的手，抓得紧紧的，“我怕你生气，一直没联系你，又担心影响你备考。你想我吗？”

兰源低下头去，害羞地“嗯”了一声，听到“备考”二字，又让她内心暗生一阵悲凉，她无奈地松开了丸子的双手。

“带我逛逛你的地盘吧。”丸子重新牵起她的小手，沿着弯曲的林荫大道走着。

“好啊！”她亦步亦趋。

明亮的路灯在路上投射出两道修长的身影。

兰源从来没有觉得校园如此美好，那一树、一草、一花、一虫、一鸟、一石、一沙、一湖、一墙、一瓦、一灯，好像都被施了魔法，变得如此生动。

“丸子，你知道我明年就毕业了，顺利的话七月就能提前去英国。”兰源颤抖着说出这些话，她知道他们回避不了这个残酷的问题。

“我知道。”他很淡定地说着。

“我以为我们就这样不会再联系了，你为什么今天还要来？”她头都不敢抬起来，声音轻得连她都听不见。

“忙完高考和我奶奶的事，我第一个就想到了你，情不自禁就过来了。”丸子的语气也有一丝悲凉，但表露出的情感却一点都不含糊，“明天我生日，你答应过会来参加我的生日聚会，我是过来邀请你的。”

“啊，是明天吗？”她猛地抬起头。

“你有空吗？”他停住脚步，低下头问着。

“明天全天学校大礼堂有个美国大学外宾师生交流活动，我是嘉宾的翻译。”她遗憾地跺了跺脚。

“我希望你能来。”他猛地抬头凝视着她那双从不撒谎的眼睛，然后垂下了头。

“我一会儿看能否找同学替我一下。丸子的生日聚会，我答应了，一定会去的。”她咧着嘴巴笑着。四目相视时，她能看到他受宠若惊，“只是生日礼物，我一直没选到合适的，就没买。我以为……以为你不会再联系我……以为，我们不会再见面了。”

“那都是次要的，关键是你能来。明天除了好吃的，我也有惊喜给你。”丸子握紧了她的双手。

一提到惊喜，兰源眼前一亮，看着眼前波光粼粼的湖面和湖边随风摇曳的柳枝，她灵机一动，喜上眉梢：“有了！丸子，你在湖畔石头上坐着等等我，我回趟宿舍，有份礼物拿给你，希望你喜欢。”

兰源俏皮地指向不远处的一块大石头：“乖乖坐好，我半小时后就回来。”

“要这么久？我陪你去吧，免得你来回跑。”他扭过身看着她。

“不行，我喜欢湖边，宿舍那儿人太多了。”她冲丸子眨了一下眼睛。

30分钟……25分钟……18分钟……

丸子在心里一秒一秒地数着，时间过得真慢，好在湖上的风吹得人心里也暖和了起来。

12分钟……8分钟……5分钟……

“丸子，我回来了！”兰源站在他身后，笑得像只母河马，手里拿着一根雪糕，“渴了吧，吃雪糕。”

丸子接过雪糕，好奇地打量着兰源。她穿着一件长款的米色风衣，扣子紧扣着，头发梳得特别顺溜，像瀑布一样披着，乌黑发亮，湖风一吹，很显妩媚，连头顶黑幕一般的夜空都要嫉妒她了。丸子开心地笑了，一直以来他就很想看她披着头发的样子。

“小兰，热不热？还把风衣的扣子全都扣上了。不至于吃个雪糕，要来这么大的排场吧，我这会儿真没带痱子粉。”丸子拿着雪糕站了起来，晃了晃脑袋咧嘴笑了，高兴地抚摸着她的长发，他是那么喜欢她的长发。

“你坐下来先吃雪糕，我喊你回头你再回头，否则我把你扔湖里去。”兰源让他坐回原地，“赶紧吃，别化了。”

“还要等多久？”他有些不耐烦，但又很憧憬。

“10分钟。”她从口袋里掏出一些东西，搁在他身后的石块上。

“什么礼物啊？”丸子忍不住回头看了她一眼，她正在他身后梳头发。

“不许回头，小心当落汤鸡！”兰源把他的头轻轻地扭到前面去，并掐了一下他的肩膀以示警告。

“丸子，回头吧，我准备好了。”兰源大声说着，生怕他听不见。

“至于这么大声音喊我吗？你就不能淑……女点？”丸子边回头边抱怨，突然目瞪口呆，“你……”

就在丸子吃雪糕的几分钟，兰源随手在头顶扎起一个《倩女幽魂》中小倩那样的小辫子，松松地绑上浅粉色的透明大丝巾，前半截盖住了她的额头，后半截披散在脑后黑色的秀发上；嘴上擦着阿宋姐性感的口红，眉心那儿还来了一点鲜红。兰源最近瘦了，裙子后面的拉链能拉到头了，更显得她身体丰润。

就在丸子目瞪口呆时，她很胆怯地脱掉外面的长风衣，扔到了旁边光秃秃的石头上，温柔的夏风忍不住舞动着兰源的裙摆，她的双肩和后背凉凉的，略微感到一丝寒意，脸上却一片绯红。

“丸子……丸子，宿舍不允许你进去，这身打扮露肩膀露后背，我也不好意思穿出来，所以裹着长风衣出来，口红也是刚涂的，要是被人发现了，肯定以为我嗑药了。我很少化妆。”她非常害羞地说着，视线飘忽不定，左顾右盼，像做贼似的，就怕遇到院里的熟人，“这里很隐蔽，被发现的概率非常低。丸子，你喜欢我这样打扮吗？”

丸子慢慢地站起来，依旧不吭声，死死盯着她。

“丸子！”兰源甜甜地喊了一声，局促不安地掐着自己的大拇指，咬着下嘴唇笑着，“我给你唱‘双飞燕’吧，你一直不是想听吗？这是我送给你的生日礼物。”

丸子非常安静地一步一步走向她，眼眸紧紧地盯着她，要吃掉她似的。兰源的心都快要跳出来了，脸颊也更红润了。

“你看我像母河马吗？第一次穿它，从头到尾，我一直笑得合不拢嘴。你上次跟我说下巴脱臼的事，我也觉得自己老这样大笑，哪天下巴真的会脱臼，那多难堪啊。”兰源摸着自己的下巴，咧开大嘴笑着，避开他锋利的把她看透的视线。

“小兰，我有办法让你的下巴永远都不会脱臼，你尽管笑。”丸子许久后终于开口了，声音悦耳动听，和播音员的一样。

“真的？丸子还有这般本事？”她睁大眼睛，抬头殷切地看着他，眉心那一点红显得分外妖娆，脸上因害羞扬起一片绯红，花草为之失色。

丸子突然低下头，吻住了她的嘴唇，他的唇那么软，吻那么火辣，兰源惊慌失措，睁大眼睛看着他。他闭着眼睛，眼角写满陶醉。丸子努力在她嘴里探索着，她不知道怎么回应，头脑一片空白，脸上发烫，身体开始瘫软，于是温顺地闭上双眼，双手紧紧地搂住了他。

和兰源以往在湖边见到的每对情侣一样，他们忘情地吻着，嘴唇、脸颊、脖颈，身上每一寸肌肤都炙热地燃烧着，他们醉了，空气也醉了，脚下的石头也醉了。万籁俱寂，夏风不再吹拂，鱼儿停止了嬉戏，青蛙停止了鸣叫，生怕惊扰了他们，只听得见他们的耳鬓厮磨声和剧烈的心跳声。

流星能飞多久，她不管，此刻却让她幸福了很久……

许久，他们火辣的唇离开了彼此的身体，双臂依旧紧紧地圈着对方。

“你笑起来真美，我很喜欢你这身打扮，谢谢你。”丸子继续拨弄着她的齐腰长发，“我优雅的‘三公主’，给我唱首‘双飞燕’吧。”

“唱完恐怕就不优雅了。”她忍俊不禁，冲他笑了笑，“你还会喜欢吗？”

“没事，我又不是第一天认识你。”丸子幸灾乐祸地笑了，身体往后倾了一下，怕她拍他。

“哈哈，讨厌。”她小声笑着，轻轻地拍了拍他结实的胸脯，“嗯，听好了。哟，等等，我帮你擦掉嘴角的口红吧，太滑稽了。我口红擦太厚了，不好吃吧？”

“好吃！”他狡猾地搂紧了她的双肩，她的后背又泛起一阵炙热。

“猪，放开手，你这样我怎么唱？”兰源努力挣扎着想一个人凉快会儿。

丸子又低头用嘴唇严严实实地堵住了兰源的嘴，她再次头脑空白，感到天旋地转。

许久后，湖边响起了兰源灵动的歌声，混杂着丸子和“三公主”幸福的嬉笑声。原来，这就是爱情的味道。

兰源的眼眸闪动着晶莹的泪光，此刻的她，既感受到了初恋的幸福，也体会着离别的悲伤。她知道他俩是两条平行线上的人，没有结局。“丸子，我想多喊你几遍，我怕以后没机会喊了，我更怕你以后会成为我生命中不能承受之重！”

“傻瓜！”他欲言又止，他何尝不知道兰源想说什么。去英国留学是她多年的梦想，她不会为了他而放弃理想。而他，仅仅18岁，大学对他而言，充满了星星般的梦幻色彩，他既好奇，又憧憬。他知道他没有勇气去等待一个未知的结果，正如兰源她自己也没有勇气肯定地告诉他，她以后不会回国了。

其实，丸子心里很清楚，那日他俩在屋里握手被他爸爸发现，在餐桌上他父母已经十分焦虑和不安，并且私下告诫他，他和她是不可能的，尤其是像丸子这样的干部家庭。

丸子非常爱自己的家庭，他不够勇敢，一直不敢对兰源说出“我爱你”三个字。其实，“三公主”何尝不是他生命中不能承受之重呢？至于他为什么鬼使神差地来到京西大学找她、吻她、抱她，他内心的解释是，既然爱了，哪怕是一刻钟也好。他把她的手捧在手心里，贴到心口。

“丸子，橘生淮南则为橘，生于淮北则为枳，味道终究不一样。我们谁能不在意这一座城市的距离？你的手现在抓得住我，却抓不住我们的未来。我以后去了英国，你会想我吗？”兰源紧紧地搂住他的胳膊，头垂在他宽大的肩膀上，泪水已经扑簌簌地掉了下来。

“我想，我会忘记你的，不然还能怎么样？”丸子故意提高了分贝，给自己壮胆，他言不由衷地叹了口气。

其实，兰源在等着他留她，但他没有，她也就不再期盼，自然也谈不上失望。

“丸子，我跟你说，大学里的美女让人目不暇接，你不能找比我还漂亮的，否则我以后看见照片会气炸的，别逼我毁她的容啊。哈哈，我希望她哪儿都没我好，这样你会一辈子念着我的好。”兰源坏坏地笑着，一股醋劲冲到头顶，脸上匪气毕露，使劲掐了掐他的胳膊。

柳轩侧过头去，沉默不语。

他的心在哭泣，但他没有勇气让眼泪夺眶而出：“你放心，以‘三公主’的美貌和智慧，你是独一无二的。或许在大不列颠，穿裙子的也好，穿裤子的也罢，都会钟情于你。你嫁到那里，过着资本主义的生活，可不要太嚣张太幸福了。”

兰源低头不语，心如死水，片刻之后，抬头冲丸子浅浅一笑：“不管以后我嫁给谁，我都会给你发张结婚照。我要是嫁到英国，那就随遇而安，落地生根。以后我不一定会再见你了，我们祝福彼此吧，好丸子。”

丸子怒火中烧，扭过头来盯着她，眼中充满嫉妒。虽然说时间可以冲淡一切，但她不应该在这个爱得盲目、爱得癫狂的时刻说嫁给别人。对于柳轩而言，这无异于掏心挖肺，他猛地把兰源揽入怀中，双手使劲把她按在自己的大腿上，恶狠狠地吻着她，不让她有任何喘息的机会。

她挣扎了很久，慢慢垂下瘫软的双臂，任滚烫的泪水和汗水在脖颈处被他反复吸吮。她呼吸急促，浑身颤抖，感到脖颈和胸口一阵疼痛一阵炙热，时而像置身天堂，时而又像置身地狱。

许久，柳轩默默地抱紧她，就像小时候抱着他最喜欢的变形金刚玩具，他知道自己不够勇敢去拥有她。他太年轻，不得不把最爱的玩具拱手让给未知的某个人。

“我前两天给你精心准备了一份特别的礼物，我爸在医院还骂我，我想明天送给你，就当是给你的生日礼物，就当我们是同一天生日。”丸子和她耳语。

“为什么要送给我生日礼物？我的生日是明年三月，还早着呢。”兰源好奇地问着，脸上扬起一丝久违的欢笑。

“我想明天就送给你。”丸子继续亲吻着她的眉毛、她的鼻尖、她的唇，“你一定会喜欢的。”

兰源轻轻地抬起手，摸着他棱廓分明的下巴，娇嗔道：“谢谢你，丸子，不管你送我什么，我都会喜欢，会一辈子留着，因为你是我独一无二的丸子。”

两颗炙热却悲伤的心再次紧紧地靠在一起。是啊，日子太长，不要再去管明天的明天。

今天爱了也就爱了，不爱也就不爱了。

“丸子，明天你的生日聚会我一定要去吗？有你家人和同学朋友在，我不想去了。”

“那是我们俩一起的生日聚会，你一定要去，因为明天你不去的话，我怕你以后会忘掉我的生日。”丸子叹息着，脸在她脸上轻轻地蹭着，“你不是喜欢日剧里演奏钢琴的濑明吗，那终究只是影视剧而已，你居然因此傻乎乎地自告奋勇当了日语课代表，呵呵，你真傻得可爱。我前几天学会了韩语版的*I Believe*，我几乎睡觉都在背拗口的歌词，你没见我弹过钢琴，我想亲自演奏给你听。即使你以后去了天涯海角，我也希望你闻歌如见人。”

“好，我是你的老师，也是你的姐姐，明天你绝对不许露出破绽，否则我没法面对你父母，一定会夺门而出的。”兰源无奈地搂住了他的胳膊，她其实内心深处恨过自己对理想太执着，也恨过他对爱情不勇敢，就让一切都结束吧。

“梦子说感情的事很难一刀切，我就赌一把，时间会冲淡一切，我终会忘记你的，我们再见还是朋友，对吗？”

他沉默了。

他们把视线转向漆黑的夜空。稀落分布的星星探出小脑袋，瞅着湖边一对对郎情妾意的鸳鸯，默默地祝福他们。唯独最漆黑处石头上坐在一起的丸子和“三公主”，并不需要它们的祝福。

很多年以后，柳轩认定，这个平凡的兰源注定是他青春期永远的遗憾。

是啊，人人都有无奈，只看谁当初更勇敢。

如果，如果他们当初只是单纯地爱着彼此，勇敢且无畏地爱着彼此，或许他们的命运和风景就该另翻新篇了。

只是，青春哪里有如果。

丸子爱“三公主”，却默许她出国，从来没说过挽留她的话，哪怕一句也好，都可能会让她打退堂鼓，为爱勇敢地与命运和世俗搏一回。她笑丸子对爱不勇敢，更笑自己痴心妄想。丸子那么年轻，你能指望他给你所要的幸福吗？你能指望得到他家人的认可吗？No!

兰源独自一人走在他前面，双手放入兜里，回避他那双深邃忧郁的眼睛。她认定了他对她的爱根基尚浅，前方诱惑太多，她及时抽身是明智之举。

梦终会醒的。

“明天我几点到合适？”她看着路边的杂草，使劲跺了一脚，极其冷漠地问了一句，语气跟刚才有天壤之别，恢复了“湘西女匪”的原貌。

“11点开始，你能早点来吗？我想给你画张素描。”他的声音非常轻。

“没意义了，你省点精力给你日后的妹妹们画吧。丸子，你的青春刚开始，一定会精彩纷呈。”她斩钉截铁地拒绝了，她抬起头凝视着丸子，目光如炬，在黑夜中更显得扎眼，“爱了就爱了，我认了，虽然我不可能‘不带一点伤，走得坦荡荡’，但只求自己走的时候少带点伤。你终将是别人的‘丸子’，我得承认，你也得承认，我终将是别人的‘三公主’。我们好聚好散。明天我11点准时到，吃完饭我就走。”

犹如当头一棒，丸子却无力还击。以前，“三公主”常嚣张地说：“呵呵，小子，跟我斗，你还嫩了点。”的确如此，在她面前，他很多时候只能默默地享受着她的蛮横和刹那的温柔。

丸子是爱她的，从他提前为她精心准备生日礼物就能看出，但他却一直没说出口。他是个老练沉稳的孩子，觉得爱字承担的更多是责任，如果承担不起这份责任，那就没资格说爱。可哪个女人不愿意听“我爱你”？用再浓烈的爱灌注的礼物也不如一句响亮的“我爱你”更让人青春无悔。

…………

兰源暗自庆幸，这段感情就像切西瓜，猛地切开了，露出两半鲜红的瓜囊，一半凹进去，一半凸出来；一滴一滴流淌的鲜红果汁，就像心头的血，汇聚在心口某个低洼处。

她眼角的泪珠扑簌簌地往下掉，怎么也控制不住。寂静空荡的宿舍让她突然很想家，很想妈妈，她也还是个孩子。这一宿，她开着台灯目不交睫，她怕睡着了，就失去了眼前的一切。

张爱玲曾说过：“见了他，她变得很低很低，低到尘埃里，但她心里是欢喜的，从尘埃里开出花来。”兰源亦如此。她等待着丸子对她说出“我爱你”和“请不要走”，可惜，青春年少的他们太不勇敢，他们如流星般短暂而又璀璨的爱情无疾而终。

第十二章
“钢琴王子”vs“湘西女匪”

半夜十二点，兰源给丸子发过去一条短信：“丸子，生日快乐。”然后关机，她想，过了十二点，又是崭新的一天。

天刚蒙蒙亮，兰源去水房洗漱，搓着自己那双红肿的眼睛。就在别人还沉浸在美好的梦境中时，她一个人拿着篮球往篮球场跑去。她不停地拍打篮球，不停地投篮。每当她进了一个漂亮的球时，就会高兴得像个孩子似的欣喜不已，只是回过头却发现根本没有人欣赏。她甩甩头发，笑着对自己说：“小兰，好样的，加油，再来一个……”

兰源又累又饿，汗流浃背，面颊潮红，直到快九点，体力透支的她，瘫软在篮球架旁边，她把篮球放在双腿上，支着自己沉重的下巴。

“我和丸子的感情，就像打篮球：当我们激情澎拜的时候，打起球来力气十足，轻松潇洒；一旦激情褪去，爱情也就像泄了气的球，慢慢就蔫了，没有人再拿它当回事，被静静搁置。”兰源捧着自己的额头，自言自语，泪水覆盖了汗水。

天慢慢亮了，万物复苏，花儿更艳了，草儿更绿了，虫儿也已经晨练了很久，校园里走动的身影渐渐多了。

奇怪的是，兰源这个时候很想见到陶思琪，可能是因为他们是篮球场上很要好的玩伴，也可能是因为她在这个校园里感到太寂寞。和他说上几句贴心话，总能打发现在的无聊，可是她此刻却怎么也找不到他的身影。

她忘记了，陶思琪替她去大礼堂做外宾翻译了，早上八点就要开始准备，想必他肯定没时间绕路经过篮球场。就算他早上迷迷糊糊起床晚了，走错了路，经过篮球场时肯定也是睡眼惺忪，慌乱着赶时间。陶思琪对什么事都不认真，就对日语着迷。这次他早上七点就已经一丝不苟穿戴整齐，他从没想过兰源会在早上打篮球。对于兰源这个“京西睡仙”来说，这是绝对不可能的。所以，他路过篮球场，听到球场上稀稀落落的投篮声时，都没抬头。

第一次，他们在校园里最熟悉的地方就这样擦肩而过，四目失交。

“太阳每天都是新的！”兰源深呼吸，起身回到宿舍水房，洗去身上的汗水和泪水。此刻的她，肤色更显透亮，面颊就像擦了粉底似的娇艳动人，她一边耐心地吹干头发，一边开心地唱着：“一身的穿戴，不必名牌，自然的潇洒才是真的帅。”

兰源第一次发现，这么熟悉的快乐的歌曲，此刻她竟然唱出了哭腔，她关紧了房门，压低嗓门，抽噎了一会儿。是的，她从今天开始与当初的那个“三公主”渐行渐远。

兰源赶到丸子家楼下时，已经过了11点半，她并没觉得不好意思，她算他什么人？这年头谁离开谁能惨到哪儿去？更别提丸子了。

门禁吱的一声自动开了，她拉开那扇以后即将变得陌生的大门，沉默了数秒钟，抬起沉重的脚步，一步步走向目的地。

“小兰，你来了？”开门的是丸子，他并没有责怪她迟到，而是非常惊喜地看着满头大汗的她。

他从10点开始就一直在卧室窗台那儿徘徊，从11点开始，在那儿抽了无数根烟，蹙了无数次眉，终于在百米外拐角处捕捉到了熟悉而陌生的身影。是她！浅蓝色的一字领上衣，七分牛仔裤，灰色球鞋，背着她平常用的那个书包，很是休闲的打扮，和昨晚楚楚动人的“三公主”判若两人。这个点儿的太阳已经很毒辣了，她却没打遮阳伞，一直低着头慢慢走过来。平时她蹦蹦跶跶，一会儿就走完的百米，今天却走了很久。今天的兰源如此娴静，让他感到陌生。

“柳轩，生日快乐，姐来晚了。”兰源掷地有声，向柳轩扬了扬下巴，仿佛眼前的是个陌生人。”

“小兰……”丸子欲言又止。

“大家都到齐了吗？玩得开心吗？”她边说边往客厅走，客厅里布置得像圣诞节，平日里静静地躺在钢琴上的那张绸缎布罩不见踪影，光亮如新的黑色钢琴如柳轩一般魅力四射引人注目，周围堆满了大大小小很多包装精美的礼品盒，还摆了很多束娇嫩欲滴的鲜花。餐桌上除了那个醒目的好几层的奢华的大蛋糕外，还摆放着好几个果盘，里面放着各种颜色、形状、口味的曲奇饼干。

兰源定睛一看，上面还有英文单词。兰源知道他用心良苦，但依旧云淡风轻地从旁边飘过，装作若无其事的样子。

十几个丸子的同学和发小，散坐在沙发上、椅子上，开怀大笑，他们看到这位操着南方口音的一脸灿烂笑容的陌生女孩，不禁集体回头看着她。她不是他们一个圈子里的人。

“大家好，我是兰源，柳轩的英语家教，你们也可以像柳轩一样喊我‘兰姐姐’，但我事先申明了，你们不许和他一样嫌我吃得多，嫌我胖哦！”兰源自我调侃，落落大方地进行自我介绍，笑声像铃声一样清脆悦耳。

“哈哈，姐姐你长得像赵薇，很漂亮！柳轩你也太幸运了吧。”高个子的小姑娘说着。

“他才不幸运呢，他说我是他爸爸从湘西请来专治他矫情的‘女土匪’。”兰源笑得像个十七八岁的孩子，轻轻指着旁边愣头愣脑的丸子，瞬间就跟他们打成了一片。

“哈哈。”大家都笑了起来，那些孩子一直顾忌里屋的柳叔叔和奶奶，所以有的笑得很矜持，唯独兰源笑起来不分时候和场合，丸子以前说过，“女土匪”都这样。

“坐车太久了，屁股坐疼了，我先站会儿。”她踌躇着不知该坐哪儿，眼前陌生的丸子，陌生的男孩和女孩，她需要点时间来消化。

“哟，兰源来了啊。一听到客厅里那么欢快的笑声，就知道是你来了。”说话的是柳叔叔，他打开里屋门，探出脑袋看着她，然后赶紧出来尽地主之谊，“赶紧坐。柳轩，给你兰姐姐倒杯茶，她最喜欢喝绿茶了。”

柳叔叔拍了拍她的肩膀，招呼她找个地方坐下休息会儿。

“柳叔叔不必客气，我带着水壶呢，里面沏了茶。”兰源听到柳叔叔脱口而出“你兰姐姐”时，装出来的沉稳瞬间溃不成军，她笑容扭曲地说着。

“喝杯橙汁吧。”柳轩的声音不高不低，不咸不淡，没有称呼，也没有嘘寒问暖。兰源接过来，放在手心，凉凉的，他懂她的辛苦。

兰源第一次觉得在他家里喝杯橙汁这么累，柳叔叔和她都是聪明人，他没有打开天窗说亮话，但一句“兰姐姐”已经让兰源快伪装不下去了，她的确不是个优秀的表演者，但此时此刻，她的表现也没有完全糟透。

“今年下半年是不是就得找单位实习啦？”柳叔叔问。

“嗯。”

“需要叔叔帮忙给你推荐吗？我几个老战友都在外企。”他虽然不赞同儿子和这个女孩交往，但跟眼前的这些纤细娇弱、锦衣玉食、五谷不分、养尊处优的女孩子比，他打内心是非常喜欢聪慧活跃、吃苦耐劳、胆识过人的兰源的，愿意像帮亲闺女一样帮她一把。孤身一人在北京挺不容易，就像他当年来北京当兵一样。

“不用了，谢谢柳叔叔，您帮得了我一时，帮不了一世，我还是得靠自己，成功没有捷径。”兰源目光坚定地看着柳叔叔。

“我就喜欢兰源这点，你们这些孩子可都得好好向兰姐姐学习，我们柳轩很幸运能找到这样的好老师，和他并肩作战应对高考。”他慈父的眼神横扫过眼前的那些孩子，最后稳稳地落在了柳轩身上。

“柳轩，你过来。”兰源像第一次喊他那样，匪气四射。

她慢慢打开书包，从里面拿出一个长方形的小盒子，米黄色的包装纸上贴着一朵很简洁的深蓝色的小花：“送给你的生日礼物，祝你生日快乐！兰姐姐没钱，给你买不了什么贵重礼物，希望你喜欢。快接住，我胳膊都酸啦，你真够矫情的。”

丸子的确愣住了，他昨晚已经收到了“三公主”最独特的礼物，那妩媚的朝服，那温柔的怀抱，那香甜的热吻，那娇嗔的耳语，那醉心的微笑，这些都是他迄今为止收到的最让他热血沸腾的礼物，只是他没想到，她今天还会给自己送礼物。他迟疑了一会儿，才去接住，依旧满心欢喜。

“谢谢。”他将那份礼物小心翼翼地握在手心，努力想打破尴尬，他知道她装得很辛苦，而且被当作焦点会让她焦虑不安。

“浅黄色和深蓝色搭配，颜色优雅明丽且不失温暖。兰姐姐，你颜色搭配这块儿总算有进步了，果然近朱者赤啊，我这学生还不错吧。”

“‘小龙男’，你少矫情了，要是不喜欢就还给我，我拿着还能去别人生日聚会上骗顿饭吃呢。”兰源口是心非地笑着，大家也被逗乐了，尤其是柳叔叔。这么多人，只有柳轩看懂了她，读懂了她嘴角僵硬的笑容，她今天大部分时间一直笑着露出八颗牙齿，这是非常不正常的。

柳叔叔对待兰源的态度已经非常明晰，兰源终于理解为什么她等不到丸子的那句话，从丸子那双并不坚毅的右手中递过来的那杯凉凉的橙汁里，她得到了答案，内心反而释怀，不再怨恨丸子了。

她“嗖”的抬起头来，笑得像只母河马：“我饿了，想去吃点曲奇饼干，刚进门硬是装斯文，既然都是柳轩的朋友，那就都是我的弟弟妹妹，我就不客气啦。叔叔我就自便啦，在美食面前不积极，做人还有什么意义？”

说完，兰源总算可以起身离开那个让她如坐针毡的沙发，那个她曾和丸子四目相视的沙发。

她往餐盘里夹了十几块曲奇饼干，临近找了把椅子，埋头吃着，她感到前所未有的轻松。如果说人和人交往必须绞尽脑汁，心力交瘁，她宁愿自己的眼里只有这不会说话的曲奇饼干。你不会寄希望于它会说甜言蜜语给你听，自然也不会被它伤害。最重要的是，在你内心苦恼得像没加伴侣的苦咖啡时，它能像一块甘甜的冰糖，让你嘴里不再那么又苦又涩。

有一款薰衣草颜色的曲奇饼干，圆圆的，饱满醇香，上面还印刻了“LOVE”这个单词，字体娟秀。兰源看了片刻，毫不留情地嚼得稀巴烂，再重重地咽下去，一同咽下去的还有他们昨晚的所谓“爱情”。

一夜之间，风起云涌。一夜之后，落叶知秋。

柳叔叔之前一直夸湖南人很聪明，这次他没夸错。为人父母，对刚成年的孩子的管教是情理之中的。兰源也不恨他，如果说她宿舍三姐妹都认定丸子和“三公主”的感情没有结果，那么柳叔叔的判断和决定也是可以接受的。

“你们年轻人继续玩，我和阿姨先去厨房了。柳轩，你招呼好大家。”柳叔叔径直朝厨房走去，视线重重地落在几米开外端坐在椅子上的兰源，她似乎还在低头解决裹腹的问题，她给人的感觉总是意犹未尽。在场另外一个小姑娘看懂了她的伪装，眼神一直定在她身上，她的一举一动、一颦一笑，她都狠狠地打量着，而兰源并没有意识到这种目光的存在。

“喝杯红酒吧，我爸刚从国外带回来的。曲奇配红酒味道不错，我尝过。”丸子端着两杯红酒，三步并作两步走到她旁边，找了把椅子顺势坐下来。他们并没有四目相视，她看着她小餐盘里的饼干，他看着他手中醉人的红酒。

“不用，我不喝酒。”她毫不犹豫地拒绝了。

“红酒不苦，喝多了就习惯了。”

“习惯了才可怕，我才不要沾惹这种习惯，怕以后戒不掉。”她依旧不解风情地一口回绝，心里非常痛快。

“这是我们俩的生日，你不喝，我替你喝了吧，也祝你生日快乐。”丸子表情凝重，把右手酒杯里的红酒全倒在左手酒杯里，开始啜饮。

“那你多吃点饼干，有实力无须保留。这些饼干是我托国外的表姐邮寄回来的。高考前我跟她说，我有个朋友特别爱吃曲奇饼干，她就告诉我，她所在的市生产一种曲奇饼干，酥香脆口，远销全球，非常受欢迎。于是我让她给我邮寄了很多盒，希望你喜欢。”

“嗯，朋友……”她反复咀嚼着饼干，却如鲠在喉，但仍费劲吞了下去，好像这样可以消除她内心的悲伤。

“昨天不是送了礼物吗？今天怎么还破费给我买礼物？”丸子的视线转移到她的脸上，浅浅的刘海盖住了她秀气的眉毛，一起被掩盖的还有她眉目间的伤感。

“因为昨天的礼物是‘三公主’送给丸子的，今天的礼物是兰姐姐送给她的朋友柳轩的。难道你不懂礼尚往来吗？我虽然贪嘴，但我不能白吃你的这些曲奇和蛋糕。”她坚定地抬起低得不能再低的下巴，目光如炬。

丸子的心凉到极点，脸色从没如此难看过。他颔首不语，两手相互掐着，恨不得掐出血来。

“你送的是支钢笔吧？”

“你拆开了？”

“没，我猜的。谢谢。”

“希望你可以用来书写校园青春的点点滴滴，我希望你青春无悔。”

“师生一场，不客气。”

沉默像乌云笼罩在他们头顶上。

“以前是我一厢情愿地喜欢你，今天却是你一厢情愿地认为这是我们俩的生日。呵呵，真是异想天开，我不会接受你给我的所谓‘精心准备’的生日礼物。巨蟹和双鱼怎么可能在同一天过生日？柳轩，我以后的生日要么自己一个人过，要么跟别的男人过，永远和巨蟹没有半点关系，巨蟹根本就不配阳春三月的双鱼，你不配，你也配不上……”兰源冷冷地笑了，言不由衷地刺痛着丸子。

她继续倒腾着餐盘里的曲奇饼干，突然觉得这些美味的饼干又干又难下咽。她承认自己在感情上是个狭隘的小女人，不要跟她提胸怀。她着实有满满的委屈，无处发泄。

丸子陷入了死一样的沉默和哀痛。

他死死地握着手里的酒杯，仿佛再稍微用一下力，酒杯就要碎成带血的玻璃碴，然后被他一口一口塞进嘴里，吞进肚子里，弄疼了口腔，划伤了食道。

突然，丸子以迅雷不及掩耳之势起身离开：“我去里屋抽个烟，你自便。”

兰源看着他佝偻着背消失在视野里，一声门响穿透耳膜，她为自己逞一时口舌之快感到后悔，她背对着他们，使劲掐了掐眉心。她眼里有火焰，想跟他大吵一架，却只能背着他们忍气吞声，伤害他，伤害自己。她盼着快点离开这个让她透不过气的地方。

柳轩站在里屋窗台那儿，在他们曾经一起斜靠着天南地北高谈阔论的地方，在他第一次惶恐不安地牵起她双手，将她紧紧搂入怀里的地方，狠狠地点了几根烟。他眼里、嘴里、心里被苦涩填满，他真的哭了，懦弱迷茫地哭了。

而兰源，她觉得自己像榨汁机里的水果，被榨了一宿，精疲力竭，泪腺已经干枯。这样也好，她再想哭，也挤不出一滴眼泪。她可以变回骄傲跋扈的“三公主”，让他屈膝，赐他平身，然后摆驾回宫，走得坦荡荡……

厨房里忙碌着，兰源没心思去帮忙，与其让老练的柳叔叔发现她的愤怒、纠结、憋屈、悲痛，还不如按兵不动，静观其变。在这场没有硝烟的战争中，柳叔叔是真正的赢家。对于她来说，手上的曲奇饼干是美好的，身边一米开外的钢琴是美好的，连眼前青春勃发的少男少女们也是美好的，一切都那么美好，除了她和丸子。

她瞟了一眼，沙发上几个玩游戏的男同学依旧“两耳不闻窗外事，一心只顾游戏人生”，我放马过去，你杀过来，青春的稚嫩全写在那几张专注的脸上。他们时不时敷衍几句身边的女孩，时不时拍着大腿喊着“快上啊”。

沙发旁觥筹交错，四五个女孩捧着红酒杯，她们个个面若桃花、窈窕靓丽，叽叽喳喳地聊着入学前的旅游计划和对大学的憧憬，时而看着玩游戏的男孩窃窃私语，时而背着他们掩面而笑。兰源现在十分赞同阿宋姐以前说的，以后等丸子进了大学，那更是姹紫嫣红，繁花开尽皆为他了。

兰源觉得自己不能把头再这么一直低着了，脖子都酸了，于是她勇敢地抬起了沉重的头颅，一双并不透亮的眼睛梦游般扫了一眼眼前聊得正欢的少男少女们，只对两个女孩印象深刻，一个是刚才说她像赵薇的，被她们叫作小李的开朗女孩，另一个是被她们称呼为小艾的安静女孩，一静一闹，非常夺目。关键是她刚一抬头，目光就不偏不倚地碰上了迎面而来的她们的目光。尤其是小艾的目光，直直的、好奇的，让她觉得似曾相识，却又感到很不自在。“兰姐姐，过来沙发这儿坐吧，椅子多硬啊！”小李抛出橄榄枝。

兰源看着她，明亮的眼眸，一脸的善良纯真，她没有理由拒绝，她慢慢走向这个活泼可爱的小妹妹：“我晕车，刚才休息一会儿好多了，也吃得差不多饱了。”

“兰姐姐，你看上去气色不好啊，是不是柳轩气着你了。我看你们刚才说话，脸都拉得好长。”小李打探着。

“他都不把沙发上坐着的几位帅哥介绍给我认识，我很生气。”兰源瞅着玩游戏的男孩们花痴地笑了。

“你们看看，还是兰姐姐有眼光，哪像你们其中几个花痴，就迷恋柳轩一根草。”玩游戏的男孩们抬头看着眼前的这位花海里并不抢眼的姐姐，就像见到从天而降的游戏装备，满心欢喜，欢呼雀跃。

“姐姐，你真幽默，怪不得柳轩高考前像变了个人似的，原来是有这么开心的姐姐在帮助他啊。我叫小李，她们是小艾、小茜……”兰源并没有认真地听她介绍，她一宿没睡，想得又太多，脑容量不够用了。

“他还欠了我一次学费呢。”她乐不可支地用手揉了揉酸疼的脖子。

“不至于吧，哈哈，柳轩家缺什么也不缺钱啊。”几个姑娘掩面笑了，她们都知道这是个笑话而已。

“嗯，他忘记了，所以，我大老远跑过来，就为了提醒他记得连本带息还给我。”兰源轻松一笑，甩了一下脑后的马尾，同样的青春逼人。

里屋的门轻轻地打开了，丸子笔直地走了出来，径直走到钢琴旁，坐了下来，纤细的手指揭开琴盖，沉思了一会儿，扭过头对着他们说：“我头几天学会了韩语版的*I Believe*，我想亲自演奏给你们听，即使你们以后去了天涯海角，也希望你们闻歌如见人。”

少女们欢呼雀跃，兰源却对这段话耳熟能详，她的心抽搐了下，却和她们一起鼓起掌来。

“I believe……”随着他的手指触碰到琴键，他开始深情地唱着。兰源不懂韩文，所以无从分辨他吐词的对错，但他钢琴确实弹奏得百转千回。

“太棒了！”随着大家的掌声响起，兰源这才回过神来，也向他投以赞许和留恋的目光，可柳轩的目光却没曾停留在她身上。

“柳轩，再给我们弹奏一曲吧。”小李身边那位女孩害羞地说着。

柳轩没吭声，低着头看着黑白琴键，片刻后将目光不偏不倚地投向兰源，眼神哀怨却坚毅，他像播音员一般铿锵有力地说着：

“兰源是我的好老师、好姐姐。我记得她曾经说过她因为迷恋《悠长假期》里的‘钢琴王子’而自告奋勇当了日语课代表，只可惜，仅凭花痴的热情是不够的，她天资并不聪敏，日语学得一塌糊涂，考试还作弊，我都觉得这样从不严于律己的老师怎能辅导好我。

“事实上，她更没有做到宽以待人，对我近乎苛刻野蛮，我不认真，她会恨铁不成钢地拍桌子，说我矫情，还说我像古墓里的小龙女一样孤僻清高，总之就是各种欠抽。她起初给我的感觉就像‘湘西女匪’，不过接触过后，我发现她很善良，很有责任心，很有理想，也很有爱心。她是如此快乐无忧的女孩，第一次授课完毕后我就放弃‘剿匪’了。

“我知道，不管我和她以后安身天涯何处，我始终感谢她的谆谆教诲，感谢她大夏天舟车劳顿，往返于学校和我家。所以，我接下来一曲是专门送给兰姐姐的，是她最喜欢的Calin演唱的*Silent Emotion*。希望她留学英国后，记住我这位学生不那么矫情的地方吧，希望她一如既往地笑得像只母河马，永远不用担心下巴会脱臼。

“这首歌我只演奏，不唱，因为是‘沉默的情感’，还是沉默比较好。”

大家都屏住了呼吸，没有人起哄，大家都是第一次看到柳轩如此严肃，他脱口而出的这段致谢，饱含深情，让任何人听后都不免动容。

兰源的眼睛模糊了，他演奏的钢琴曲，有一种淡淡的忧伤萦绕在心间，让她久久不能释怀。柳轩的脸轮廓分明，像个漂亮而又忧伤的舞者。泪眼婆娑中，兰源仿佛看到了忧郁帅气的濑明，那个同样不那么勇敢的男人。她此刻的泪是甜的。

兰源哭着，小李和小艾也哭了。

“柳轩，听你演奏过很多次钢琴了，什么时候变得这么伤感？听得我好难受。”小李赶紧擦拭小脸，“很羡慕你和兰姐姐之间的这份情谊，很纯洁很美好。”

兰源知道自己已经很不争气地泄露了真实情感，好在她亡羊补牢，像个孩子一般任性地说着：“柳轩，你太讨厌了，天下无不散之筵席，整得我现在就像大四的学姐一样，梨花带雨地在校园里吃着各种告别餐。在学校我就受够了这种离别的伤感的气息，今天在这儿还这样。你居然还敢公开揭我短，不罚你三杯我就不是‘湘西女匪’。必须斟满，一饮而尽，大家监督！”

“兰姐姐罚酒，不敢不受。我怕你会扮贞子来吓我，你是不是老这么恐吓你的室友？”丸子从容地走向茶几，新开了一瓶红酒，把旁边三个空酒杯满满地斟上，他盯着她的眼睛，一杯接一杯一饮而尽。兰源看着他的喉结上下蠕动，内心非常痛苦。

“柳轩，你真行！什么时候变得这么给力了？”身边那几位刚刚玩游戏的男孩开始起哄。

“谢谢你。”柳轩旁若无人地凝视着兰源尚有泪水残留的脸颊。

兰源突然想起秦观的《鹊桥仙》：“柔情似水，佳期如梦，忍顾鹊桥归路。两情若是长久时，又岂在朝朝暮暮。”

她在内心反复念叨着，“两情若是长久时”，原来词人也只能借“若是”来表达对痴男怨女们坚贞爱情的期盼。

只是，谁不希望朝朝暮暮？

谁不在乎一个纬度和一个经度的距离？

第十三章

就像小时候丢掉了最心爱的玩具

是不是人忧伤时喝酒更容易醉？就算心未醉，人却早已东倒西歪。

今天，丸子被灌了太多红酒，脸红得像煮过的螃蟹。这样也好，脸上的泪痕很快就被滚烫的脸颊蒸发。他知道，醉汉红肿的眼睛像被酒红色染过，不细心留意的人是不会发现的。他静静地坐在沙发一角，没一会儿就进里屋躺下。兰源想找个理由快点回学校，她心里一直默念着，“就再坐半小时，坐半小时就走。走得坦荡荡，不带走一点伤……”

“姐姐，喝点红酒吗？我看你气色很差。”小李是个很细心的孩子，她往自己酒杯里加了少许红酒。

“是啊，学校里事很多，最近很累，现在就犯困了，一会儿我就回去。”兰源打了个哈欠。一宿没睡，她眼皮现在能抬起来确实是个奇迹。

“不行，这么早走太扫兴了，下午还有很多节目呢，姐姐一定要参加啊。”小李自斟自饮，“要不然，你先冲杯咖啡喝吧。”

“有吗？”兰源轻声问着。

“有，轩哥哥虽然喝咖啡不加伴侣，但他家还是有伴侣的，我帮你找。”说话的是之前一直默默盯着她看的小艾，她倾身优雅地放下手中的红酒杯，摊出一只稚嫩的小手，示意兰源随她一起去斜对面的立式柜那儿。小艾脸庞清瘦，俏皮可爱的齐肩短发，修长的身段，一身靓丽的粉色长裙，尽显玲珑的少女身段，“我叫小艾，柳轩的好朋友，也住在这个小区里。我比他小两岁，明年高二。轩哥哥经常把咖啡放在这个柜子里的。没错，还在。”

小艾娴熟地打开抽屉，取出咖啡和伴侣，又取出一个咖啡杯，往电热壶里倒入水，插上电源，客气周到地忙碌着。兰源的眼神有点闪烁，她看着眼前气定神闲的女子，尤其是她那双犀利的眼睛，完全超过了她纯真的年龄。这是一位早熟的姑娘，沉稳、内敛，甚至有几分清高和孤僻，她的神态与柳轩神似。果然人以群分，这也是一位名副其实的“小龙女”。

“谢谢你，小艾。”兰源盯着她的眼睛，这双眼睛不仅漂亮，而且还有种力量让兰源觉得似曾相识。

“不用客气。你是我轩哥哥的兰姐姐，自然也就是我的兰姐姐了。”小艾的眼睛锋芒毕露，但又藏掖得很深，让兰源觉得哪里不对劲，却又说不出是哪里。总之，四目相对，两人相互猜测，却又恭敬客套。

“我轩哥哥。”兰源默默地在一旁消化。

就在兰源出神的时候，小艾突然像变了个人，她语气刻薄地低声质问兰源：“你今天为什么还要来？你们在搞什么鬼？你们瞒得过谁都瞒不过我。高考前半个月，我就见你和轩哥哥在车站搂搂抱抱的，这才过去多久，你却还在这儿装纯情，真是恬不知耻。”

“小艾，你……难道……”犹如当头一棒，兰源傻眼了，她总算明白那天在车站为什么感觉有双愤怒的眼睛在炙热地烘烤着她，让她觉得像置身烤箱。

“柳叔叔是我爸爸的老战友，我出生时，他就和我爸爸说了日后要结为亲家。我和轩哥哥青梅竹马，感情笃深。轩哥哥之前一直非常疼爱我，只是两个月前你突然出现后，他就变了。他借机复习，很少搭理我，可我却老看见你们在楼下花园、车站一聊好几个小时。我看你笑得疯疯癫癫的，时不时还动手动脚。轩哥哥怎么会喜欢你这样的野姑娘？你就是个狐狸精。

“柳叔叔坚决反对你们交往，他骂轩哥哥时，我也在场。你不配轩哥哥爱你，更配不上他们柳家。”

小艾的怒火喷薄而出，她从来没有这样嫉恨过一个女人。

这剑拔弩张咄咄逼人的架势让兰源招架不住，无力还击。眼前的小艾已经顾不上矜持，紧握着拳头面对情敌。

这两个月，小艾好几次跑去找柳叔叔，哭得梨花带雨，把轩哥哥和兰源从眉目传情到牵手、相拥的越轨行径告诉了他，并要他主持公道。小姑娘的心思大人是理解的，大人们希望亲上加亲也是可以理解的。所以，柳叔叔六月中旬就以不能影响高考为由，让柳轩停止聘请兰源。无奈一周过后，柳轩实在是忘不了兰源，再加上他的复习进度一落千丈，离不开兰源那样认真负责的好老师，他爸爸无奈之下才同意让兰源回来最后辅导三次。

直到他推开房门看见他们二人手握在一起，四目间的情意绵绵和被他撞破的仓促不安，他终于认定小艾所言属实，果断让儿子断了早恋的念想，更不许他高考后联系她。刨去柳轩与兰源的年龄差以及柳家固有的骄傲矜持，柳叔叔是极其爱护小艾的，这种情感和冀盼是别人不可替代的。

昨晚，丸子全家去小艾家吃晚饭。丸子心不在焉，后来借故离开，偷偷跑去京西大学找兰源。小艾跟着他的出租车一路追到京西大学，亲眼看见他们二人在西门柳树下郎情妾意相拥了许久，幸福得就像久别重逢的鸳鸯。她气急败坏地告诉了柳叔叔，柳叔叔知道后，半夜给了丸子最后的警示：爱你十几年的家人，还是几个月的老师，丸子你还有得选吗？

所以，今日会面，大家就都一起揣着明白装糊涂吧。

“小艾，对不起……”兰源捧着小艾给她冲的满满一杯咖啡，端在手里，心神不安地搅拌着，她第一次迫切希望丸子能在身边帮帮她。从小艾的眼里，她读懂了嫉妒的力量，她不知道怎么去回应小艾，只想着控制好对方的情绪，喝完咖啡立马走人，不给任何人添堵。

“对不起？”小艾极力压低声音，面目狰狞地说着，“那你今天为什么还要来？”

“因为我昨晚答应他了，我一会儿就走。”兰源觉得小艾过于激动，她把咖啡杯放在桌子上，准备起身离开。

“不要跟我提昨晚发生的事，我都看见了，你这个贱人！”小艾心里的委屈让她瞬间丧失了理智，她凝视着兰源放在桌面上的那杯热咖啡，想想自己的心痛和贱人的嚣张，突然使出浑身力气，端起那杯咖啡猛地砸向兰源。

兰源都来不及闭眼，更别提躲闪，滚烫的咖啡就径直泼到了她的脖子和胸口上。她本能地惨叫一声，声音划破客厅。接下来是咖啡杯重重地摔到地板砖上碎成渣的刺耳声音以及铁勺落地后猛烈而清脆的颤抖声。一切发生得太突然。

音乐声戛然而止，笑声、说话声都随之集体刹车，酒酣耳热的他们向她俩走去。小李第一个跑到现场，双手掩嘴大喊：“兰姐姐，你怎么身上都是咖啡啊？疼吗？”

丸子从里屋冲了出来，神情惶恐，眼睛红得像天边的朝霞，他边冲向人群边喊着：“小兰，你怎么了？”

直到听到小李和轩哥哥焦虑的声音，小艾这才幡然醒悟，知道自己犯了不可饶恕的错误，她颤抖着，语焉不详：“咖啡……兰兰……姐姐……洒了……开水……”

“我好像听到小艾喊了一声‘贱人’，然后就听到了兰姐姐的叫声和咖啡杯的破碎声。怎么回事啊，小艾？”小李赶紧扶起兰源，睁大眼睛看着小艾，事发时就她和兰源在场。

“小李，你听错了，小艾说我咖啡泡得太满了，小心溅到身上，是我太粗心没拿稳。”兰源胸口好痛，却努力帮小艾遮掩。她知道小艾非常爱丸子，她只是一时冲动，她不想丸子记恨这么美好勇敢的一位姑娘。

“姐姐……”小艾哭得断断续续。人在愤怒时的确会情商骤降，看到兰源痛苦挣扎的表情，她的善良压住了内心的狭隘，“姐姐……对不起……”

“不关小艾的事，是我没端稳咖啡杯。”兰源咬紧下嘴唇，眉心紧锁，艰难地告诉向她冲过来的丸子。豆大的汗珠子挂在她的额头上，慢慢流下来，“我这大老粗在学校食堂还老拿不住饭盒，弄得一地都是饭菜，经常被食堂保洁阿姨骂。”

丸子看着她脖子上红了一大块，胸口也被烫伤了一大块，他的脸也跟着疼得快扭曲了，额头青筋暴露。他一把抱起兰源，冲向洗手间。他轻轻地脱掉了她的浅蓝色上衣，顾不上擦掉自己脸上的泪水：“疼吗？可以继续吗？”

兰源的眼泪豆子般滚落下来：“没事。”

兰源此刻脖子到肚脐已经红肿，胸口起了好几处水泡，丸子低头重重地亲吻了一下她汗珠子越来越多的额头：“小兰，不怕，先降温，你赶紧先用冷水冲五分钟，我去给你找烫伤膏和浴巾。”

说完，他喘着大气夺门而出，在客厅的药箱里翻腾着，很快就找到了烫伤膏、消毒纱布、凡士林、酒精，其实他也不知道该怎么处理，全部都拿好放置在床头柜上，又去大衣柜里拿了一条天蓝色的大浴巾，站在洗手间外面焦急地等着。

少男少女们你一句我一句询问着，他全都置若罔闻，他狠狠地瞪了一眼小艾，就陷入了沉默。

小李焦急地说：“柳轩，你说话啊，别吓我们，兰姐姐伤得如何？我从没见人被烫过，要不要去医院？”

“不用，我先处理，不行再送医院。”他盯紧着门，恨不得马上进去，里面兰源冲洗的声音清晰地传入他的耳朵。

“要不我和小艾进去给兰姐姐擦药吧，你教我怎么弄。”小李瞅了一眼身边焦虑的小艾。

“不用了，上药的事我来，你们不会。你们都回客厅去，别堵在这里。”他斩钉截铁地拒绝了，满眼都是爱意、悔意、恨意。

大家不得已散去，唯独小艾还在旁边小声哭着，她终归还是个善良的女孩，她想着以前不管犯了多大的错误，只要她哭，轩哥哥总会原谅她。

“轩哥哥。”小艾哽咽着说。

丸子置若罔闻，低头蹙眉。

“轩……”

“小艾，你给我滚！”丸子冲她大吼一声，他怨恨自责的目光和这一声“滚”让小艾愣住了，疼得全身像被仙人掌扎住。她一下子明白了，在轩哥哥心里，兰源是多么重要。她接下来几年注定无法得到轩哥哥的谅解。覆水难收，轩哥哥对她的那颗心和那份情谊此刻只剩下回忆的残壳了。

“柳轩，我冲好了，你让小李帮我把毛巾和药膏送进来吧。”兰源在里面虚弱地说着。

丸子推门进去，她低着头，全裸着斜靠在墙边，脸上的表情依旧痛苦不堪，头发盘在脑后，刘海湿成好几缕，胸口红色的伤口更显得触目惊心。

“请让丸子做最后那点他该做的事，别让他良心不安。”他眉头紧锁，打开手中的大浴巾，轻轻地包裹住她，三步并作两步把她抱到里屋床上。兰源目瞪口呆，潮湿温热的胳膊轻轻地搂着他的脖子，脸上因害羞起了阵阵红晕。

“靠在靠垫上，舒服点，盖着被子。”他像个大哥哥一样温柔地说着，“擦酒精时会有点疼，我稀释了应该会好一些，你忍忍。疼就喊我停下来。”

“嗯。”

“我可提醒你，下次你千万不要碰我酒柜里的红酒，你拿不稳东西，随便一掉，我都会心疼好久的，那些可都是陈年老酒，不是食堂里的饭菜。”他努力说着不相干的话，尽量分散她对疼痛的注意力。

“呵呵，谢谢你。”兰源觉得他说话真的不幽默，不过还是很欢喜，她知道丸子比她还痛，“我大一那年没拿稳一瓶老干妈，掉地上碎了，满宿舍的豆豉辣椒香，我心疼了好几天。真是萝卜白菜各有所爱。”

“傻瓜，再拿不稳东西，老干妈也不会主动洒你一身吧？你懂什么是自由落体运动吗？所以就不要替小艾解释了，欲盖弥彰。你真的不聪明。”他用掺水的酒精轻轻擦拭她的脖子、胸口。

“Shit！你确定酒精被稀释了吗？怎么这么疼？你不会公报私仇吧？”她闭着眼，咬着牙，拳头攥紧被子，汗如雨下。

“很疼吗？”丸子停了下来，他再也伪装不下去，默默流泪，都顾不上擦拭，泪水一直从脸颊流到下巴，再滴到兰源白皙如藕的胳膊上。

她第一次听到他的哭声，那么清晰，那么绝望。她松开握紧的拳头，艰难地抽出几张抽纸，帮他擦拭着：“请你不要哭，我没事，你们家电热壶烧开后的热水也不怎么烫，跟我们学校锅炉房的热水比差远了。

“我给你讲件很逗的事。其实这不是我第一次被烫，大二那年冬天，我在澡堂里洗澡时，两个女生为了抢喷头发生了争执。大冬天嘛，谁不愿意多冲一会儿，可她们就这么赤裸着身体在地上扭打起来，劝都劝不住。其中有个瘦小的女孩明显打不过，但她不服气，冲出澡堂，在更衣间拐角处把自己临时放置在那儿的大暖壶抱过来，气势汹汹地杀回澡堂。结果可想而知，被泼的那个女孩倒地一阵号叫，我和周边几个女孩又去劝架，也没能幸免，胳膊也被烫红了。我很皮实的，就简单擦了点薄荷口味的牙膏，两天就好了。”

“一点也不逗。”他直视着她，轻轻地将她的手放在自己脸上，紧紧地压着，舍不得放开，又放在唇边亲吻着，“小兰，我宁愿今天撒泼的是你，而不愿意受伤的是你。我可以这么自私吗？时间还能回去吗？”

她悄无声息地哭了，内心的堤坝被眼前的洪水冲垮，她找寻不到任何力量去继续伪装。

“如果疼，我就不继续擦酒精了。对不起，我也拿不准到底该不该擦酒精，我以为擦了就能帮你降温。我现在给你擦烫伤膏，如果不舒服，你随时喊我停。”他随手从身边取出一管药膏，往她伤口处敷上厚厚的一层。咖啡色的药膏凉凉的，抹在她洁白的身体上，就像污浊的泥巴，让人不忍直视，“我们先观察下，如果水泡大了，我就送你去医院，不要怕。不知道要不要弄破它，怎么弄破它。”

“不用了，柳轩，你处理得很及时很好。我好多了，现在胸口很凉爽，很舒服。水泡一时半会儿应该不会变大，我下午回学校会去校医务室找大夫再抓点药，很快就会好起来的。”等他擦完药膏后，她害羞地把被子往上拽到脖子那儿。

“尽量敞开凉会儿吧，捂着对伤口不好。”他抓住了她的手，被子在锁骨下面停住了。

“答应我，不要责怪小艾了，于事无补的，她刚才也吓傻了。我不允许你再吼她了，别让家长们知道了。你和她青梅竹马，不要因为我一个外人而伤了两家和气。”她低下头，“再说，你们终归是要走到一起的。”

“嗯。”他艰难地点了点头。

“小艾很爱你，很勇敢，我很欣赏她这一点。”她缓慢地抬起头，湿漉漉的刘海一缕缕地搭在眉毛上，她哀伤地看着他，“这样敢爱敢恨的女子，值得你好好去爱，不管我以后在哪儿，都会祝福你们。”

“小兰。”他把她的手抓得更紧了。

……

就算没有丸子家舒服的床垫和柔软的被子，兰源依旧能睡得昏天黑地，因为她心力交瘁，脑中最后一格电池也用完了。或许睡着了才能让她远离痛苦。

不知睡了多久，周围静悄悄的，不同于嘈杂的宿舍，兰源诧异地睁开了双眼，问自己这是在哪儿。她轻声喊了两声：“丸子，丸子……”没人应答。

她低头看看伤口，水泡没有明显恶化，摸了摸自己的胸口，疼痛减轻了不少。环顾四周，床头放置了她所有的衣物，待穿戴整齐后，她打开房门，光着脚走向客厅，只见丸子横躺在沙发上，睡得很死。他一只胳膊搭在额头上，在脑门上压出了一道深深的褶儿。空调呼哧呼哧吹着冷气，她立马蹑手蹑脚地回到里屋，拿起她盖过的被子轻轻地给他盖好，蹲在他旁边凝视着他这张酩酊大醉后的脸。她特别怕今后一别难再聚，她怕自己忘了这张让女孩子深深着迷的王子一般的脸，任鼻子呼出的气体吹拂着他脸上的汗毛。

兰源抬头一看，已经八点多了，丸子的爸妈估计快回家了，看到这样孤男寡女共处一室的场景显然不合时宜。兰源拿出纸和笔，写下告别信：

轩：

我胸口的伤不那么疼了，不用再挂念，校医会帮助我的。

记住我们昨晚的约定，不管我们以后终将守护在谁的身边，都祝彼此幸福吧。风景属于看风景的人，你是迄今为止我生命中出现的最美好的一道风景，以后难说哦，我们都太年轻，呵呵。

我们的生日，我过得很快乐！谢谢你！

我走了，勿念。

你的兰姐姐

她把信压在茶几上的红酒杯下面，最后俯身轻吻了一下他的唇，轻轻地带上了大门。这样的离别其实挺好的，纵然自己的内心已经只剩下断壁残垣，可她依旧可以一个人走得坦荡荡。

或许是因为被子上有股烫伤膏的药味，又或许是她给他唇上留下的淡淡一吻慢慢渗透到了他的梦境中，丸子梦见“三公主”穿着性感可爱的朝服，梦见和她相拥热吻，梦见和她在马路上幸福地奔跑，突然飘来一股浓烈刺鼻的硝烟，她“嗖”的一下消失得无影无踪。他大叫一声“小兰”，满头大汗地坐了起来。

丸子发现这是一场梦，不禁放松了神经，深呼吸一下，伸手去够茶几上的水杯，发现红酒杯下面的告别信。他拾起信，惶恐不安地读着，猛地冲进里屋，已经人去床空。半晌，他冲向阳台打开窗户往外瞅，看到小兰匆匆离去的背影。在这漆黑的夜晚，她孤单的背影让他痛彻心肺。

丸子吼了一声，兰源塞着耳机没听见，很快消失在百米外的拐角处。

他当时的第一个想法就是把她追回来。

他如离弦之箭，三步并作两步地冲下楼梯，顶着漆黑的夜，迎着和煦的风，撒腿往小区外面跑。他依稀看见兰源正在招手叫计程车，于是咬牙赶紧往前冲。他看见她打开了后座的车门，正准备迈腿进去。

“小兰！”他几乎使出了所有的力气喊着。

她回头了，脸上洒满了碎银般的泪水，她凝视着涕泪交零的丸子，眼睛里写满了期待和悲痛。可是，他沉重的双脚却被死死地钉在地面上，趑趄不前。

丸子最终还是没有勇气迈出腿去把她追回来，他怅然若失地哭着，像小时候丢了自己最爱的小汽车。玩具没了可以再买，可是爱情，他们负担不起。

车开走很久了，丸子仿佛石化了一般，定定地立在那里，一动不动。青春定格在那一刻，留下的却是一辈子的遗憾。

很多年后，丸子经常仰面而泣。青春有时候往往代表着遗憾，或许，就从这次放手让她离开时已经注定。

自生日聚会一别，“三公主”继续考雅思，准备论文，找实习单位，准备与出国相关的资质文件。日子虽然充实，灵魂却轻盈得像片羽毛。她曾说过自己的灵魂里住着丸子，而丸子已经慢慢住进了别人的灵魂。

丸子考上了美院，英俊潇洒、风流倜傥的他备受宠爱，混得如鱼得水。除了偶尔在QQ上寒暄两句，兰源再也没听到他的歌声，他们美丽而苦短的爱恋终于画上了休止符。丸子当年圣诞节那晚很快和一位像玫瑰一样妖娆性感的女孩确定了男女朋友关系，开启了他们神仙眷侣般的校园爱情故事。他已经忘了他们之前相处的点点滴滴。

偶尔，她会发短信关心下刚迈入大学朝气蓬勃前程似锦的他。但丸子就像那晚秋千上的月光，纵然皎洁无瑕，却让她感到一丝冰凉和冷漠，仿佛在告诉她，他们已是一对分飞鸟，按照约定，不要再眷恋过去。

对于“三公主”来说，一切轰然倒塌。

她的雅思听力和笔试考得不好，或许是因为她脑海里挥之不去的全是那首*Silent Emotion*，又或许是她并不想考好。她清晰地记得，自己在笔试考场里发呆，等她清醒了，听力考试居然已经结束了；再就是阅读题，兰源心不在焉，总是看错行；再是写作，题目是《论朋友》，她居然在答卷上沉重地写下了“丸子”二字，随后又赶紧擦拭干净，却擦不掉落在答卷上的泪水。

最后的口语考试，题目是“聊聊你未来的家”，考官是位英国中年男子。她脸上洋溢着幸福的笑容，操着英伦腔掷地有声地告诉考官：

“我曾经梦想过自己未来在大不列颠的家，还梦想有一段非常浪漫的跨国爱情，生个混血娃娃。直到我两周前彻底失去了一个北京男孩的爱，我开始迷茫了，什么是家？家在哪儿？爱人在哪儿？我没有胆怯，因为失去，我学会长大。我现在终于认准了未来的路，认准了奋斗的方向。

“我敢拍着自己的胸脯说，我未来的家就在北京，有一套大房子，柔软的沙发、舒服的床垫、雅致的厨房，让疲惫的心有个温暖的港湾，更要有个对我不离不弃的爱人。这一切都无须跨国。一旦遇到真爱，我绝不会重蹈覆辙，必定好好珍惜，勇敢去爱。当然，跨省最好，利于优生优育。

“我天资并不聪慧，来不及仔细构思，可能愚钝的我还没来得及预知，早已被命运扼住了喉咙。不过，谁在乎呢？坚定地走好脚下的路吧，佛祖会眷顾我的。

“非常感谢您的聆听。”

她哭了，像朵娇嫩的雏菊，她已经完全不在乎考试结果了……

兰源记得，2002年的第一场雪，比以往时候来得更晚一些。

毕业后，她在人头攒动的各类招聘会上挤破脑袋，终于在中关村找了份工作，跟梦子、阿宋和马大姐三人开始了在京城的漂泊生活。

时间一晃就是两年后的深冬，那年，丸子大三上学期，她接到了他的电话，遥远得像隔了几个世纪。她居然第一声都没听出来那播音员似的声音是丸子的，她依旧那么欢喜，和两年前一样，只不过多了一份岁月的沉重感。

第十四章
她一定很爱你，比我更适合你

万壑树凋敝，千山绝杜鹃。

两年后的一个深冬的夜晚，大雪初化，北风卷地。这一年，刘翔110米栏摘得金牌，举国同庆。兰源却觉得这和她没什么关系，仍然窝在温暖的被窝里继续加班。

“喂，你好，我是兰源。”兰源接通了手机，一边说话一边看着手头的公司文稿，敲打着笔记本电脑的键盘，电脑里大声地放着孟庭苇的一首悲伤的老歌《伤了你的心的我好伤心》。

“你好。”柳轩沉默了下，他还没想好怎么称呼她。

两年不见了，他们早已不是谁的谁了。

良久，对方还是没说话。兰源严厉地说：“请讲话，不然我挂电话了。”

“小兰。”柳轩播音员一般的声音从电话那头穿透过来，让她内心泛起一阵涟漪。

她揭开身上厚厚的棉被，起身走到窗台那儿，掀开厚重压抑的窗帘，看着窗外：“在……你是？”

“你都听不出了吗？我是……我是柳轩啊。”他弱弱地说着，“好久没联系你了，你最近还好吗？”

他们沉默了一会儿。

“噢，是柳轩啊。呵呵，你好，没听出来，我很好。”兰源装作很快乐的样子。

“在干吗呢？”他问。

“在家加班呢。”她回答得很利落。

“我们几个朋友想去爬蟒山，我想问问你和你男朋友要不要一起去。”他犹豫了一会儿，轻轻地问。

“大冬天去国家森林公园，你有病啊。”她轻声笑了一下。

他有点不高兴地叹了口气，说着：“蟒山四季风景都很美，不能光看春夏秋。我们想去感受下，另外我女朋友也会去。”

“她行吗？照片上看着那么瘦小，”她很尴尬地笑了，“还不得你抱上去。”

“一起去吧，咱俩也好久没见了，你不也说过风景属于看风景的人吗？蟒山的冬天很美，我去过。”

“好，我去，什么时候？”她想了片刻。

“这周六早上，你们跟我们一起坐车走吧？”

“不用，我自己走就可以，我已经不那么喜欢你们年轻人的热闹了，直接在蟒山见吧。”她很肯定地回复。

“你男朋友不去吗？”他试探着问。

“不去，他回湖南了，我自己去。”

“嗯，再见。”

“拜拜。”挂断电话，兰源的内心有些不安，既惊喜又彷徨。可是，兰源已经不是之前那个情窦初开的女孩了。他们分开两年，她已经不是他的恋人，他们守护着各自的那个ta，冷暖自知。

周六早上，晓风残月，积雪消融，天不是一般的冷，让人透心凉。兰源早早就坐公交车过去了，他们还没到，她提前买了票进去。

兰源走到石雕大佛那儿，磕了三个头，祈祷了片刻，仰观弥勒佛稳坐在平台之上，喜笑颜开，一派乐天忘形的超拔气象。她心里不禁嘀咕："大肚能容，容天下难容之事；开口便笑，笑天下可笑之人。安然放下，烦恼俱忘。"

即使这样，她仍然按捺不住内心的激动和不安。两年了，柳轩的内心早已经没有了她，可她还是那样默默地爱着他。

"柳轩，我到了，在山脚的彩绘长廊等你们。"兰源背着风，给他发去短信。

许久，她冻得手脚冰凉，脸也冻红了。她在阳光下面跺着脚，好让自己暖和起来。

他们四五个人姗姗来迟，像春日里一群美丽的互相追逐的蝴蝶。

远远地，兰源就看见了柳轩，高大挺拔，一如既往地意气风发。她没戴眼镜，不知道他在向她靠近时眼睛里流露出的是什么样的眼神。兰源喜上眉梢，情不自禁地咧嘴笑着，她好久没这么快乐过了。兰源踮着脚，冲他们举手打招呼。

"呵呵，你都不用冲我们招手，长廊这儿就这么几个人，你就是'地标'。"他看她穿着肥大的羽绒服，戴着围脖，把自己捂得严严实实的，显得有些臃肿。丸子还是一如既往地喜欢损她。

"我现在才110斤多一点点，好不好？能给点尊严吗？"兰源像以前那样回应他，笑着把视线转向了那个长得像林黛玉的女孩身上。兰源在丸子的博客里见过她，柳叶眉，粉红的小嘴，清秀的瓜子脸，长长的暗红色的鬈发随意盘在脑后，像古希腊的仙女。眼前的她，比照片上更好看，纵然羽绒服裹身，也像柳叶一样婀娜多姿。

柳轩向兰源一一介绍，他们三男两女，是很要好的同学，虽然兰源只比他们大三岁，可是感觉出了大学校门的她，北漂的茫然和艰辛已洗去了她内心久违的纯真。这样青春洋溢的他们，让兰源感觉仿佛回到了大学，重新做回了"三公主"。兰源叹了口气："你们现在是大三上学期了吧？年轻真好。”

“兰姐姐不也就23岁嘛，也年轻得很啊。”柳轩的女朋友温雅美主动说话了，“柳轩跟我说起过你，说你是他的英语家教，很负责任，而且是一个很逗的老师。哈哈，姐姐你也喜欢爬山吗？”

“我是在依山傍水的县城长大的孩子，对山水有着特殊的感情。所以，柳轩给我打电话，我就答应来了。”

兰源的视线立即转向柳轩，欲言又止，她不希望得到的仅仅是“很逗”这样的描述。

“他说认识你的时候你大三，他高三，现在他都已经大三了，时间过得好快呀，兰姐姐。”温雅美说话的声音极其婉转，像黄莺一般欢快。

“是的，时间嘀嘀嗒嗒，只能前进，不能后退。”兰源低声说着，感叹光阴似箭，他们分开已有两年了。

“不早了，我们上山吧，边走边聊，待这儿挺冷的。”柳轩岔开了话题，“小兰，你怎么剪成短发了？”

“呵呵，她们都说我这么些年头发长、见识短，所以我就剪短了。”兰源尴尬地笑了笑，顺势用右手将额头的头发捋到脑后，她抬起下巴看着他，“帅吧？呵呵。”

柳轩看着她，愣了愣，他想起当年“三公主”那头长发是那么妩媚动人，让他至今都难以忘怀。

“短发挺好的，去年租的房子里住了五六个女孩，每天早晚都为了争洗手间吵架。你想晚上还像在大学澡堂里那样边洗边搓一个小时，简直太奢侈了。”兰源似笑非笑，她的脑袋很快就垂了下去。

兰源把那头齐腰的瀑布般的长发剪了，倒是也干脆利落。她以为剪短了头发，就能剪断牵挂，与烦忧一刀两断，而事实并不是这样。

柳轩沉默着，牵着女友的手走着。

“雅美，你们怎么认识的？你也是学美术的吗？”兰源打破了沉默，把视线转向了丸子的女友，那个能和梦子比拼美貌和温柔的花一般的女子。

“我是舞蹈系的，两年前从山东考进美院时，学校有个迎新晚会，我们系想做一个婚纱秀，缺男模特，经我同学介绍，就去美术系把柳轩给‘借’了过来。我们第一次见面时，他挺腼腆的，台上的他西装革履，帅呆了，台下好多女孩欢呼。同学们都说我和他配合得挺好，郎才女貌。呵呵，那年圣诞节，我们就恋爱了。”雅美脸上幸福的笑容像清晨天际的那缕阳光。

“妹妹，你别被他骗了，他还腼腆？就是一典型的闷骚男。”兰源开玩笑，内心却很苦涩。她当然知道他们在圣诞节确定了男女朋友的关系，他特意告诉过她，她那段时间整天以泪洗面。她知道这一天终会到来，只不过没想到那么快，而且是在她考雅思前的一周。她扭过头看着远方冷峻的山，彩绘长廊卧在山顶，一派神秘。

“哈哈，还是兰姐姐一针见血，柳轩你有何感想？”另外一个男同学拍腿叫好。

柳轩依旧沉默着，冲他们淡淡一笑。

“小艾呢？”兰源的话像钉子一样直接钉到了柳轩的心坎里。

“去美国念书了，高三就走了。”他说话就像金属一样冷冰冰的。

“该走的没走成，不该走的却走了。”兰源嘀咕着。她收了笑容，茫然地看着身边的猫狗、小虫子，连天上的小鸟也不放过。

曾几何时，兰源第一次说丸子闷骚，还是在月亮下秋千上，现在月亮还是那个月亮，秋千还是那架秋千，他却是雅美的丸子了。

蟒山因山势起伏状如大蟒而得名，蟒山公园是北京面积最大的国家森林公园。冬天的蟒山没有生机盎然的秀气，也没有五彩秋叶斑斓夺目的壮观，它有的是北国的松柏浮云的沧桑，灰色的山脊和白色的台阶，仿佛一幅很有北方韵味的水墨巨作，犹如兰源现在的心情，黑、白、灰，如此单调、沉闷。

他们一伙人上到二百多米的台阶上，女孩子们做痛苦状，极力央求休息。兰源看她们搂着男朋友的腰，娇滴滴地撒娇，翘首仰视男友，时而窃窃私语，时而小吵小闹，她突然很想念梦子和阿宋姐，她们以前在宿舍跟男友通电话时，不也是如此缠绵吗？

兰源抬头看看天空，看看长长的陡峭的台阶，忽然发现一根粗木棍，有一米多长，显然是别人下山后扔在这里的。反正他们热闹地聊着，她的存在显得有些多余，她于是小心翼翼地走下山坡四五米远，俯身去捡，其中一个男孩惊呼："兰姐姐，你小心啊，山坡很陡。"

这孩子不喊还好，突然一喊，吓得兰源像做贼被抓了似的，她脚下猛地一滑，一屁股坐了下来，头晕目眩，屁股被摔得生疼。

"哎哟。"兰源忍不住喊了一声。

大家不约而同把视线转向了她。

"小兰，你干什么呢？"柳轩把雅美推开了自己的怀抱，大喊着向山坡这边走过来，顺势小心地走下山坡，小心翼翼地弯下腰伸出一只手要把她拽上来。

"没事，我想要这根棍子当拐杖，这样攀登这1299级登山台阶就不会那么累了。"兰源冷冷地瞟了一眼他伸出来的那只漂亮的手，自己艰难地拽着手边的枯树枝站了起来，直着腰揉了揉屁股，靠着那根棍子爬了上去。

柳轩没出声，把手缩了回来，跟在兰源后面爬了上去。

雅美跑过来拉兰源一把，说道："兰姐姐小心，怎么不带男朋友一起来啊，好让他照顾你。"

雅美的手好小巧，好柔软，擦着玫瑰红的指甲油，在阳光下更显妩媚动人，她的手就像阿宋姐的纤纤玉手一样润滑，抓着真是舒服。

"谢谢雅美，他回湖南了。"

"你们也是大学同学吗？"她很好奇地问。

"嗯，跟你们一样，不过毕业后才谈的恋爱。"兰源笑呵呵地回答，不停地倒腾着她的棍子，很是高兴。

雅美扶她在旁边的木凳上坐下，接着问："姐姐春节肯定也回湖南吧，跟男朋友和家人团聚。"

"呵呵，不回了，我和他今年上半年就分手了，他回湖南了，不会再回来了。"兰源冲雅美和柳轩憨憨地笑了几声，用棍子轻轻敲打了几下前面的台阶，打破了沉默。她多想快点消失，她心里是有他的，她很在意雅美的存在。

“啊，怎么回事？柳轩没跟我说啊。”雅美很惊讶，兰源能感觉到雅美很关心她，这是个善解人意的好姑娘。

“我和柳轩只是师生一场，很普通的朋友，分手的事没必要告诉他，他也帮不了我任何忙。”兰源抬头看了一眼他，眼睛里都是凄怨，但她故作镇定，装作风趣幽默的样子，“我还能指望他给我介绍个艺术范儿的男朋友啊？”

“姐姐不用太难受，分分合合的事很正常，姐姐漂亮，肯定能找到好男孩的，我和柳轩也会帮你留意的。”雅美不仅貌美，而且热心肠，有亲和力，怪不得能俘获丸子的心。

“不用了，你们别费心了，你们也快毕业了，很多事要操心。对了，你们先歇会儿，我先出发了。”兰源苦笑着走开了。

兰源大步流星，如履平地，没有给他们留下一点安慰的时间。越到高处，积雪成冰，狂风大作，他们在她身后越来越小。渐渐地，她好像走入了无人区，荒山野岭，静得只能听见自己的心跳。她还真的一点都不怕，这两年心都碎了，还有什么可怕的？

远处传来柳轩的声音，是在喊她，风太大了，声音一阵一阵的，忽强忽弱。兰源没用心去捕捉，她觉得是幻觉，他有美人作陪，怎么会惦记曾经那个很逗的家教？

“小兰，你等等我。”是丸子，真的是丸子。

他披着羽绒服，满头大汗，特别费劲地走到她身边，迅速放下背包，叉着腰气喘吁吁。

“你怎么跑上来了？”兰源掩饰住了内心的惊喜。

“人少，风大，我怕你出事。你能别走这么快吗？走平地跟兔子一样，没想到你爬山也像猴子似的。”他还在喘气，说话的语气透着大哥哥的体贴，他长大了，会照顾人了。

“你别管我，我还怕你出事呢，追不上还那么使劲追干吗？”她不屑地说着，“我有棍子在手，来一个流氓，就打跑一个。巴斯小朋友，你还是回去看着你的舒达吧，别被开飞船的老妖婆抓走了。”

“她们在那儿休息，确实爬不动了。”他解释着，“她让我追上你，荒郊野外的，怕你出事。”

“她真是个好姑娘，我都喜欢她了。”兰源把棍子递给他，转身继续往上走，“她很美，美得让我嫉妒，你们挺般配的，恭喜你，抱得美人归。棍子你拿着吧，这样能轻松点。”

“小兰，你能让我歇会儿吗？”

“不好意思，我爬山中途从不休息。一鼓作气，再而衰，你要是不愿跟，就在这儿待着吧。”她俏皮地说着。

柳轩把棍子还给她，跟在她身后一起向上爬着。兰源几乎从不主动跟他说话，因为她知道他爬得太艰辛了，喘气都费力。

“以前从来没听你说过他的事，你那个大学的男朋友。”他结结巴巴地说着。

“他叫陶思琪，就是那个用日语喊我‘兰小姐’，却被我听成‘兰三八’的男孩。你生日前那一晚在校园见过他。”

“哦，是他……”

“跟你分离后的那个暑假很漫长，陶思琪原本打算毕业回湖南跟女友团聚，不料女友大四跟他分手了，她家人逼她跟当地市委书记的儿子恋爱并订婚。后来，我们毕业了就都留在北京闯荡。他待我很好，像半个男朋友，半个哥哥，很关照我。”她苦笑着。

柳轩抬起头看着天际的白云：“后来呢？你们走到一起了……”

“去年初冬，我临时住在昌平农大校内，下班后很晚回家，居然困得坐过了两三站地，我下车后四周很黑，使劲地揉眼睛，借着微弱的灯光，看到站台上的站名。当时那个破旧不堪、鸟不拉屎的昌平真是一片漆黑，路边有条干枯的深沟，碎石凌乱，杂草丛生，晚上黑乎乎的，你都不知道里面藏了什么，是鬼魂？是恶棍？还是狼狗？野猫？我放眼望去，感叹自己不如一条狗，狗还有灵敏的鼻子可以帮它回家，而我当时只有疲乏的躯壳和困倦的心。

“我坐过了三站地，如果往回坐，就要穿越一个桥洞，那个桥洞黑得伸手不见五指，我哪儿敢穿过去到对面坐车。于是我想着往回走，走得快，20分钟也就到了。”

她痛苦地展开思绪，脸色发白，一副受到惊吓的样子。

“后来走着走着，我发现自己被一个猥琐的男人尾随。我认识这个男人，他跟我一起下车，头戴棕色的鸭舌帽，身穿深蓝色棉袄，四十岁出头，他在车站那儿看了我好几眼，我尽量避开他的视线。

“我紧靠着过往的车灯走，我只要回头看他，他就不动了，我知道我被盯上了。瞬间我才知道，世界上比鬼更可怕的是人，是穷凶极恶的人！我的腿从没那么颤抖过，急中生智，使劲地把背包扔到了马路对面，趁机赶紧跑开。我不记得跑了多久，只记得边跑边哭，泪眼模糊，我好不容易看到了几辆三蹦子，就像遇到了救星，哭着跟一个大叔说：‘大叔，求你把我带回农大，求您了，我包没了，回去我再给您钱，’。

我当时惶恐不安，我怎么能打得过流氓。手机也没了，好心痛，700多块钱，两个月的房租啊。我回到出租房一直哭，好像这辈子最廉价的就是眼泪。”

柳轩向她走过来，抖动着的双手紧紧地按住她柔弱的肩膀，眼睛里迸出愤怒的火花：“你怎么没告诉过我这件事？”

“我当时心慌意乱，第一个就拨通了你的电话，是……是雅美接的，那么娇滴滴的声音我今天一听就听出来了，她说她是你女朋友，你正在画室画画，没带手机。我瞬间觉得没有找你的必要了，你给不了我所要的安全和温暖。于是慌乱地打电话给陶思琪，他第一时间从朝阳赶到我身边，我猛地扑向他怀里，我需要一个港湾。我从没想过离开学校走入社会的第一年会是那么难，租房子，找工作，和朋友告别，失落，痛苦……”

“我后来给你打了很多电话，你没接，后来你就停机了。”柳轩把头垂得很低，“雅美说你一直哭，我们担心了很久，也不知道去哪儿找你，或通过谁找到你。”

“太晚了，我当时已经在陶思琪的怀抱里了，他就像我的救命稻草。”她眼角的泪水往下流淌，大风也吹不歪。她猛地回过头看着他，目光凄楚，“想想以后漫长的孤独的北漂之路和人生中的各种不确定性，我扑在他怀里痛哭了很久，寻找到了久违的安全感。我们去年就确定了恋爱关系，很快就同居了。不管我多晚下班，他都会在车站接我。我累了，他会背着我回家。我每晚不用再开着灯睡了，搂着我的男人踏实地睡着是多么幸福的事。我对幸福的要求其实很简单。我曾经天真地以为丸子未来会给我这样的幸福，可你没有。我也以为我和他会这样幸福地生活下去，他也没有……”

“小兰，为什么分手？你怎么变得这么悲观？”听到了久违的那声“丸子”，柳轩此刻的心疼得就像被针扎了，他当年是那么炽热地爱着“三公主”。他一直以为自己放手能让她追逐理想，却没想到她这两年过得如此艰辛。

“不想将就吧。”兰源叹了一口气，“很戏剧性，他前女友为了他，坚决跟未婚夫取消了婚约，依旧执着地选择了旧爱，他也放不下他的前女友，最终放弃了我，离开了北京。”

“那你也不用这么难受，缘分吧。”他安慰得很牵强。

“可我年初意外地怀了他的孩子。”她抬头盯着他看，双眼空茫得就像荒凉的沙漠。

柳轩彻底愣住了，屏住了呼吸，仿佛这时候周边的空气也都戛然凝固了似的，他们俩就这么傻傻地对视着。

等他缓过神，他三步并作两步跑到兰源跟前，严严实实地拦住了她的去路，他欲言又止，万分纠结，不停地在内心忏悔。

兰源浑身一震，看着眼前的人，他已经不是当年的丸子，她眼里噙着泪说：“放心，我没有做未婚妈妈，我做了人流手术。因为我当时根本没有想好要不要嫁给他。或许是我们太年轻，也或许是因为我并没有那么爱他。你虽然不再是我的丸子，可是我心里一直都有你，我一直都很爱你。陶思琪对我很失望，我们很快就陷入冷漠，直到他离去，留下我孑然一人，继续孤独地过着这满目疮痍的生活。”

说完，兰源便埋头上山了，她不想回忆过去。柳轩心领神会地陪伴在她身边，一声不吭地陪着她一起爬着，内心五味杂陈。

许久，他们到达蟒山之巅的彩绘长廊，这是北京最高的彩绘长廊，犹如一条卧龙隐现于云雾中，让人叹为观止。他们一前一后走在彩绘长廊里，喘着粗气，体会这种古朴雄厚的大美，内心却翻江倒海。

“小兰，坐一会儿吧。”丸子声音低沉。

“不坐，太冷了。”她说完，把羽绒服拉好，围脖戴好，沿着长廊慢慢往前走，山顶的大风肆意地吼叫着。登高望远，极目苍凉，再俯瞰山下，十三陵水库尽收眼底，很壮观很美丽，但对于她而言，也只是一潭死水，犹如她的内心。

“呵呵，柳轩，想起当年花前月下，‘铁打的秋千，流水的看客’，都已经回不去了。”兰源静静地转过身来，悲切地仰视着她曾经的丸子，“孤独可以毁灭人，除了自己的身体属于他，我的爱和灵魂是属于你的，我心里一直有你，是不是很可恨、很低贱，又很可悲？所以，我选择了放弃，我不想因为孩子而将就，我痛快地让他走了，就像他从来不曾来过。我把自己一人锁在家好几天，连阿宋姐和梦子都不见。”

兰源说完，眼泪夺眶而出，落在围脖上，她从兜里拿出纸巾，捂住了嘴和鼻子，看着山对面的仿古明塔，不想让他听见她痛苦的哭声。

柳轩愣愣地盯着他曾经的“三公主”，刚才一席话让他感到五雷轰顶，他很沉重地告诉她：“小兰，你心灵的创伤和肉体的创伤一样使我痛苦。唉……福祸相倚，苦难是为了消除我们的业障。尼采说过：‘就算人生是出悲剧，我们也要有声有色地演这出悲剧，不要失掉了悲剧的壮丽和快慰；就算人生是个梦，我们也要有滋有味地做这个梦，不要失掉了梦的情致和乐趣。’都过去了，路还很长，不要太难受了，别人可以认命，但你不可以，你要战胜命运，好吗？”

兰源装作若无其事的样子继续往前走，慢慢地说着：“我现在全心全意爱着我的工作，我想努力赚钱，买房，再去英国，这样不管我以后在世界上任何一个地方，我知道我的家在北京，我爱北京这片土地，这片土地上还有我曾经爱着的丸子，我就不会孤独了。”

他把视线投向遥远的地方，沉默不语。

兰源停了下来，紧紧地裹着自己的羽绒服，盯着他的双眼：“柳轩，我为什么偏偏如此钟情于你，以至于我一直小心翼翼地爱着你，都不敢亲口跟你说声‘我爱你’，你就是我内心那抹白月光啊！

“‘心里某个地方，那么亮却那么冰凉。每个人都有一段悲伤，想隐藏却欲盖弥彰。’我很害怕你和你家人冷漠的眼神，很怕那么优秀的你迈入大学后会对我始乱终弃。可事实是，我却被另外一个我不那么爱的男人冷漠地抛弃在这座孤独的冰凉的城市里。我一人好害怕，我这是造的什么孽？”

兰源闭上眼睛，蹲在地上，任凭泪水冲刷着冻得通红的脸庞，任凭刺骨的寒风吹干它。她哽咽着说道：“我知道，爱比不爱可悲，这两年我过得好辛苦。我永远也听不到丸子给我唱《白月光》了，我们已经是陌生得不能再陌生的朋友。”

柳轩的内心被深深地触动，他偷偷擦拭眼角的泪水，半蹲下来，拍了拍她的肩膀，一把将她搂入怀里，泪水打湿了他的大衣，一片一片湿湿的，就像这苍凉的蟒山。

许久，柳轩向她递出两张纸巾，却沉默不语，他能说什么呢？山下的雅美通情达理，对他和她有情有义，似玫瑰娇艳，似牡丹高贵，万般妩媚。佳人做伴，是古往今来多少风流人物所期盼的，而他已经对她冷漠了两年多。

兰源缓缓抬起头看着他，她眼睛里闪着凄凉和爱恋的光芒，这光芒落到他眼里却像落在了镜子上被无情地反射了回来。

她看不懂他的心思。

兰源知道，不是他绝情，而是他不能像陶思琪一样始乱终弃。

柳轩转过头去，继续擦了擦眼角，他把她扶起来，并肩坐了下来，他不敢再看她凄怨的眼神，一直闭得紧紧的嘴巴终于说话了：“小兰，《肖申克的救赎》里有句话说得特别好：‘每个人都是自己的上帝。如果你自己都放弃自己了，还有谁会救你？每个人都在忙，有的忙着生，有的忙着死。忙着追名逐利的你，忙着柴米油盐的你，停下来想一秒，你的上帝在哪里？’等你真正静下心来，上帝会告诉你，经历过痛苦，你的灵魂自然会得到救赎。时间会冲淡一切的。我希望你永远如当年京西大学的‘三公主’一般豁达潇洒。”

她知道他的意思，这次她懂了他，世界上最遥远的距离是“三公主”在丸子面前，却不能再相爱了。

“大一开学那年，我奶奶去世了，我没告诉你，怕影响你考雅思。家里先没有了你，后来又没有了慈祥的奶奶，就更显得空虚寂寞了。这时候，雅美走进了我的生活。她有种很强的亲和力，让我的心不再那么空虚。我承认我贪恋美色，喜欢被人宠爱，但我当时内心真的很需要一个人来扶持我。”

他看了看远方冷峻的枯山，继续说：“我那会儿坐在沙发上，听着大提琴厚重、古典而优雅的旋律，眼睛失去了焦距，感慨人要经历生离死别是多么脆弱不堪。我试着去理解生命的意义和价值，去体会人性与尊严。这种忧伤总是能轻易触动我的心弦，使我不知不觉潸然泪下。

“我们出生，我们爱这个世界，爱我们的父母、朋友和陌生人，爱才是永恒。世上总会有人爱着我们，有人会在我们睡着后为我们失声痛哭，会在我们的脸庞上印上唇印，会给我们戴上心爱的饰品，会有一个温柔而善良的入殓师为我们轻轻穿上美丽的外套，送我们最后一程。然后，我们微笑着，没有任何眷恋和遗憾地掩上门，轻轻离开……死，只是一扇门，生亦是。我们穿越生之门，呱呱坠地。很多年后，我们掩上门轻轻离去，就像当初来时那般简单也好；对死亡的恐惧和厌恶刺激着人们去热爱美好事物也罢，关爱你身边的所有，温柔对待这个世界。”

兰源默不作声地在他旁边听着，手脚冻得冰凉，轻声说着：“时间长留，是我们在离去，我们始终都要离去，不管爱也好，恨也罢，人生不如棋，不可重来。”

“那年，我心里是有你的，放开你的手，我也非常痛心。不过都已经过去了，我们的生命是没有轮回的。今天听到你的事，我心里比你还痛，真想揍他一顿。”他慢慢地从兜里拿出一包烟，想用打火机点着。但风太大，打火机根本打不着，他只能把打火机和香烟握在手里胡乱地摆弄着。

“我不要你同情我，万般皆是命，半点不由人。”兰源感叹了一下，脸上的阴霾一扫而光，她故作坚强地告诉他，“柳轩，我们到现在还是两条平行线，短暂的交集后，又彼此平行。我没有任何期盼会跟你在一起，现在你有雅美了，好好爱护她吧，我希望我们以后少联系，除非生老病死，通过MSN告知下就可以。我想慢慢地把你忘记，就像这山顶的疾风一样，吹走所有沧桑感，等待明年春暖花开，好吗？”

“小兰。”柳轩的视线定定地落在她眼睛里，就像当年丸子的眼神一样彷徨。

“陶思琪的离开，其实也是我的错，在心还属于你的时候因为漂泊着太孤独而投入他的怀抱，从而铸成大错。我才23岁，还年轻得很，虽然现在看起来老气横秋，但我还有很长的路要走，或许我的王子若干年后在英格兰等着我呢。这就是所谓的缘分吧。在我遇到自己真正的王子前，你们帮助我从女孩成长为女人。虽然过程很痛苦，忘记你们很艰辛，但我还是很感谢你们。尤其是你，丸子，谢谢你给过我最心动的初恋的感觉，我会一直珍惜这份情谊。”

她冲他笑了，一脸当年爱恋丸子时的那种羞涩和温柔，只不过多了几分城府和凄凉，难以再看到当年“三公主”的天真烂漫。

“‘三公主’，你一定会幸福的，老天不会辜负坚强的人。”他沉重地把打火机在香烟盒上敲打了几下。

“出了京西大学，我就已经不再是‘三公主’了。话说回来，没有你，地球照样会转。我以后也会像《悠长假期》里的南小姐一样，努力奋斗，就算自己这辈子再也听不到‘我爱你’这句话，我也要对自己说‘我爱你，谢谢你’。哈哈，我想明年创业，再买房，然后攒钱，继续拼命减肥。等我变得富有和漂亮，我的王子一定舍不得离开我，就像我现在舍不得离开你一样。”兰源抬头看着蔚蓝的天空，憧憬着，飞机掠过，天际留下一条白色的痕迹，“我是苦命的灰姑娘，没有人会给我水晶鞋，我就努力拼搏，送自己一双水晶鞋。”

柳轩还是不吭声，一脸忧郁，盯着香烟盒陷入沉思。

“好了，就此告别吧。我从天池那条路下山，你就跟他们说我单位有事，加班去了，再见，丸子。”

“小兰，我知道你决定了的事我改变不了。那你下山注意安全，别走那么快，我不会在后面追着你了，你慢点。”他勉为其难地笑了。今天的一席谈话，他还需要好好消化一下。

“呵呵，再见，丸子。”兰源依依不舍地说着。

“等等，小兰，”柳轩又走到她前面，用双手握住她的肩膀，看着她的眼睛一字一字地说着，“你要记住，这个世界美不美，生活好不好，不在于别人，我和陶思琪都不重要，关键在于你要走出‘关’着自己的小房子！像两年前我刚认识你时一样，一如既往地热爱生活，保持纯真好吗？小兰，你是我见过的笑容最美的女孩，很难有女孩超越你的这种美，这么美丽的脸庞上要是能继续写满阳光和豁达该多好啊！就算以后你希望我们不再见面，我也不想你总那么郁郁寡欢。你是我心目中永远豁达快乐的‘三公主’。”

“嗯，丸子你长大了。”兰源像以前爱恋丸子时那样羞答答地笑了，“山顶太冷，回去找他们吧，她需要你。”

她眼里噙着泪水跟他挥手告别，大步往前走去，山顶的长廊有150米长，她走啊走，好像永远走不到尽头。快走出长廊时，兰源慢慢回过头看他。他还伫立在原地，见她回头，他再次挥手跟她道别，而她，多想冲上前去抱抱他，以解多年的相思和寂寞之苦。但是她没有，她不敢，也不愿破坏他和雅美现在的幸福。人无德不立。

兰源默默转过身去，再也没回头地下山，他在长廊那头看着她的影子越来越模糊，直到消失，这苍凉的大风果然吹走了一切。

柳轩的烟总算点着了，他大口大口地吞咽着，蹙眉凝视着冰冷的远方，回忆起了当年丸子和“三公主”的种种美好，泪水静静地流淌在脸上，被大风胡乱吹着，内心的惆怅和纠结，只有他自己懂。

他深爱“三公主”，因为她从来不给他做选择题。两年前，她果断离开，让他选择家人；两年后，一句“我们重新开始”的话都没有，让他坚定地选择雅美。

都说爱是自私的，可是“三公主”的表现让丸子觉得她给他的爱太少，或者是她实在太要强，身边的任何男孩都只是她生活的点缀而已。

兰源则一如既往地希望“丸子”能够获得满满的幸福，那种她给不了的、可望而不可即的幸福。

兰源对“丸子”的大爱，他或许不懂，可他内心非常明白。如果不是大爱，就不会让他能做这么简单的抉择。她从来都不舍得给他的精神陡增任何压力。

走了很久下山路，兰源难受得坐在了冰凉刺骨的台阶上，一时站不起来，她把头埋在双腿上，任凭大风如何咆哮，她的心如死水一潭，在空旷的山谷里默默地流着泪水，凄怨地看着天空中的白云，一直默默告诉自己，不要再想他，不要再爱他，不再提起他，她的生命中，不曾有他。

她立马给马大姐打电话：“马大姐，我去看你吧，我想你、阿宋姐和梦子了，大家晚上一起吃饭，我难受得很。”

电话那头，马大姐还没醒，都快上午11点了。过了一会儿，她神思恍惚地回复她：“小兰，你怎么哭了？你在哪儿？”

“我没事，见面说。我现在在昌平蟒山国家森林公园，再过半个小时就能上公交车了。”兰源用冻僵的手胡乱地擦掉眼泪，让自己说话的声音平稳些。

“你赶紧来吧，我妈正好给我从老家邮递了些邯郸的羊杂汤，我还正要找机会给你们送过去，一起吃吧。”

“嗯，一会儿见，别睡了，赶紧收拾下屋子吧，找地方给我们腾个地儿啊。”兰源说。

“懒得收拾，太累了，过来坐我床上就可以了，回头再说。”马大姐也弱弱地说着。

兰源失魂落魄地走到了停车场，忽然听到有人在大声喊她。她循声望过去，雅美从一辆车里跳下来，冲她挥了挥胳膊：“兰姐姐，我们在这儿。”

兰源擦掉眼角最后一滴泪，走近了几步，但还是停住了，反倒是雅美很懂事地走了过来，轻声地说：“兰姐姐，太冷了，我们就在车里开着空调等你们。咦，你哭了？是冻的吗？上面太冷了吧，柳轩呢？”

“我单位有事，要先走。他在山顶抽个烟，一会儿再下来。他走路太慢，我懒得等他。”兰源也轻声地回应着，很没底气。

“好姐姐，你手都凉了，我请你去旁边那个餐馆喝壶热茶吧，请你不要拒绝我，好吗？”雅美一把温柔地抓起了兰源的一只手，笑得像玫瑰一样楚楚动人。

兰源抬头看着眼前的女孩，如此娇媚动人，如此豁达开朗，她犹豫了一会儿，没有回绝她的勇气。

“兰姐姐，你放心，我不会泼你一身热茶的。”她娇滴滴地笑了，“你和小艾的事，柳轩都跟我说过，我知道一些。我是真想跟你多聊一会儿，好吗？”

“嗯。”兰源点了点头，原来“项庄舞剑，意在沛公”。雅美高兴地回去跟车上的人说了几句，然后挽着兰源的胳膊去了不远处的餐馆。

餐馆里除了服务员，没有顾客。她俩找了个靠窗有太阳的地方面对面坐了下来。

“服务员，来壶碧螺春，柳轩说你最喜欢喝碧螺春。”雅美的视线沉沉地落在了兰源的双眼里，“姐姐，这次来爬蟒山，是我让柳轩请你一起来的，我觉得你们做不了情人，也可以做朋友，不用搞得老死不相往来，毕竟都真心付出过。本来以为你会和你男朋友一起来，没想到你们分手了，真是对不起。”

“没关系，很难有女孩如你这般豁达。”兰源兴致索然地说着，使劲搓着自己的双手，试图让它们暖和点。

“姐姐，你那年考雅思前，柳轩哭得像个迷茫的孩子。我问他为什么，他说他告诉你我们的关系了，他不知道自己究竟在干吗。他很纠结，不知道希望你考好还是考不好。我那时就知道，他是多么在乎你。说实话，我当时醋劲特别大，但我真的太爱他了，我不介意他心里有你，谁心里没有过一段过去？我能做的就是帮助他现在及将来幸福地生活。”

“嗯。”兰源浅浅地笑了，“我那年确实没考好。”

“姐姐，有件事情我要向你道歉。去年冬天有个晚上，你哭着打来电话，我很自私地删除了通话记录。当时我和他已经处了快一年了，而且我觉得他已经忘记你了，所以我不想你来打扰他的生活。但我听到你哭得那么悲伤，我非常过意不去，后来很晚了才告诉柳轩，他听后一直给你打电话，直到你手机停机。此后好多天，我都见他愁眉不展，他说你肯定是有大事才会打他电话，而且还是哭着打。我懊恼了很久，觉得自己如果及时传达，可能事态就不会那么严重。”雅美边说边给兰源沏茶。

“没关系，都过去了。”兰源抬头看着美丽的雅美。

“是的，都过去了，姐姐很坚强，一切都会好起来的。”雅美品着茶，“其实我爬山也很厉害，我刚才故意给你们机会多聊会儿。你们两年没见，彼此太陌生，大家打开心结，这样才能放下包袱，勇敢地走向各自的幸福。我不想柳轩因为去年那个电话怨恨我，我不应该表现得那么小肚鸡肠，我只是怕你抢走他。”

“雅美，我抢不走他。我们的感情没你想得那么深。”兰源很尴尬地笑了。

“姐姐，为了你的事，他很怨他父亲，以至于跟我确定男女朋友关系后，很明确地告诉他父亲：‘我永远也不会原谅小艾的所作所为，你越想让我和小艾好，我偏不如你意。’虽然他后来觉得语气过分了点，但他还是很恨自己当年没有留住你。

“就那次，小艾受了莫大委屈，第二年就去美国了。柳轩始终放不下你，他老窝在宿舍看日剧《悠长假期》。我跟他处了两年朋友了，他平时最爱弹奏的钢琴曲还是*Silent Emotion*。”

雅美的眼睛顾盼生辉，楚楚动人，但又有一丝担忧，她很优雅地向兰源伸出右手，把兰源的手抓得紧紧的：“姐姐，我们都是女人，我知道你是懂我的，我希望你能成人之美，不成人之恶。”

“嗯，放心，雅美，‘湘西女匪’要抢人是不分时候的，我不当

‘土匪’很多年了，要抢在山顶上早就抢了，不会形单影只地下山，留他在上面喝西北风。”兰源笑得像只母河马，不停地摇头。

她在心里感叹丸子真有桃花运，小艾和雅美对他都是死心塌地!

“姐姐，你真的好幽默，怪不得你当初能俘获柳轩的心，我也很喜欢你。”雅美乐呵呵地笑了，“他跟我说，自打第一次辅导课结束后，他就放弃“剿匪”了，或许他从那次就开始喜欢上你了吧。”

“道高一尺，魔高一丈，他这叫识时务者为俊杰，主动投降。”兰源浅浅地笑了，内心却苦得像吃了黄连。

“姐姐，我八卦一句啊，你是从什么时候开始喜欢他的？”雅美睁大眼睛，静静地说着。

“和你一样。”兰源又苦苦地笑了，“既然放手了，就不会再牵手。当断不断，反受其乱。我还有很多事要做，谈这些过往的感情完全没有意义。”

“善良的好姐姐，我真心希望你也能找到自己的幸福。”

“谢谢，我才不相信什么‘曾经沧海难为水，除却巫山不是云’，我会努力寻找‘真命天子’的。失之东隅，收之桑榆。”兰源兴高采烈却又口是心非，把视线投向了被风吹得嘎吱响的大门，此刻的她多想夺门而逃。

这时候，柳轩推开大门，快步走了进来，视线投向了她俩。兰源颤抖了一下，赶紧收回了目光，低头看着茶杯。

“柳轩，你下山了？”雅美起身，温柔地喊着。

他向她们俩走来，一身寒气袭人，兰源知道他已经冻得不行。她一直喝着手中的热茶，并没有抬头看他。

“兰姐姐下山冻得手都凉了，我就请她喝壶绿茶，你也喝点吧。呀，你的手都冻僵了！”雅美迎上去，展开双臂抱着他，试图让他暖和些。

这画面让兰源心里大为酸楚，但她还是落落大方地笑了：“走得慢，注定会多喝西北风。雅美你陪他喝点热茶，我真的要回城了。”

“吃了中午饭再走吧？”雅美说。

“回单位吃。”兰源起身穿好衣服，没多看柳轩一眼。

“我开车送你去地铁口吧，外面太冷，公交车一小时才来一趟。”柳轩总算说话了，殷切地看着她。

“不用，快到饭点了，你别让雅美老等你，就此分手吧。”兰源斩钉截铁地说着，她在他面前依旧果断、犀利，连走都绝不拖泥带水，但这句“分手”说出来让人感觉似曾相识，她内心猛地抽搐了一下，懊恼地皱了皱眉头，只好吞吞吐吐地补充了一句，“就此分开吧。”

“就此分开”四个字同时也狠狠地戳中了他的心，他习惯性地从口袋里拿出香烟盒和打火机，却发现香烟盒已经空了，他把它拽在手心里。

“我们下次再一起吃饭吧，柳轩，咱听姐的话。”雅美赶紧过来打圆场，“兰姐姐，我们一起出去吧。我们回去跟他们商议下去哪儿吃，我还真饿了。”

三个人往停车场方向走去，他们两人要与其他同学会合，兰源要通过停车场去大门口回马大姐家。

他们每个人心里都不好受。

他们很快就要分开了。

柳轩再次看着兰源离自己越来越远，思绪定格在18岁生日那晚，他哭着看她犹豫片刻后，果断地钻进出租车，扬尘而去。他反复拷问自己，追还是不追？送还是不送？他爱雅美，但他更爱“三公主”，可是他却没法亲手给兰源幸福，更不敢开口对她说“我爱你”，他恨自己，恨阴差阳错的命运。

第十五章
一个只属于自己的空间

还真不是马大姐懒，毕业后，她一直住在海淀双安商场附近。兰源记得双安商场好生气派，里面装修得富丽堂皇，商品琳琅满目，化妆品柜台的女导购，个个楚楚动人，逛街的女子珠光宝气，男子慷慨解囊。刚毕业又不愿意花父母钱的她们，商品的价签张张让她们吐血。兰源有一次看到一块特别漂亮精致的手表，执着地数着价签上有几个零，看一眼，再看一眼，才依依不舍地走开。

繁华归繁华，这里高楼林立，却没一处是她们的家，马大姐租的是那种特别破旧的上世纪七八十年代的老房子，一个六十平的小两居，住着七个年龄跨度很大的女孩，她们不是专心考研，就是考ACCA（特许公认会计师公会），马大姐是考ACCA的人之一。

兰源每次去马大姐那儿，都特别心疼她，虽然她的状况比马大姐也好不了多少，但兰源住的地方好歹人少点，而且都是在国贸工作的女孩，什么电费、水费不会红着脖子跟你吵架，大家都是“北漂”，为了生存，为了尊严和梦想，都还能彼此理解和相互照顾。但马大姐不一样，她屋里的小姑娘们个个精明厉害，兰源每见一次就想抽她们一次，但奈何马大姐太老实了，不会反抗。

还记得去年毕业时，“非典”流行，京城的空气里都弥漫着死亡的恐慌，人们纷纷戴着厚厚的口罩，见人就像见了贼，倏然而过。

说起“太平间”里兰源租的那个破烂的两居室，破烂的厨卫、破烂的马桶、破烂的上下铺、破烂的窗户、破烂的门、破烂的桌椅。总之，除了破烂，兰源想不到其他的词汇来形容那里的萧瑟和凄凉。

“双安商场到了，请您出示车票准备下车。”售票员扯着嗓子喊。

兰源的思绪飘回现实，下车不禁打了个冷战，她把拳头放进大衣口袋里，顶着风去“711”给马大姐买了几个肉包子。她刚起，肯定没吃早饭。

记得去年冬天兰源晚上搬家的时候，赶上堵车，大半夜才弄完，整理行李时才发现丢了一床被子，那天晚上她穿着厚厚的外套蜷缩在出租房里，盖着几件外套。第二天早上，马大姐早早地给兰源送来了一床温暖的被子。兰源甭提多高兴了，一边打着喷嚏，一边谢她。

马大姐家的大门虚掩着，里面传来陈奕迅苍凉、温柔的声音，是《十年》。

兰源直奔马大姐的那间小屋，四五步就走到了房门口，门“嘎吱”一声响了，兰源轻轻喊了声：“马大姐，起床了吗？”

“在，我起来啦。”非常懒散的声音。

兰源推开门，一如她上次来时的样子，房子里乱糟糟的，不到十平米，上下铺四个床位，住着三个女生，都是北方人，另外一个床位因为刚空出来，上面堆满了各种箱子和杂物。床铺之间连着新旧程度不一样的插线板，几乎每个孔都被占用，不是接的台灯，就是手机、充电电池、录音机等，马大姐床头的台灯由于过度使用还在轻微地吱吱作响。

屋里的味道很复杂，鞋臭、方便面香……唯一养眼的是墙上那张谢霆锋的海报，英姿飒爽。

仔细一看，窗台上还养着一盆绿植，是街边那种十元钱一盆的绿萝，绿萝喜阴，养在这阴面的房间里倒也合宜，不过蔫蔫的黄色叶子耷拉着，好像也快活不久了。

兰源径直走到马大姐床前，把床尾的衣服往里面挪了挪，找了块空地坐下来，说："我去'711'给你买了叉烧包，你快填下肚子，我们一会儿再吃羊杂汤。"

"哇，还是小兰好，就知道我最爱吃叉烧包了。今天是周六，大家昨天复习都睡得晚，起得也晚。厨房里有几个人在排队刷牙，厕所里那个丫头每天起床都要洗澡，一洗就是半个多小时，我们内急的都跑去双安商场解决。没办法，我说过她，她根本不理，上次她屋有个女孩跟她打架，她依然我行我素，一洗就是三四十分钟。"

"有这样的事？"兰源生气地从床上跳了起来，脑袋磕着了上铺的床板子，"哎哟，撞脑袋了。"

那个疼啊。

兰源往厕所冲去，对着门就是一阵乱踢，那木门仿佛快要招架不住："里面的，听好了，又不是就你一人交了房租，赶紧滚出来，再这么自私，小心我找人把你从这里扔出去！"

不知道是不是兰源太凶了，里面没有一点动静，她又是一阵狂踢："快，姐我憋不住了！"

那女孩过了好一会儿才发出微弱的声音："姐，让我把头发洗完好吗？"

砰的一下，兰源内心那根敏感的弦好像被触动了。曾几何时，她也有一头浓密齐腰的长发需要清洗，需要揉搓，需要使劲拧干，没有十几分钟弄不完。毕业后，她屡屡梦到学校里快乐的大澡堂，在那里大家一起唱歌，一起搓澡，一起聊各种八卦。那样的幸福时光再也回不来了。

在这种家徒四壁的出租房里，兰源第一次有了羞愧的感觉。她深刻知道穷的滋味，大家都穷成这样，住在这样的房子里，还有什么理由去钻牛角尖装横呢?

兰源没再踢门，轻声说了句："快点。"

一会儿，厕所门嘎吱开了，马大姐的听力像小狗一样敏锐，在里屋跳起来，一脸惊讶，说："她居然这么快就出来了，小兰，还是你厉害，以后我也踢厕所门。憋死我了，一直赖着不想去双安商场，外面太冷了。"

兰源突然想起当年妈妈把她送上北上的火车，爸爸在旁边号啕大哭，妈妈却一滴眼泪都没有。她问妈妈为什么，妈妈说她知道女儿是出去闯荡，她能给的就是她身上的坚忍、霸气以及学费。她知道，无论女儿去哪儿，都不会被人欺负。

马大姐端着洗漱用品回来了，精神抖擞，肤色也显得比之前红润。

"真搞不懂你们南方人怎么这么扛冻，打死我都不会冬天去爬山。"马大姐整理着乱糟糟的桌子，腾出一块地儿放碗筷。

"你不擦点润肤霜啊，多干燥。"

"不擦了，饿死了，先吃。"

"马大姐，我上午见到柳轩了。"兰源低着头弱弱地说着。

"啊，当年那个'情歌王子'？"她眼睛里流露出久违的光芒，像乌云中折射出来一缕明亮的阳光。从大学毕业到现在，兰源已经好久没见到马大姐这般光芒四射的眼神了。这两年节衣缩食，花痴的马大姐会过得很艰辛，但对帅哥的仰慕还是亘古不变。

"是的，我把所有的事都跟他说了。"兰源掐着手指，说话从没这么慢过，听得马大姐都有些着急了。

"他干吗要约你爬山？你干吗还要答应去爬山？你们都有病。"马大姐狠狠地盯着兰源，"他是别人的王子，不是你的丸子了，你不要再爱他了，懂吗？"

"我跟他说了以后不要再见面。"兰源的手指被自己掐疼了，开始使劲抠着左手大拇指。

"大学毕业后，我跟你说过多少次，谈恋爱要脚踏实地，不要好高骛远。像曹依这样的明星帅哥，你高攀不起；像丸子这样的'万人迷'，你也驾驭不了。这年头，灰姑娘是嫁不了王子的。

“你怎么就偏偏喜欢这类出类拔萃的男孩，还偏偏跟他们有缘无分，弄得自己如此孤独。”马大姐喝了口水，起身去取放在暖气片上加热的包子。万能的暖气片，烫烫的，在出租房里可以当微波炉和烘干机使，“对了，陶思琪没联系你了吧？”

“没有，走了大半年，一直没联系，我不怎么想他，只是恨他恨自己。恨自己耐不住孤独太冲动，没守住自己。”兰源哭着抬起了头，任凭眼泪冲刷着刚刚在外面冻得红肿的脸，她看着马大姐说，“马大姐，我真的很孤独，偌大的北京，你、梦子、阿宋姐都住得那么远，我经常在上下班的路上，坐在马路边，举目无亲，惆怅不已。这两年，我特别爱哭，从来没哭得这么伤心过。陶思琪当时给过我一阵子安全感，我错以为那就是情投意合。没想到，我始终爱着丸子，对他初心不改。”

马大姐叹了口气，拍拍兰源的肩膀，说：“都过去了，别太难受了，爱人以后总会有的，幸福也会有的。”

兰源笑了笑，擦了擦眼泪：“漂泊在帝都的穷人，谈幸福太奢侈了。”

“对了，小兰，我想跟阿林分手。”马大姐看着兰源，凄怨地说着，她把嘴边的包子放下来，这是兰源第一次见马大姐吃包子半途而废，她平时只要吃着包子，雷打都不动的。

“为什么？你们三年多的感情了，阿林多厚道的人啊。”兰源惊讶地问道。

“我在考ACCA，家里供着已经很费劲了，他现在还在河南贷款读研，家里也很穷，还有几个兄妹要读书。他来北京看我一趟，坐的是最便宜的绿皮火车，半夜才到。我们疲惫不堪地挤末班车回来，然后把他安置在破旧的旅社里，跟我们这房子一样破，就是便宜。小兰，我不想再过这样的日子了，太穷了。我去北京西站接过他几次，每次都累得东倒西歪，我甚至希望他不要再来了。”

马大姐擦了擦眼角的泪水，肩膀抽搐着，继续哭着说：“去年毕业后，梦子觉得我见识实在太少，出钱带我回了她浙江的家。台州是个美丽的地方，依山傍海，草长莺飞。那是我人生中第一次下江南，原来南北差异如此之大，而我和阿林这些年连南下旅行的费用都支付不起。

“如果老天爷给我一次机会再投胎，我要投到像梦子家这么好的家庭。既然没有这样的机会，那我只能奋斗。可是，我学业未完，将来还要跟他承担那些贷款和农村的一堆需要花钱的礼节。我很害怕，我穷怕了，我不能老找爸妈要钱，我妈一只眼睛快瞎了，要治病，家里还那么多事，小兰……”

她大声哭了，就像身边没有人。兰源惊呆了，大学几年，风风火火的马大姐竟然哭得像个小孩，上一次见她哭成这样还是她失去李阳天的时候。

“小兰，你知道吗？我最近特别喜欢听李宗盛的《漂洋过海来看你》，尤其每次我去北京西客站给他买一瓶水和一碗方便面，然后送他上破旧的绿皮车的时候，我就忍不住哭，望着他的背影远去，我竟悲伤得不能自已。北京到郑州不远，可是对于我们两个穷人来说，真的是‘漂洋过海’的距离啊！古人都说：‘悲莫悲兮生别离，乐莫乐兮新相知。’他好辛苦，我也好辛苦，我不想这么来回漂了！可是，想想我们一起走过的日子，我又很恨自己。

“小兰，我不是个追求物质的女孩，我不贪求荣华富贵，也不贪求功名利禄，我只求一生平稳坦然。我不像你，一心想着创业，自己赚钱，去追求灰姑娘的幸福；也不像梦子那样，自始至终有有钱的父母和痴情的男朋友殷勤对待。

“原来在学校时我还觉得，我这辈子跟定阿林了，异地恋不怕，贫穷也不怕，因为我们彼此相爱，‘两情若是久长时，又岂在朝朝暮暮’。可是，等我真正迈入社会，走入这破旧不堪的‘蚁穴’，我就常自己哭泣，我没有那种敢说‘又岂在朝朝暮暮’的豁朗达观的生活态度。我特别怕中介因为涨租不成勒令我一周内搬走，你知道中介有多黑心，他们见利忘义。我每天醒来，都很没有安全感，室友一拨一拨地换。

“因为我这一年多没上班赚钱，所以一直很穷，因为穷，所以一直忍着。可是，我现在真的扛不动这份爱了，太沉重了，我想找个家境好点的男朋友，最起码是个工作赚钱的，能在北京的寒夜里给我温暖的拥抱。”

兰源用右手捂住了自己的嘴鼻，轻轻地哭着："我特别能理解你。曾几何时，我也想着能有个经济条件好点的男人能把我从昌平那昏暗的出租房给接出去啊。房子可以破点，但可以让我们二人独享厕所，独享厨房，独享一个温暖的阳台，感受下久违的阳光。可是，我得去哪儿找他呢？我以为找了陶思琪，就可以有这样温暖的家，却不想身体温暖了，感觉安全踏实了，心却还是如月光那么冰凉。久而久之，我们稀里糊涂地就散了。"

"我现在也是，这么漂着，心里空荡荡的。"马大姐一直擦着眼泪。

兰源把视线转向窗外枯树枝顶部那些许残余的白雪："分手吧，马大姐，我不会阻止你。去年万恶的非典为什么没让我发热、乏力、频繁咳嗽、气促、呼吸困难、心悸呢？为什么没把我带走？如果那时把我带走，就没有今日的痛和苦，没有打胎的罪孽感，没有对将来的迷茫了。"兰源开始抽泣，越哭声音越大，像夏日里的雷雨。

她们两人抱在一起哭着。兰源决定放手向前看，马大姐决定跟阿林分手。

许久，她们俩停止哭泣。兰源擤了鼻涕，揉了揉红肿的眼睛，安慰马大姐："不哭了，孟子说过：'天将降大任于斯人也，必先苦其心志，劳其筋骨，饿其体肤，空乏其身，行拂乱其所为，所以动心忍性，曾益其所不能。'相信老天爷这是在考验我们，我们才23岁，年轻就是资本，我们要像挺拔的松柏，像戈壁滩上的胡杨，屹立不倒。

"乐观点，我们会慢慢好起来的，我们有双手，有爱我们的家人，有彼此照顾的挚友。没有男朋友，我们也一样能在这荒烟蔓草的年头创造奇迹。等我们有成绩了，变成真正的公主，自然会有优秀的有钱的男生爱慕我们。我们一定能在北京过上体面有尊严的生活！"

"嗯，过上体面有尊严的生活！"马大姐看着兰源笑了，露出了洁白整齐的牙齿。

"这样吧，除了给我父母的钱，我手头还攒着一些钱，我先借你点，你换个好点的房子，别住这里了。"兰源揉了揉红肿的眼睛。

“小兰，真不用了，我妈给了。你还要创业，也不容易，收着吧，我也懒得换了，在哪儿都差不多。”

“对了，梦子她们什么时候到？”

“我刚在车上已经打电话给梦子和阿宋姐，她们下午来，我们晚上一起聚聚吧，我请你们吃饭。自从阿宋姐被摩的飞车抢劫，摔断了一侧锁骨，我有好几个月没见到她了。”兰源起身走到窗户那儿，发短信问问她们是否已经出发。

“回复了，她们都已出发，因为阿宋姐还住在燕郊，她们四点前到，早聊早回家，我也不放心她，怕她再次被抢。”

兰源起身准备穿衣服，突然她抬起头又看见窗台那盆耷拉着脑袋的绿植，叶子黄黄的，茎上布满黑色泥土，显然主人早已忙碌得忘记了它的存在，任其自生自灭。

兰源的心被触动，她想起刚才马大姐哭泣的样子，沉默了片刻，突然扭过头盯着马大姐的眼睛说：“马大姐，你先工作吧，可以边工边读，有了工作你才有机会接触男人，接触社会，否则你在这儿永远都只是井底之蛙，自怜自弃。不管赚多赚少，工作都是件大事，不管书读多还是读少，赚不到钱就是屁事。”

“继续说。”马大姐直直地看着兰源。

“我心情不好的时候，经常主动请缨帮老板南下开拓客户，因为出差可以让人完全放松，不同的城市，不同的风土人情，人的心境也是不一样的。最重要的是，我可以揣着公款，吃着公粮，同时打开眼界，广结人缘。

“说得直白点，我很喜欢我住的宾馆，我的房间二十几平米，在这里我终于可以拥有自己的洗手间，淋浴设施特别好，可以洗个舒舒服服的澡；拥有一张宽大的床，我可以站在上面像个孩子一样来回跳；拥有一台只属于自己的电视机，想看哪个台就看哪个台；拥有明亮的大窗户，放眼看去，眼前是开阔明媚的风景。在这个属于我自己的空间里，我终于有一种久违的家的感觉。哪怕只有短暂的几晚，也是那么幸福。

“我乐此不疲地奔波于广东和上海，你不知道，每次在宾馆洗澡，我都特别高兴，只恨自己的长发去哪儿了，否则我可以好好清洗做保养。出租房里住的人很多，根本没时间去好好洗一次自己的头发。我们不能再因为贫穷和孤独而失去更多了。”

马大姐听着，若有所思。

兰源向她走近了几步，语重心长地说：“马大姐，能改善你目前生活环境的，只有工作，只有钱，而不是学习，读书很多时候是无用的。大部分人都是专业不对口，我就专业不对口，学的是英文，干着中文专业的人的活。我们都不是那种见到有钱男人就往他们怀里扑的女孩，我们得靠我们的双手去赚钱，有尊严地活着。所以，你现在就得爱钱，而不是爱学习。”

“小兰，谢谢你，其实我花我爸妈的钱，心里也很矛盾。可是，那些钱在北京都只是杯水车薪。你今天这么一说，我感同身受，我年后就找工作，我要搬离海淀，这里太嘈杂了，飘来飘去，累了。”

“一起加油！你创业，我工作。”她们手挽手走出黑漆漆的楼道，外面寒风一如在蟒山时那般凛冽。

第十六章
世界少了谁，地球照样转

下午四点多，梦子和阿宋姐像仙女一样飘来。毕业一年后，她们四姐妹，第一次聚齐。

毕业那年夏天，梦子和高鹏分手了，原因很简单。高鹏在北京实习期间，挤地铁时把衬衣挤破了。他举目无亲，压力倍增，加上当年夏天恐怖的“非典”，家人给他铺好了路，一心想让他回上海发展。梦子看似柔弱，实则非常坚忍，她对北京的感情非常牢固，她是抱着梦想来京城的，她在这里生活了四年，怎能因为一场恐慌就弃城呢？所以，分手也就是意料中的事了。

其实那年，毕业就分手的又何止他们？

梦子那会儿没心思出去找工作，也没心思准备雅思，躺在床上几天几夜不吃不喝，无声无息地哭泣，着实让兰源好生心疼。

兰源费劲地爬上了梦子的上铺，梦子轻轻揭开薄被子，淡淡地看了兰源一眼。梦子形容憔悴，星星般的眼睛像蒙上了灰尘，不再清澈透亮，头发乱糟糟地贴在面颊上，沾满了泪水和汗水。梦子爱了高鹏整整四年，怎能说分手就分手了呢？

“梦子，这个世界少了谁，地球都照样转动。高鹏就像一阵北风，吹走了你的梦，那就让一切随风吧，你爱他四年已经够了。这年头，谁能爱谁一万年？就算是至尊宝也爱不了紫霞仙子一万年，他生命里还有那么多漂亮的神仙和妖怪，对吗？就算是王子和公主也不一定会有幸福的结局。

“你这样，我们都好难受，你吃点东西，好吗？你再不吃，我就去上海灭了高鹏。明天新闻的头条就是：‘高校厮杀之京西大学一女子谋杀复旦大学一男子，疑情杀！’你也不想看到这样吧，那你得替我和他照顾四个老人呢。”兰源近乎哀求。

梦子总算坐了起来，不再哭泣。

“梦子，我们坚强点，让什么李阳天、高鹏、丸子都随风去吧。北漂刚开始，振作起来。”

梦子是个非常坚强的女孩，她有时候像一潭清水，清澈见底；有时候又像一根钢筋，坚不可摧。

梦子毕业后去了外企，做翻译，举止高雅，温柔大方，很得领导喜欢，还被评为优秀员工，她和同事两人合租了一个两居室，清静体面，前途还是很不错的。

阿宋姐大学毕业后，男朋友陈钰从广州赶到了北京，他是个勇敢的男孩，他们很快就领了结婚证，婚礼在老家从简操办。他们终于结束了四年的异地恋，修成正果，这是兰源的同学里面唯一成了的一对，很多校园情侣毕业即分手。

兰源觉得，这跟阿宋姐的宅心仁厚和爱情至上的价值观有很大关系。陈钰在北京通州区一家进口家具销售公司上班，每天艰辛奔波，喝酒应酬。因此，阿宋姐就找了份比较轻松的文职工作，能照顾下这个家。她跟兰源说，结婚了，两个人总得有个做出牺牲多顾家。他们在燕郊租了一个顶层的两居室，有个十多平米的露台，摆放着四张休闲椅和一把遮阳伞，露台边上种了一排生机勃勃的绿植。但毕竟是河北燕郊，好在离他们上班的地方都不太远，有直达车，他们每天就像辛勤的蚂蚁，往返于河北和北京。

她们四人挨个热烈地拥抱。毕业一两年，梦子和阿宋姐的体形一如以往，妖娆多姿，兰源瘦了十多斤，马大姐因为吃饭不及时，晚上恶补，胖了些许。

“我们去吃饭吧，双安商场里有家粤式餐厅，我请你们吃顿好的。咱们边吃边聊。”兰源从那张缺了一个小角的椅子上站了起来。

“也好，这里也没地方坐，一会儿她们陆陆续续也要回屋了，到时候就乱成一锅粥了。”马大姐撅着屁股把部分课本放回自己床头的书架上。

四姐妹在粤式餐厅找了个四方桌坐好，这里装修不算豪华，但有南方餐厅一贯的雅致风格，一丝不皱的干净桌布绣着大牡丹，靠墙那侧放着一个淡蓝色的花瓶，里面插了一枝娇嫩欲滴的玫瑰花，花瓣上还有点点水珠，茎上的刺十分尖锐，一副“你敢惹我试试”的姿态。玫瑰始终是玫瑰，总是美得让人想多看几眼。

见兰源看着玫瑰陷入沉思，马大姐噘着小嘴巴说：“我不喜欢玫瑰花，我喜欢寒菊，‘不是花中偏爱菊，此花开尽更无花’，我喜欢菊花历经风霜而后凋的坚贞品格。跟菊花比，我特别自卑，但我打心眼里喜欢它。”

“我喜欢身处寒冷苦寂但傲霜斗雪的梅花，有‘忽然一夜清香发，散作乾坤万里春’的博大胸怀。”阿宋姐也笑嘻嘻地说着，看着她们三双凄怨的眼睛，“我们四姐妹可能现在比较辛苦，但我们总能熬过去的！”

“我喜欢百合花，寓意百年好合。老高大学四年以来送给我的都是百合花，最后一次也是百合花。”梦子娇声地说着，目光略显呆滞。

餐厅中回荡着陈慧娴的一首哀怨的抒情粤语老歌《逝去的诺言》，是兰源非常喜欢的歌。

可能是陈慧娴的歌声太抒情了，兰源有点黯然伤神，笑容有些僵硬。她心痛地想起当年月下秋千上，丸子给她唱《用情》，丸子上午还对她说“时间可以冲淡一切”。

兰源看服务员还没过来，就蔫蔫地说着：“梦子，你最近还好吗？”

“想老高。”梦子弱弱地回答，仿佛还沉浸在悲伤中，她目光呆滞地看着桌子上那一枝娇嫩欲滴的孤独的红玫瑰，“马大姐呢？你跟阿林还好吗？他常来北京吗？”

“不好，他来一趟北京太不容易了，我们也有大半年没见过面了。我和他马上要分手了。哦，忘了跟你们说，我今年年初认识了清华的一个研究生，很阳光的男孩。我居然那么幸运，被他热烈追求。可是，我挺自卑的。这种自卑不仅来自于学历上的差距，更来自于贫穷已经摧垮了我的精神。我不相信灰姑娘的童话故事，所以拒绝了他。后来他去了美国，我们再也没联系过。”马大姐也弱弱地回答，噘着嘴巴看着远处的那个服务员，“好了，我们三个都成了孤家寡人。”

“马大姐，我们还是要相信这个世界上有童话。”梦子很没自信地说着，因为她和老高也没有童话中所说的那么完美的结局，虽然她一直在等他。

这时候，餐厅响起了刘德华的粤语歌《一起走过的日子》。

“这家餐厅还想不想营业啊，老板吃错药了啊？！尽放这些悲伤的歌，我们换个地方吧。”兰源愤怒地将空茶杯倒扣在盘子上。

“不行，让我听完好吗？求你了，坐下来，安静。”马大姐特别坚定地说，放在桌面上的双手紧握成拳，一脸痛苦。兰源突然想起来，这是马大姐最喜欢听的一首歌。

梦子的眼眶也湿润了，鼻子酸酸的，轻轻哭泣着：“他们还能放一首陈奕迅的《十年》吗？”梦子是个柔情似水的女子，大四那年下学期，在宿舍里兰源见她跟老高吵完架挂断电话后总会默默地掉眼泪。那是种明明相爱，到最后还是要分开的悲痛。梦子强颜欢笑：“明年等不到他，我就嫁给别人了。”

“会的，这是港式餐厅。我们真是来对地方了，好伤感。”兰源噘着嘴巴说。

梦子是那么白净，红眼眶特别明显，她把视线转向明亮的窗户。外面的大风呼呼吹着，正如她的内心，冰凉到了极点。

四个人沉默着，仿佛空气都凝结了，大家屏住呼吸，谁也不愿意打破现在“有你有我有情有天有海有地”的沉默。

“总有浮云遮蔽日，也有月明风清天。”阿宋姐笑嘻嘻地说着，身体往前探，目光扫视她们仨，“你们打起精神来。”

“今天想起一个同事说的话，我在路上笑得合不拢嘴。她说有一次她老板给她发短信，要她快点跟上他的车，她想说‘好的’，结果手写的字体潦草，手机显示出‘妈的’，她没检查就发过去了，老板回复‘……’，她到了酒店才发现。乐死我了，怎么这么逗呢！”阿宋姐笑得人仰马翻。

三个人依旧沉默着，目光恍恍惚惚地落在阿宋姐身上，她们知道阿宋姐用心良苦，想让她们高兴起来。

“我就一直觉得，这些年自己过得不好也不坏，只是好像少了一个人存在，而我渐渐明白老高仍然是我不变的关怀。”梦子轻轻地擦了擦眼泪，就像《红楼梦》中所描述的典雅的女子一般。

这时候，餐厅响起了闽南语歌曲《爱拼才会赢》。兰源的眼睛顿时闪现光芒，仿佛一头沉睡的母狮总算醒来了。

“还记得国美的黄光裕吗？记者曾问他当首富什么感受，他的回答让我心痛。他说：‘我以后去餐厅点菜时，遇到自己喜欢吃的，再也不用去认真地看价格了。’我很能体会他的这句话，黄光裕少时离乡谋生，穷窘至极，曾拾废品补家用，来京闯荡直到声名鹊起。他给我的最大感受就是：人穷，非常可怕，但是人穷，不奋斗更可怕，而且奋斗还得趁年轻，出名也要趁早。”兰源目光坚定地看着阿宋姐。

“那你有什么打算？”阿宋姐问，一边玩弄着手中的空茶杯。

兰源特别慎重地回答她：“我想年后创业，我不要什么万贯家财，我没那么大野心，我只要在我热爱的北京买得起房和车。我这两年搬了三四次家，每次搬家，我就会对着堆积如山的破旧的行李，唱起陈星的

《流浪歌》：‘冬天的风啊夹着雪花，把我的泪吹下。’

“呵呵，我还想攒点闲钱实现旧时去英国读两年书的梦想，但我现在穷，也没姿色，我必须创业才能过上体面的生活，以后再找个体面的老公。”

“小兰，你要创业啊，做什么？还是现在杨总这个公司的操作模式吗？”梦子焦急地问着，她以前去兰源公司找过她，觉得兰源的老板风风火火的，魄力十足，不到两年，就把公司从民居搬到了气派的理工大厦。兰源作为她屈指可数的爱将，跟着这个老板一定能被“授之以渔”的。

“是的，梦子，就是文化传播公司，给实体企业做品牌推广、活动策划。这个门槛低，投入少，回报率高。”兰源非常职业地跟她讲着。曾几何时，杨总说她在兰源身上看到了她年轻时候的影子。

“老杨公司做得非常好，两年光景不到，队伍壮大得那么快。强将手下无弱兵啊！”梦子点了点头。

兰源伸直了后背，笑了笑，不急不慢地说：“最可贵的是，去年‘非典’，整个亚洲经济低迷，那些受到严重冲击的公司可能十年都不能恢复。纵然‘非典’已经结束了，国家前两年刚加入WTO，北京申奥成功，实体企业，无论是在国内做房地产开发还是尝试性进军海外，都将有很大的提升空间，这些企业需要同步提升品牌价值才能彰显更强大的竞争力去抢食市场。文化传播现在是朝阳产业，蛋糕很大，吃的人还很少，过几年可能就没这么好做了，因为这行技术含量不高，只有胆子大、先做的，才能尝鲜，我想追上他们这批行业弄潮儿。”

兰源从服务员手中接过热气腾腾的花茶，给她们一一倒上：“我已经有客户了，去佛山和顺德谈好了几家企业，跟我关系都不错，他们也愿意扶持年轻人创业。我也有全国，尤其是北上广重点的媒体资源，我就是没有足够的启动资金。没有20万，公司撑不过前三个月就会夭折。”

“小兰，我借你钱。我毕业时，爸妈给了我20万，准备让我去荷兰读研。我为了老高放弃了，这钱一直还在我账户上，我爸妈也没要回去。”梦子特别认真地回答兰源，几乎不假思索。

兰源吓了一跳，茶壶跟着颤抖了一下，差点烫着自己的左手：“梦子，你信得过我吗？”

“绝对信得过。”

“梦子，谢谢你！做不好的话，我卖心肝脾肺肾都会还你钱的。”兰源眼含泪水回答梦子。兰源看到了希望，脱贫的希望，过上体面生活的希望，她紧紧地握着梦子那双白净的小手。

“哎哟，能帮你我很高兴，不要这样子，别哭了。这两年眼泪流得还不够多啊？每个女人的眼泪都是珍贵的，不是你所说的廉价的，知道吗？傻丫头。”梦子笑着举起茶杯，“以茶代酒，预祝小兰明年创业顺风顺水，早日还我的钱哦。慢点喝，小心烫。”

“梦子，等我赚到钱，还了你的钱，你入股我公司，我们一起创业。”兰源小心翼翼地放下茶杯，仿佛放下了许久的牵挂。

“干脆我现在就入股吧。”梦子非常坚定地回答。

“好！干杯！为了我们在北京体面的未来！”兰源举杯，将热热的花茶一饮而尽，嘴巴被烫得有点麻麻的，她太性急了。

“你们结合起来挺好的，刚柔并济，我看好你们，兰总和梦总！”阿宋姐打趣着说，“太高兴了，你姐夫明年也想改变工作，他想自己做家具代理，觉得打工不是那么回事。看到你们这些在外头有客户的人说创业就是有底气，一拍桌子就定了，我刚开始一听还吓一跳。”

“客户就是百元大钞啊，看到钞票上毛主席的头像，就能看到希望。”兰源暗自一笑，“黄光裕当年不也是穿着破鞋子在外面一件一件推销家电吗？熬出来就好了，我也要慢慢去熬。”

“嗯，2005年我也要有个新的开始，工作，奋斗！”马大姐也举起了茶杯，“我也要脱贫！”

“太好了，我们四个人要拧成一股绳，互相帮助，我们要做‘挥着翅膀的女孩’，我们一定会在这片我们热爱的土地上扎根的。”梦子的声音大大的。兰源说过，她的梦子的确是个有抱负有梦想的人，而且还是个勇敢的有见识的女孩。

“对了，小兰，你们杨总就是当初在摩肩接踵的招聘会上一眼相中你的那个杨姐姐吗？”马大姐问道。

“是的，她其实就比我大六七岁吧，年纪轻轻就创业了，是名副其实的草根英雄，非常有魄力有胆识。她用人从不论资排辈，特别器重我们刚毕业的新人。她总是跟我们说：‘桐花万里丹山路，雏凤清于老凤声。’她一直鼓励我们，鞭策我们努力奋斗不要辜负青春。说来话长，我跟她其实挺有缘分的，真要创业离开她了，我还很舍不得。”兰源特别高兴地回忆着她和杨总的故事，酒窝里写满了对杨总的钦佩和留恋。

兰源边说边笑，仿佛老杨就坐在她身边。“‘莲子房房嫩，菖蒲叶叶齐。共结池中根，不厌池中泥。’做人总不能忘记培育自己的根基。所以，如果我创业了，也不会挖她的人，撬她的客户，她自始至终都是我的好姐姐、我的恩人。她曾经有一次深夜送我回二里庄那个学生公寓，看着锈迹斑斑的铁门，用炯炯有神的眼睛盯着我说：‘兰源，跟我好好做吧，我会让你在北京买得起房的。’当时我特别感动，她总是鼓舞我，给我打气。所以我相信，我只要用活了她教给我的技巧，再加上我的韧劲，我一定可以买得起房。”

“那你挺幸运的，能遇到一位这样对你好的老板真心很难，我明年也要努力找一位好老板。”马大姐振振有词。

“你这么一说，我倒真觉得你们挺像的，不仅是长相，性格也很像，都好强能干有魄力，还都是急性子。”梦子小口喝着茶，仿佛打开了话匣子，“我老板虽然宅心仁厚，但感觉很难跟他交心，跟杨姐姐比，他完全没她那么有魄力，可能外企的人都这样吧。打工者的心态永远跟创业者不能相提并论。创业是艰辛的跋涉，而打工就像温水煮青蛙，说到头，还是痛苦。”

阿宋姐也说话了：“梦子你可能还舒服点，我家陈钰那不一样啊，做销售好辛苦，经常喝得东倒西歪的。有一次应酬完一个大客户，他酒精中毒，被送医院了，唉。在北京漂着，其实男人更不容易，当今中国的酒文化简直变态到令人发指。”

“姐夫真好！阿宋姐真幸福！”兰源特别羡慕地说着，“我之前滴酒不沾，那时候丸子课间邀我一起喝红酒都被我拒绝了，他生日上的红酒我也拒绝了，现在想想好后悔啊，我真他妈的太不解风情了。工作后，有一次，一个客户灌我白酒，我第一次喝，以为白酒就跟啤酒差不多，结果一小杯一口而入，感觉胃里就像起了火，灼热不堪，却还得继续强颜欢笑。糟糕的是，人家看我如此爽快，于是又倒了一杯，再一杯，我就彻底不行了，回家吐到半夜，然后就失声痛哭。”

阿宋姐低头叹了一口气。

“阿宋姐，我好后悔。”兰源苦笑着垂下头，叹着气，“喝了那么多酒，当年却没喝上丸子的那杯红酒。等我想喝了，人家却不再是我的丸子了。恐怕以后再想喝，就等着喝他的喜酒了。我还没跟你和梦子说，我上午跟他和他的几个同学去爬蟒山了，他那漂亮的女朋友也去了。”

“那孩子真是有病，大冷天的去爬蟒山？你也有病，明明知道他已不再是你的丸子了，你还去干吗？不会说‘No’吗？”梦子有点生气地说着，“小兰，以后不要见他了。”

“我是有病，病得不轻，我太想见他了。”兰源已经哭不出来，眼泪早就已经流完了，“我跟他说以后不要再联系对方了，就当彼此从没出现过。”

“你做得到吗？”阿宋姐弱弱地问。

“奋斗！让奋斗驱逐我内心的空虚。”兰源笑了笑，声音铿锵有力。她抬头看着餐厅天花板上漂亮的水晶灯，“要想找到王子，我得让自己先变成公主！等我赚钱了，第一件事就是贷款买房子，等着我英俊潇洒的真命天子西装革履，手捧百合花过来，迎娶我过门。”

餐厅里这时候放起了潘玮柏的《快乐崇拜》，餐厅里的气氛一下子非常活跃，阿宋姐情不自禁地鼓掌，大声说：“从现在开始，扬起我们的嘴角，让我们快乐崇拜吧。”

为了让自己变得富有和漂亮，为了让将来的王子舍不得离开自己，就像她现在舍不得离开丸子一样，兰源和梦子春节后注册了一家品牌策划公司，生意还算兴隆，但兰源的内心始终犹如每个月圆之夜的月亮，空洞、透彻、冰凉、孤独。

第十七章
收获的秋天

2005年，春风桃李花开日，马大姐告诉兰源，她和阿林分手了，她觉得他的沉默更让她痛苦，毕竟是相爱过的人，他可以不恨她吗？

马大姐如愿以偿地在望京找了个有前途的新资企业，跟几个同事合租了一套两居室，里面有洗衣机、微波炉、冰箱，都是七八成新的，屋里也清静多了。

兰源去马大姐那儿的时候，她正在屋里安静地学习财务知识，举手投足之间，兰源觉得她像经历过寒冬后被春风吹绿长出小嫩芽的柳树，柳枝细长，一派枯木逢春的繁荣景象。

盛夏，马大姐单位来了一批东南亚的同事，有马来西亚的、泰国的、新加坡的、印尼的，其中有一个来自新加坡的叫夏伟的帅哥，长得极像刘德华，他比马大姐大四岁，内向沉稳，彬彬有礼，谈吐不俗，与大大咧咧的马大姐还挺般配。他们在工作中结下深厚的情义，遇到困难时互相扶助，她帮他快速适应了新的工作环境，了解这个国家迥异的文化，使他觉得不那么害怕、不那么孤独。后来，他们恋爱了，很快，金秋时分，她就跟着把工作调动到新加坡分公司了。

兰源没有去机场送马大姐，她们好好吃喝了一顿。“劝君更尽一杯酒，西出阳关无故人。”

兰源多么舍不得马大姐，她怎么能就这样消失在了这片她曾经热爱过的土地上，远赴新加坡举办婚礼？不过，兰源还是祝福她奔赴幸福，赚新币，这么怕冷的她，总算去了一个靠近赤道，一年四季太阳从早到晚围着房子转的国家，那里没有寒冷，全年都那么暖和。马大姐早已不是蜗居在破烂出租屋中那个悲天悯人的女孩了。

缘分妙不可言，一个从不相信“灰姑娘和王子”的故事的女孩，最后还是幸福地谱写了“灰姑娘和王子”的现代爱情故事。

阿宋姐和陈钰很快也辞掉了原来的工作，举债成立了一家进口家具代理公司，凭借着陈钰娴熟的销售技巧、丰富的客户资源和阿宋姐精湛的翻译水平、温和的处事方式，生意也算比较平稳。但由于那年家具市场竞争压力很大，他们起初并没有赚到多少钱。不过，头脑敏锐的阿宋姐第一个在天竺附近买了套房子，她可是温州商人的千金啊。自此，她不用再来回奔跑于河北和北京了。

那是套优雅的大两居，120平米，南北通透，家里装修得淡雅却不失品位，兰源最喜欢她家客厅的那个大海绵沙发，软软的。阳光照进来，让人感觉身体好温暖、心里好温馨，像极了丸子家。兰源每次去阿宋姐家总会情不自禁地想起丸子，想起某年某月某日某刻，丸子和她微笑着猛一抬头，四目相对，面红耳赤，想起丸子发梢的淡淡幽香，想起他们屏住呼吸，心乱如麻，如坐针毡……

兰源此刻内心真的十分后悔。

那时，她为什么就没有勇敢地抬起头，用双臂紧紧地圈住他，让他吻下去而不计后果呢？

那年丸子生日的晚上，她为什么没有勇敢地留下来呢？

那年蟒山的山顶上，她为什么没有勇敢地说出内心的真实情感呢？

假如她就勇敢那么一次，现在还会如此孤独吗？

没有“假如”，错过就是终生错过。

她和梦子默默为阿宋姐高兴着，同时也一直希望能有自己的家庭和事业。为此，兰源和梦子破釜沉舟，只许成功，不能失败。

“生下来就一无所有的林肯，终其一生都在面对挫折。他曾经绝望至极，但从没有放弃人生这场跳高比赛。”创业前期，兰源把这句话抄在纸上，用胶条贴在办公桌的左上角，每当心灰意冷或踌躇不前的时候，她就会合上电脑，使劲掐掐眉心，给自己打鸡血。

她和梦子的创业从一间简易的民宅里开始，为了节省人力成本，兰源和梦子什么都干，起初她们接下的第一单生意，是给国内一个旅游景点做推广。“非典”对旅游业的打击是空前的，因此很多企业希望借助品牌宣传达到立竿见影的效果，增揽客源。

兰源和梦子拿着公章去客户那儿签订完合同后，相拥而泣，这是她们的第一个客户。

她们依照合同把该做的工作都做完，已经三个月过去，客户却找理由拖欠款项，这让她们的资金有了很大压力。霸道的客户说总公司拨款较慢，她们能奈他何？

周五，兰源和梦子来到了这家公司的北京办公室，找到了分公司的负责人闫总，梦子先是晓之以理、动之以情跟他商量，可是对方嚣张得好像觉得她们两个弱女子能拿他怎么办。

兰源使劲地把门关上，梦子吓了一跳，那个闫总当时坐在老板桌后面，矮小、猥琐，戴一副黑框眼镜。

兰源满腔怒火，向他走近几步，拿起桌子上的笔筒就砸到了地上，恶狠狠地告诉他：“闫总，我告诉你，我不跟你多废话，我今日拿不到55万的转账支票，明日发不出工资，自己和公司横竖都是死，我索性今天也让你陪葬。你知道什么是穷凶极恶吗？我不愿意这么形容自己，但人穷疯了，是会丧失理智的。你现在把我们逼得走投无路，逼我们明天去卖心肝脾肺肾来还账，那你今天就休想走出这道门！”

兰源用力地指着身后那扇紧闭的门。

说完，兰源重重地合上了他的笔记本，十足的“湘西女匪”的样子。

“兰源，公司总部财务没给我们分公司钱，我也没有钱给你。你要是如此嚣张，咱们就报警！”姓闫的也跳了起来，指着兰源的鼻子，狠狠地回答。他是个男人，觉得很掉面子。

“报什么警？今天就是警察来了，你若不给我开转账支票，背书，盖章，你也别想走出这道门。”兰源面目狰狞地指着他的鼻子大声吼着。

梦子吓一跳，半天不吭声。不一会儿，看这剑拔弩张的局势，她的柔情这时候起作用了，她委婉地说：“哎呀，闫总，你也是打工之人，何苦跟我们拖延这点辛苦钱呢，我们创业也不容易。兰源投入的钱都是借的，您这再打拖延战，她是什么事都干得出来的。”

姓闫的停顿了一下，坐了下来，装作给总部打电话，支支吾吾，搪塞了几句，挂了，说：“没有，钱最快得下个月到账。”

兰源使出了浑身的力气猛地拍了一下桌子，大吼一声：“不行，就今天，现在就开支票！”

响声如此之大，都不像是个24岁的女人拍出来的，吼声如此之大，都不像是个女人吼出来的，以至于外面很多员工都走了进来。他们也知道她们是来催账的，可能是这个老总平时口碑和人缘不好，他们并没有对兰源生拉硬拽，只是默默地问了几句，梦子应付了几句，然后他们心照不宣地散去了。或许，这就是得道多助、失道寡助吧。

兰源把剩余的围观人员轰出去，重新把门关上，反锁！她回头恶狠狠地看着他，他彻底被孤立了。

姓闫的看到兰源就像一头发疯的母狮子，踌躇了一下，摸了摸鼻梁上的镜框，打电话给财务总监，说：“先从我们分公司账上拨55万给她们，你快去给她开张转账支票。”

梦子赶紧打圆场：“谢谢闫总解救了我们，我们不会破产了，谢谢您。”

姓闫的起身想上厕所，兰源拦住他：“你要是出了这个门，我一定会跟你跟进男厕所，我会告诉男厕所里的所有人，我就是你的债主，看你还有何颜面？你就给我乖乖坐着，拿到支票我立马就滚蛋！”

他无奈地坐下。这种想金蝉脱壳的主儿兰源见多了。老杨告诉过她，见到这样的人，就得盯狠点，她们草根创业耗不起。

不一会儿，女财务敲了敲门。兰源打开门，瘦小精明的财务神情紧张地走了过来，递给他一张支票。他摆弄着那几百度的近视眼镜，弯着腰审查，就像个虾米，确认无误后，交给了梦子：“你看看，已经背书盖好公章了，明天可以入账。”

梦子查看后，再三感谢，拽着愤怒的兰源走了。

兰源在电梯里看着这张长方形的支票，后面公章的印泥还没完全干，梦子使劲吹着。

兰源面无表情，垂头耷耳在发呆。梦子叨唠着：“小兰，你刚才把我都吓坏了，我还真以为你要跟他打架呢。你哪儿打得过他啊，他毕竟是男人。我从来都没打过架，我当时好害怕。万一你们打起来了，我可怎么办啊？”

兰源还是不吭声。她们走到楼底下，出了大厅，她双腿发软瘫坐在门口的台阶上，胳膊垂在大腿上，掐着手指头，仰望着黑压压的夜空中寥寥无几的星星，如此明亮。

“小兰，你没事吧？支票到手了，怎么还不说话啊？别吓我啊。”梦子在兰源身边坐了下来，把支票好好地放进支票夹，再放进手提袋里，搁在大腿上，不敢有任何折损。梦子温柔的话语让兰源的神思不再那么恍惚。

兰源趴在梦子肩膀上号啕大哭，就像当年在昌平坐过站，被那个猥琐的男人跟踪而吓哭时那样。今天她哭得和上次一样惨，她依旧觉得毕业后漂泊在北京，自己的眼泪太廉价了。

梦子赶紧掏出纸巾给她，焦急地说：“小兰，别这样，我知道你辛苦了，以后我们多雇几个男同事，催款的事让他们去干吧。”

兰源还是哭，不说话，她轻轻地抬起沉重的头，看着黑压压的天空，想起了《悠长假期》里濑明后来说的那段话：“老天爷让星星旁边布满黑夜，是为了告诉大家星星有多亮，当你失意时，给自己放个假，当是神给你的安排吧，让你振作。”

“小兰，你不会还想坐在这里等闫总下楼去扁他吧？哎哟，不要啦，和气生财，不过估计没有合作机会了，都闹僵了。”

兰源把头扭向梦子那边，抽噎着，许久，她用非常轻的声音说：“梦子，我不用卖心肝脾肺肾了，我们赚钱了，我们终于赚钱了！”

“啊，赚多少啊，小兰？”

“还记得我跟你说过我们这行的利润是多少吗？”

“10%～30%。”

“这次，我们俩人当几人使，还有我其他老同事免费帮忙给推荐媒体资源，成本省了很多，而且还是第一次做旅游行业，执行成本都较以前低，我把利润做到了40%，史无前例！”

兰源看着头顶那几颗明亮的星星，仿佛看到了濑明那张英俊的脸，看到他弹奏着忧伤的钢琴曲，她仿佛听到了丸子弹奏的*Silent Emotion*，她还是一直默默流着泪。

“真的啊？”梦子一脸诧异，但很快喜上眉梢，“小兰，你别哄我，我们能赚20万？”

“是的，梦子，我绝不哄你。我们苦尽甘来了，其他几个旅游客户马上就谈下来了。老杨告诉过我，对于不结款或者拖延结款的人渣客户，越早放弃越明智，因为它只会耗尽你最后的一点力量。大公司有钱垫底，对我们小公司来说，现金流就是命脉，断了，自然也就死了。好钢用在刀刃上，我们再用手头的利润，去做好其他项目，让钱滚钱。”兰源停止了哭泣，继续抬头看着黑沉的天空，看着明亮的星星折射出微弱的亮光，“梦子，今年秋天我们就可以贷款买房子，我们很快就能在北京有自己的家了，我要尽快结束漂泊无根的生活。”

梦子也轻轻地擦去了眼角的泪水，低头不语，许久轻轻说着：“那你别哭了，好吗？小兰，你真的吓着我了。”

梦子抱紧了她：“小兰，这都是老天爷在考验你，你要坚强起来。”

“是啊，丸子去年冬天在蟒山也是这么说的，时间会冲淡一切，可是为什么我明明知道他不再是我的丸子了，我对他的爱偏偏还那么深呢？我不仅可怜，还作践自己。”

“不是作践，是你用情太深，而他太薄情而已，爱比不爱更可悲！你以后会遇到比丸子更帅更疼你的好男孩。小兰，你不是说要当富裕和美丽的公主吗？把自己养高贵点，以后京城大把王子供你挑，不帅的不要，没钱的不要，没人品的不要，让柳轩后悔去吧，我也会画圈圈诅咒他，让他以后再也找不到比你更好的女孩。”梦子的声音非常响亮，“你得永远做我们快乐豁达的‘三公主’！”

“梦子，还记得大三那年在宿舍，我让你趁早结束异地恋，你却告诉我你放不下老高，我当时年少无知，如今我也爱过了，终于懂了，很多感情不像随手切西瓜那样，想切就能切得断。瓜是裂开了，汁儿也流干了，瓜瓤和瓜皮也快要被岁月给风干了……无情地风干了。”

兰源猛地扑入梦子怀里哭着：“梦子，我错了。”

她的哭声，是对积压的寂寞和恐惧的释放，也代表着即将破土而出的希望，是事业和家庭的希望让她重振旗鼓。

这个秋天，是收获的秋天。

于梦子而言，这个金秋，她收获了一枚一克拉的钻戒，兰源第一次见到这么漂亮的钻戒，亮闪闪的，精雕细琢。梦子绝对是京都最妩媚的新娘子。梦子的新郎是个爱慕她很久的男子，事业有成，稳重踏实，对梦子既有情人的浪漫，也有哥哥般的关心和爱护。

婚礼前，在办公室，梦子静静地靠着窗台，低头看着楼下川流不息的人流。

直到婚礼当日，她都没有等到老高来京找她，恐怕以后永远也等不到在上海滩的他。他对她的爱早已葬身黄浦江底，这是个喜新厌旧的年代。天长地久有时尽，此恨绵绵无绝期！

梦子说过，毕业后等他两年，她做到了，可他没有做到。

24岁的她，抬起了高贵的头颅，微笑着走入婚姻的殿堂。婚礼很简单，梦子穿着一袭洁白无瑕的婚纱，她爸爸搀扶着她，深情款款地向新郎走了过去。她的一颦一笑，让周边的空气都变得沁人心脾。

梦子笑着低声跟兰源和阿宋姐说："直到和老高做了多年朋友，才明白我的眼泪，不是为他而流，也为别人而流。"

是啊，如果说牵牵手就像旅游，那么成千上万个门口，总有一个人要先走。

梦子在婚礼现场把手中的百合花送给兰源，铿锵有力地说："'三公主'，我把幸福和好运送给你，不要再去等丸子了，他真的不再是你的丸子了，乖。"

兰源笑了，泪水打湿了她瘦小的脸庞："嗯，梦子，你也要幸福，早生贵子！"

今年秋天，兰源终于如愿贷款买了套大房子，装上了大气豪华的水晶灯。她还买了套顶尖的音响，一套非常柔软的沙发，窝在上面，一盏台灯，一壶花茶，听着*Hotel California*。她总算实现了自己多年的梦想，在北京有了自己的家，不再像蚂蚁似的到处搬家。

她努力让自己变得高贵点、矜持点，更瘦些，像个真正的公主一样在城堡里等着她真正的王子出现。

第十八章
不爱才会觉得你坚强

一晃，就到了第二年，也就是2006年的夏天。自从上次与丸子蟒山别后，两年光景如白驹过隙，兰源宿舍四姐妹，除了马大姐已经远赴新加坡发展，其他三人还一直在社会上磕磕碰碰地为在北京过上体面的生活而不懈奋斗着。2006年7月，柳轩就要大学毕业了，那天在MSN上，他喊了兰源一声，打破了两年的沉默。她像中了彩票一样兴奋不已，应答了一句，但内心又微微颤抖了一下。她记得在蟒山山顶上曾说过，除了生老病死，以后彼此不要再联系。

“小兰，两年不见，你还好吗？看右侧图片你瘦了好多。”

“好多了，谢谢你，弄完毕业答辩了吗？”

“是的，时间过得真快。”

兰源停止敲打键盘，往椅背上靠去，看着窗外骄阳似火。

许久，兰源回复他：“马上要毕业了，人生的痛苦会一波一波袭来的，你要坚强。”

“嗯，马上要离开学校，挺舍不得的。你这两年还好吗？”

“忙相亲，我妈大张旗鼓地给我找男朋友。”

“要求不要太高了。”

“呵呵，随缘吧。”

“阿姨肯定也希望你尽快找个好人家，毕竟青春不等人。”

“嗯，我会在奥运会之前嫁出去的。你呢，有什么打算吗？考研还是工作？”死板的文字丝毫挡不住她对他的关心。

柳轩过了很久都没回复她，她在电脑这端焦急地等待着他的回复。

“找我什么事？”她突然冷冷地说。

“对了，小兰，我就是想告诉你，我毕业后要去厦门工作四年，组织上安排的，我很舍不得北京，舍不得你们，谢谢你一直对我那么好！”

他沉默了一会儿，对话框里弹出了一个巨大的心形图案，她没回应。也许是怕大家尴尬，他沉默一会儿后敲打过来一句话：“抱歉，发错了。”

她就当他是真的发错了，心里五味杂陈，沉重地敲打着冰冷的键盘：“为什么？为什么我这么艰难都留在北京了，而你却要离开北京？”

“唉……”

“几号走？”

“下周四。”

“念你喊我一声姐，我去送你一程吧。”兰源擦掉了眼角的泪水，那种即将天各一方的痛阵阵袭击着她。

他沉默了近一刻钟。

兰源在电脑这头一直等待，未果，自己冷冷地输入：“放心，我已经不是两年前蟒山上的小兰了，更不是四年前初识你时的‘三公主’。”

“嗯，北京站，K307，7月20号上午，11点55的车。”

“OK.”

兰源迅速下线，她怕柳轩变卦。说实话，一晃两年没见，她挺想见他最后一面。上次还是在天寒地冻的蟒山，这次赶上炎炎夏日，他变了吗？沧桑了吗？兰源觉得她已经擦干了回忆里的泪光，路还长，她要勇敢面对他，解铃还须系铃人。

等待的日子如此煎熬，兰源寝食难安，希望那天永远不要来临，这样至少他们都还生活在京城的这片天空下，他在海淀，她在朝阳。

这个特殊的周四如期而至，太阳收敛了它毒辣的光芒，外面小雨霏霏，天气极其闷热。兰源梳理好齐耳的短发，穿着白色贴身衬衣，下身穿了条粉色淑女小裙子，单肩挎了一个芥末黄的小包，脚上穿着一双非常精致的米色小皮鞋，拿着一把湿淋淋的浅蓝色的带蕾丝花边的雨伞，走进了人头攒动、到处上演分分合合的北京站。

她经常去的是北京西站，因此对北京站极不熟悉，她踮着脚，扯着脖子看着身边各种密密麻麻的指示牌，努力去找寻心中想念已久的柳轩。

兰源好不容易挤到了6号候车厅，环顾四周，竟然没法在人群里找到那个她曾经最爱的丸子，她着急地看了一圈又一圈。

这时候，手机响了，是他的电话，兰源赶紧接通。他在电话那头稳稳地说："小兰，我都看你半天了，你还在到处张望，我就坐在你左手边第六排，穿着灰色T恤。"

"哦，左手边第六排，我找找……"

她循着指示望过去，那个曾经风度翩翩的男孩，站在人群中冲她似笑非笑，他穿着灰色T恤，军绿色长裤，英姿飒爽，手里拿着一本书，美得像幅画。

兰源呆呆地驻足了几分钟，任凭雨伞上的水滴答滴答地滴在她的皮鞋上，她就一直这么远远地看着他，正如她第一次去丸子家，远远地看着他缓缓向她走来。

曾几何时，她还骂丸子斯文败类，只可远观不可近窥。如今，她冲他绽放了甜美的笑容，发自内心地欢喜。

柳轩慢慢向她走过来，兰源的心依旧忍不住怦怦乱跳，她深呼吸几下，装作无所谓的样子冲他开心地笑了起来："柳轩，你让我好难找，既然看我半天了，干吗不早点喊我？在人群里望眼欲穿的滋味很难受的。”

柳轩紧紧地拿着那本书，嘴角依旧轻微上扬，他慢吞吞地说着，语气很幽默：“我看到一个穿着粉色小裙子的美女走了过来，很像小兰，但这举手投足的优雅和从容是我不曾见过的。我想多看一会儿，以确认是不是你。你瘦了好多，会有很多男孩喜欢你的，希望你相亲顺利，奥运会只有两年就要举办了。”

“我都25岁了，该有点女人样了。”兰源高高地抬起瘦削的下巴，冲他妩媚一笑，“你嘴巴还是那么甜，走到哪儿也不会缺女人的。”

他很快不悦地收起了嘴角的笑容，双手叉腰，将头扭向了一侧，看着旁边的同学在开水间接水。他们僵持了一会儿。

兰源没想到阔别两年的他们会以这种方式开始久违的会面。

她打破了尴尬：“在候车厅你还看书啊？看的什么？”

“《沉思录》，我之前一直都没看，现在是需要读它的时候了。它不像有些哲学教科书那般枯燥，而像一潭活水，贯穿于人生的每个细节，流泻于小道之上、山水之间，随手掬来，涤荡心胸。我经常在火车站候车的时候读。”

“在我最孤独的时候，我一直看书，书能让你忘记内心很多的困惑和痛楚。”她微笑着说，看着他那张帅气的脸庞，以后就要看不到了。

柳轩抬头看她一眼，很快又把头垂了下去。

她的心痛了一下，依旧狠狠地盯着他，或许下一秒就只能看他离去的背影了。

如今，兰源变得富有了，也变得更漂亮了。柳轩的视线却总是游移不定，不敢与她对视。好像兰源对他而言，就像夏日正午耀眼的太阳，让他不敢凝视。

人群涌动。

“你能不走吗？”兰源开口，近乎哀求。

“我前阵子读了一本书，书中说：‘我一度以为自己是种子，被这季风吹来吹去，但我终于意识到，我不是种子，我就是连着根的植物。

至于我是一棵什么样的植物，我看不到我自己，那得问其他的植物，至于我为什么一直在换地方，因为我以为我扎根在泥土里，但其实我扎在了流沙中。’身不由己，我要走向我的目的地。”他一直低着头，不看她的眼睛，声音特别轻，特别无奈。兰源往前走近了一步才听清楚。

“流沙是一个能把人吸入无底洞的大怪物。我们可以把你救出来，让你扎根在这京城的泥土里不好吗？”她的眼睛开始有些模糊，语气有些急促。

“兰源，将脚从流沙中拔出来需要抬起一辆汽车的力量，如果生拉硬扯，那么在流沙‘放手’前，人的身体就已经被强大的力量扯断。此举造成的危险远高于让我暂时停在流沙当中。”他叹了一口气，总算抬起了那双迷茫的眼睛看着她，用手挠了挠头皮。

“一定要去四年吗？”她多希望他说不用。

“是的，服从安排，别无选择。”

“你还会回北京吗？”她迷茫地盯着他的双眼。

“我不知道。‘人生到处知何似，应似飞鸿踏雪泥。’”他叹了口气。

这盆冷水浇得兰源全身冰凉，仿佛置身于寒冷的北极，但她还是很谨慎地掩藏了内心太多的牵挂，像安慰弟弟妹妹一样安抚他：“那好吧，你从没出过远门，在外多注意安全，多回来看看你爸妈。儿行千里母担忧。”

“我会的。”他看着她说。

“为什么不坐飞机？坐个K字头的火车，三十多个小时，有必要这么自虐吗？”她特别生气地说着。

“也是组织上买的票。”他无奈地笑了一声。

她皱了皱眉头，忘记了他刚说完她优雅和从容。

他抬头瞟了她一眼，很快又看着身后那些朝气蓬勃的同学，一个个笑得特别可爱。

“我不怕。对了，雅美怎么办？也去厦门吗？”

“她留京了。”他低声说着。

“那你们以后怎么办？”

他终于看着她的眼睛：“以后的事都说不好。‘命里有时终须有，命里无时莫强求。’我们所做的、所经历的，遇到的人和事，一切都是事先安排好的。就像我四年前认识你，之后认识她，一切都是宿命。我现在觉得，生命的最高境界是崇尚自然。”

“我没听明白，什么叫崇尚自然？”兰源很诧异地抬头看着他，“雅美是你四年的爱人，你怎能对这段感情如此悲观？”

“这次去厦门，我没有想跟她怎么样，因为我知道我想怎么样也不如命运之神挥挥他的一根小指头。是坚持异地恋，还是成为最熟悉的陌生人？是执手偕老，还是劳燕分飞？冥冥之中早有定数，现在的我，好比被抽掉了灯芯的油灯，心有余而力不足。”他把头埋得很低很低。

“你不要这么悲观，谁都要迈出这一步，你不会失去她的。不管你想不想，人都是在跌跌撞撞中学会长大、学会承担的。男儿有志在四方，长大了你才能有所成就。爱迪生说过：‘有所成就是人生唯一真正的乐趣！’”

兰源知道柳轩遭遇了毕业后的迷茫，就像当初的她，从大学迈入社会，需要很大的勇气走出第一步，而他的第一步却是远赴相隔千山万水的福建，她担心他那双会弹奏钢琴的纤细的手能否承担得起未来的种种艰辛。柳轩不像茫茫大漠上的雄鹰，自小就习惯了振翅高飞，鸟瞰这苍茫的广袤世界，他可是一只如此精致漂亮的金丝鸟啊。

“对了，柳轩，我前几天去雍和宫拜佛，给你求了个平安佛，已经开光了，你随身带着也好，搁在家里也行，能保你平安，很灵的。”兰源小心翼翼地从小包里取出一个蓝色的精致的平安佛袋，递给他。

他微笑地看着她说：“你还那么迷信啊，大热天去雍和宫烧香。”

“人总是要有些信仰的，对吧？拿着吧，出门在外，平安是福。”她轻声说着。

他双手接住了，攥得紧紧地，低头不语。

兰源看了一眼他身后不远处的几个同学，轻轻地问：“对了，雅美呢？”

“我早上没让她来，怕她哭哭啼啼的更让人伤感，我不想看见她哭得那么难受。”此刻的柳轩如此怜香惜玉，兰源好像被灌进去了一坛子陈年老醋，非常不舒服。

兰源瞬间发现，她还是那么在乎他。

兰源脸上的笑容一扫而光，一丝愤怒直挂眉梢，酸溜溜地脱口而出：“那我呢？你就不怕我也哭哭啼啼，比她更伤感更难受吗？”

“你不会的，”柳轩把头扭了回来，盯着她的眼睛，深呼了一口气，“你是我见过的最坚强最独立的女人。你与众不同，老天爷给了你胆识和勇敢，你是那种没有男人也能活得很好的女人。她不一样，她需要人保护，我怕她受不了。”

兰源像一只受了伤害的小狗，往前逼进了两步，近得似乎能感觉到他的心跳。兰源狠狠地盯着他，想打他一拳头却又那么舍不得伤害他。

夺眶而出的眼泪像断了线的珠子，兰源咬着牙说：“再坚强的女人也是水做的，你对我的感情怎能这么无所谓？我就不值得你怜香惜玉吗？好歹也相识一场，我这眼泪是你逼出来的，你得给我擦干净！”

“这里有很多同学呢，”柳轩冲身后不远处拥挤的人群中张望了一眼，不紧不慢地从包里拿出一张纸巾递给她，像劝小妹妹似的：“你干吗也哭啊？早知道就不让你来送我了。”

“怎么现在知道说‘早知道’了？如果可以，我宁愿说早知道会有今日看不到尽头的孤独，我四年前就不该接你这一单，这么些年就不该如此执着地爱恋你。不要跟我说什么‘早知道’，已经太晚了。”兰源憋红了脸，委屈地诉说着。

丸子抬起迷茫的双眼，看着她，欲言又止：“小兰……”

她抬起头，看着柳轩那双冷冷的眼睛说：“四年多了，难道在你眼里坚强独立的我就没有丝毫的感情吗？不是的！我告诉你，柳轩，你只读懂了我的表面，并没有看见我暗潮汹涌的内心，就像你只看见我笑的时候，却从来没有看到我哭泣的样子。我和所有喜欢你的女生一样，有血有肉，这些年始终牵挂着你。我一个人努力地生活在这个城市，拼命打拼，不管有多苦，只要想到你和我在一个城市，想到你曾给我的那些温暖，我就觉得自己并没有那么孤独。可是，你现在呢？对我招之即来，挥之即去，你太恶心了！”

兰源心如刀绞，数次哽咽，她透过模糊的双眼，依稀看见柳轩眼神里流露出的一丝惭愧。

她深吸一口气，继续说：“柳轩，我宁愿你冷酷到底让我死心，也不想今天来到这儿受你的伤害。你有什么资格喊我最亲的姐姐？谁愿意做你最亲的姐姐？我不稀罕！你给我滚远远的，永远都不要回来！”

兰源丢掉了优雅和从容，狂奔出那个七月里让她感到冷若冰霜的候车厅。

柳轩紧追着出来，在大厅出口的拐角处，紧紧拽住了兰源的胳膊，她像头愤怒的母狮，玩命地反抗，他用强有力的双手，使劲按住了她，低头凝视她红肿的双眼：“小兰，对不起，对不起！”然后，把她紧紧地拥入怀里。

兰源失声痛哭，眼泪流淌在他的胸口。她是多么爱他，多么舍不得他离开。

柳轩在她的右脸颊上轻轻地吻了一下。

兰源想起这四年的悲伤和孤单，愈发哭得撕心裂肺，慢慢放弃了挣扎，用颤抖的双手使劲搂着他，生怕他会离开。

她慢慢地抬起头，轻声对他说：“丸子，我还能再爱你吗？求你对我说声‘我爱你’好吗？如果雅美不愿意等你，我愿意等你，只要你以后不嫌弃我比你大，我愿意再等你四年……我会等你回来的。我也可以去厦门开公司……我会说服我妈妈的，我一定会的……”

柳轩的眼眶湿润了，但他没有勇气看兰源那双凄怨的眼睛。

他把头埋得很低，脸颊轻轻地顶着她的额头，继而更紧地抱着她。

兰源感到呼吸有些困难，这种类似捆绑的拥抱还是第一次。她一直等着柳轩回复，可是柳轩最终还是没有说出“我爱你”这三个字，也没有说“对不起”三个字。

兰源不知道是自己说话的声音太轻，柳轩没听见，还是柳轩现在根本没法给她任何承诺，也可能他根本就不爱她了。

她的心一阵冰凉，身上就像结了霜，柳轩的沉默让她无地自容。

汗水和泪水将她前额和右侧的头发打湿，兰源现在看起来就像只刚出生的湿漉漉的小羊羔，她不曾抬头，也不愿再抬头看柳轩那双绝情的眼睛，她一字一字地告诉他：“既然你不爱我，那你现在就滚吧……不要再联系我了，你是死是活跟我都毫无瓜葛。”

他还是沉默，让人深恶痛绝的沉默。

兰源使劲推开了柳轩，推开了曾经的那个丸子，默默转身，风驰电掣般钻入了人群，任凭他在身后怎么呼唤，她都坚决不回头，越走越远。许久，兰源回头望去，但黑压压的人群里再也找不到那位风度翩翩的少年。

她为什么还要回头？明知道柳轩是不会追出来的。她看看手表，他进站的时间到了，火车就要载着那个人慢慢驶出站台。

四年，或许更长，那束冰凉的白月光再也照不到她身上。

兰源忍不住蹲下去，号啕大哭，裙子的下摆早已被雨水浸湿。

有些爱情，从一开始就注定了如飞蛾扑火般让人绝望。

第十九章
飞蛾扑火

嘈杂的京城，人来人往。

远在新加坡的马大姐对兰源说，新加坡的大海很深沉很静谧，能让人忘却悲哀。为了这句话，兰源九月飞去了新加坡。

刚到新加坡，兰源的心情明朗了不少，道路两旁树木成荫，街头到处是小花园、小草坪，花香草绿，空气清新。马大姐所租住的公寓的金属网栅栏上，长满楚楚动人的常春藤，让人感到平静和清新，好一个生机勃勃的国家。兰源除了饮食不太习惯，对这里可谓是一见钟情。

都说新加坡的圣淘沙岛是个神仙岛，马来文名字的意思是“和平与宁静”，这是块能让人类不幸记忆逐步消失的地方。这个迷人的度假小岛，青葱翠绿，高耸的椰树，随风婆娑，岛上稀稀落落的茅亭，更增添南洋风情，让人远离城市的喧嚣。

马大姐把兰源带到这个田园式的度假岛屿，拿着垫单、食物、饮料、泳衣、毛巾，去海边扎营。

俩人光脚走在海滩上，看着清澈明亮的海水混着细腻柔滑的沙子在脚趾间穿梭，痒痒的。兰源和马大姐不禁会心一笑。这里的海好蓝，沙滩好美。

虽然这里的酒很贵，但她们依旧在海边喝了很多。她们跷着二郎腿，躺在柔软的沙滩上，看着太阳即将落山，天空和大海一样蔚蓝壮阔，兰源的心里舒服了许多。

“小兰，昨天在海边要求跟你合影的那个韩国帅哥，你怎么没约他来玩？那个韩国帅哥是单眼皮的吗？”花痴马大姐打趣道，眼睛里闪着星星般耀眼的光芒。

“呵呵，是单眼皮。他还只是个研究生，比我小好几岁呢。他自己来新加坡旅游，整没整过容，我不知道，再说我英文没以前那么好了，宁愿这么安静地待着。”兰源扑哧一声笑了。

“小兰，你看旁边那个看书的白人帅哥，很有莱昂纳多的范儿，主动去聊几句吧，很快就能找回讲英语的感觉了。他肯定是单身，一个人看一下午书了。”

马大姐指着旁边不远处的一位白人，二十多岁，金发碧眼，穿着白色T恤和灰色短裤，躺在沙滩椅上看书。

“闭嘴，我的马姐姐，我到这儿不是来找艳遇的。三里屯各色老外多的是，不用飞七个多小时跑新加坡来。”

“哎呀，我就怕你老惦记柳轩，你这个傻丫头。”马大姐叹了一口气，看着旁边那个白人帅哥，“你不去找这个老外也罢，咱俩这么漂亮，躺这儿半天了，他都不过来搭讪，没准是个同性恋。”

“马大姐，如果当时丸子跟我说一句‘我爱你’，我一定会等他四年的。我不怕孤独，反正孤独这么多年了，熬一熬也就过去了。”兰源看着海浪一波又一波打在沙滩上，然后又退下去。

“我觉得丸子还算有良心，如果他这样说了，我反而鄙视他，女人有几个四年？小兰，你都25岁了，四年后就快30岁了，如果到时候他在厦门守不住自己而移情别恋，岂不是终生愧对你？他承受不了你的这份爱恋，也担负不起你的青春！他现在的女朋友都不可能等他四年，现在的小姑娘可现实了。”

“马大姐，我好没出息，中邪了似的。我也想嫁到新加坡，北京有我太多伤心的回忆，你帮我在这儿介绍个男朋友吧，我不想回国了。但昨天那个韩国帅哥就算了，老吃韩国的冷面冷菜，迟早会饿死的，我还是现实点比较好。”

“小兰，不要因为一个男人而忘记了自己的梦想，也不要因为一个男人而随便婚嫁，除非你遇到了真爱。前事不忘，后事之师。你要以陶思琪为戒，不能再重蹈覆辙了。婚姻不是儿戏，你得面对现实，勇敢点。”马大姐振振有词。不知道是不是女人结婚了，悟性就跟着提高了。

“我是被月老遗弃了的孩子。”兰源迎面吹着海风，潸然泪下。

“小兰，我觉得你不能再原地踏步了，你得努力去寻找更好的，这样才能把丸子忘了。来，喝一口。”马大姐向兰源敬酒，“只要你愿意，你很快就能收获幸福，如果你不愿意，你就只能继续作茧自缚，谁也帮不了你。”

兰源淡淡地笑了一下，她想起了当年第一次去丸子家时，他放的那首小齐的《花太香》。她当时就想，这到底是个什么样的男孩，和她一样喜欢小齐。

“啊哈……你又何苦强忍思念不理她，孤舟海中晃活得四不像，还是那么想着她。啊哈……你又何苦一定要她不想放，缘分撑不长想她偏不让，何必勉强……”兰源对着眼前的大海，轻声地唱了起来。

马大姐愣了愣，陷入沉默。

兰源侧头看着马大姐，她瘦削了很多，新加坡理发贵，每次她都找个特别小的理发店，简单修剪，在异国他乡生活，水土不服，再加上陌生的文化，马大姐憔悴了很多，她为了爱人，单眼皮也割成了双眼皮，真是执着又善良的女孩。

“大三那年，我第一次见到丸子，他俊秀的脸庞、白皙的皮肤、伟岸的身材、精致的五官、孤傲的性格、高贵的气质。这么多年，我一直没告诉你、梦子和阿宋姐，我第一眼见到丸子，感到如沐春风。我暗自告诉自己，一定要好好帮他一把，帮他走完压抑的备考时光，帮他赶走内心的孤寂和空虚，不管有多辛苦。我当时又胖又穷，没个女孩子样，挺自卑的，不敢轻易靠近他。”兰源喝着酒，听海风吹动着身边的一草一木，任思绪漫天飞扬。

“我们当时能感觉得到你很喜欢他，你那么认真地备课，准备讲义，比你期末考复习和准备雅思还认真。海淀的学生你不教，大夏天大中午跑到崇文去，往返三个多小时。每次看你吐得稀里哗啦的，唉，就你能坚持。

“有时候你居然还翘课去，而且李老师的课你也敢翘，你可是名正言顺的日语课代表啊，李老师几次都被你气得吹胡子瞪眼，你还老让我给你签到，我哪儿敢啊。我们都不傻，只是不想去破坏你这份美好的感觉而已。虽然知道你们注定无果，但青春就该有些疯狂的难忘的美好记忆，哪怕是无比晦涩的，也值得一辈子去回味。”

马大姐浅浅地笑着：“我们当时想，或许爱情会有奇迹。你那么善良那么重感情，就像金庸笔下的穆念慈。丸子没对你说‘我爱你’是非常明智的，他很懂你，也很尊重你，一声‘最亲的姐姐’也挺好的，起码是一辈子埋在心底的情谊。”

“呵呵。早知道这样，他18岁生日那天，我就不应该默默地离开，而是勇敢地留下来，不去在意他的父母。都是命！”兰源抬头看着渐渐黑下来的天空，慢慢被回忆笼罩，难以自拔。

“最起码你们曾彼此真心对待过对方，有两个月聚在一起的幸福时光，同窗共读，嬉笑打骂。而我和李阳天，我永远只能远远地看着球场上和教室里的他，他却不曾喜欢过我。想想，这也是青春的遗憾吧。”马大姐静静地说着，抄起另外一瓶啤酒，“来，继续喝。”

兰源看了一眼她，又看向远方海天相接的美景。

“你说我当初怎么就那么傻，暗恋了他两年，等了他两年。”马大姐用手捋了捋耳际的短发，一副恨铁不成钢的样子。

“我们都傻，所以坐在海边喝闷酒，好在你已经有丈夫了，不再孤独，而我的未来在哪里呢？就像这大海似的，看不到尽头。”

“地球不就是这么点大的球体吗？怎么可能看不到尽头。别灰心，小兰，来，干了！”马大姐豪爽地劝酒。

“我老公夏伟给我发短信了，要我今晚跟他去他爸妈家。快四点了，小兰，我得走了，不能陪你了。”马大姐意犹未尽，“真讨厌，好不容易可以跟你痛饮一次，虽然喝这啤酒太烧钱。”

“没事儿，你去吧，我躺一会儿再回酒店。我喝完这最后一瓶就不喝了，我现在酒量特别好，醉不了的。”兰源边说边躺下去，伸直双腿，伸开双臂，完全放松，“这里很安全，我好几个傍晚都在这儿睡的。”

“好吧，那我先撤了，明天我们再一起喝。”马大姐开始起来整理衣服，收拾她的东西，“对了，明天周六，我带你去关帝庙拜拜，希望能保佑你早日冲出地球，去欣赏你所谓的‘在地球上看不到尽头的大海’。”

“嗯，去吧，我先躺会儿。”兰源闭着眼睛，聆听着海浪声、海风的声音和身边渐渐消失的脚步声。

许久，身后不远处的酒吧里传来了悠扬的欧美音乐，兰源猛地睁开双眼，以证实自己是清醒的，不是梦里所闻，现在正放着的歌曲的确是野人花园的*Truly*，*Madly*，*Deeply*。

暖暖的海风吹着鱼鳞般的海浪轻轻地拍打着岸边的沙石，音乐和海浪声浑然一体，声声入耳，如天籁之音。

在这个孤独的地方，兰源越想忘记丸子，对他的思念却越与日俱增。她整个身体，从大脑到每根汗毛都在呼唤他。她渴望听到他动情的歌声，渴望再得到他热烈的吻，渴望全身融化在他强有力的臂弯中。

借着酒劲儿和那份哀怨的无怨无悔的痴情，兰源在小超市喝了一瓶稠稠的蜂蜜醒酒，嘴里嚼着山楂片，回酒店冲了个澡，喷了很浓的香水，擦了很厚的BB霜，居然顺利地通过了安检，然后梦游般拎着行李踏上了飞往厦门的航班。她欺骗了马大姐，撒谎说国内有急事，日后再一起去关帝庙。

四个小时的漫长飞行，感觉像穿越了整个银河系。凌晨一点，她终于在厦门临海的一家酒店安顿下来。

第十九章

飞蛾扑火

兰源窝在酒店的沙发里，抬头看着窗帘，心急火燎地拨通了丸子的电话。电话响了很多声，她才听到了阔别两个月的熟悉的播音员似的声音。

“小兰。”丸子轻声说着，语气很惊讶。

“丸子。”她弱弱地回答，酒后开始头疼了。

“我在，这么晚了，你还没休息啊？”他内心一阵惊喜，她多久没有喊过他丸子了。

“我没休息……你睡了吗？”她说话的时候挺难受，或许是因为蜂蜜太甜又喝得太多，飞了那么久非常反胃，她刚在飞机上还吐得一片狼藉。

“你怎么了？很难受的样子。”他问。

“没事儿，有点头疼。”她掐了掐眉心，希望头疼能缓解点。

“你喝酒了吧？”他叹了口气，轻轻地说着。

“一点。”她没有如实告诉他，“你在干吗呢？”

“刚睡着了，现在正和你说话啊。”他的语气带着惊喜和茫然。

“一个人吗？”她眯着眼睛问着，劳累让她倍感头晕。

“对面屋还有个男同事，也睡了。”他轻声说着。

“男同事？这么巧。我刚和同学聊天，想问问你，几年不见，你……你是不是变成同性恋了？”她结结巴巴地问，起身躺在床头。

“什么？”他轻声笑了一下。

“你是同性恋吗？”她又说了一遍。

“不是。”他很肯定地说着。

“那你……是不是双性恋？”兰源开始有些语无伦次。

“小兰，你喝多了。”他弱弱地回答。

“快回答我。”

“不是，我很正常。”他一字一字很无奈地说着。

“这么多年，你为什么不肯说你爱我，你怕什么？”她很痛苦地嚷嚷。

他沉默了。

“丸子，我刚从新加坡飞到厦门。”她光着脚，站了起来看着窗外的大海，那一眼看不到头的黑压压的大海。不一样的大海，却是同样的寂寞。

他沉默不语，兰源能听见他的呼吸声。太安静了，时间嘀嘀嗒嗒地在他们的沉默中流逝。

“小兰……”他打破了沉默，却欲言又止。

“长话短说，我现在就在厦门，我……我想……我想见你。”她上嘴唇咬着下嘴唇，艰难地说出了这句话，她知道说出这话的后果是什么，为了证实他是不是同性恋，或许是为了证实他爱不爱她。

电话那头沉默了片刻。

“现在吗？”他特别轻地问着，仿佛在梦中。

“对，就现在！”她回答得斩钉截铁，她怕她不说以后会更加后悔，“这不是做梦，我的确就在厦门，我今晚漂洋过海就是为了来找你。”

沉默，还是沉默，久久的沉默。

“你不来的话，我一会儿就飞回北京，以后再也不来厦门了。”她借着酒劲儿，亢奋地嚷嚷着。

“我……我过去看你……你住在哪儿？”他还是很轻地说着，有些不知所措又无可奈何。

“临海路珍珠大酒店2520房。”她照着酒店书桌上的服务清单页脚的地址念着，“丸子……你一定要来。”

“好，我一定来。”他掷地有声，兰源的内心一阵惊喜。

“好。”不管丸子来还是不来，她的内心都非常惶恐。

兰源那么想拥有他和被他拥有，他未娶，她未嫁，就算是飞蛾扑火，她也在所不惜，哪怕跟他只有短暂的温存，她也无怨无悔。此时，在酒精作用下，她已经变得盲目不堪。

兰源在厕所洗了把脸，然后宽衣解带，她端详着镜子里自己的脸和身体，依旧白皙透亮，该有的曲线清晰可见。她还在自己最美好的青春年华。

今晚把自己给了丸子，她无怨无悔。她越想越紧张，浑身汗毛竖立，心跳快得像疾风骤雨。她给自己补了补妆，一会儿又觉得还是裸妆好，于是补了又擦，擦了又补。唯一不用折腾的就是她那头利落的短发，随意往耳际一捋，也显干练。

兰源使劲掐着自己的眉心，她像热锅上的蚂蚁一样惶恐不安地在床边焦虑地踱步。

终于走累了，她索性舒舒服服地躺在床上，闭上疲惫的双眼，放松倦怠的身躯，陷入沉思。

思君如明烛，煎心且衔泪！仓促之中，兰源又起床去洗了把脸，洗着洗着，她突然哭了，今日之后，明日何继？陷入三角恋？柳轩如何面对北京的雅美和他的良知？她又如何面对自己？

对于感情，尤其是自己那么用心爱过的男人，兰源没有他骨子里那种冷酷的力量说忘就能忘，露水夫妻之后，她以后的日子何以为继？

她还能再等他四年？

父母能让她等他四年？

他或许无法给她想要的稳定的感情，丸子对兰源而言，就像一棵罂粟。

她爱他，把自己放得很低很低，低到了尘埃里，一直努力期待他们之间的爱情能生根发芽开花。如果今晚兰源把精神和肉体全都给了他，那么往后她可能真的会低到尘埃里，任他蹂躏成为腐烂的淤泥。她不能做这么苦不堪言的低贱女人。兰源到现在才发现，她居然还是没有飞蛾扑火的勇气。

如醉方醒。

她不会让自己再错上加错，她急忙穿好衣服，即刻退房。

兰源头也不回地冲向了外面，任凭大雨滂沱冲洗着迷茫的灵魂，脸上流淌的不知是泪水还是雨水。

她从没有如此释怀如此开心过，真正的释然来自于你内心坦然地放下，如果她能勇敢面对生活，尽一切努力去学会取舍，幸福就不会离她太远。

第二十章
我要你的眼泪到今天为止

厦门一别，第二年的“五一”前夕，兰源奉妈妈的命令见了一个男孩。他叫刘子瑜，据说各方面条件都非常好，高大，帅气，北京户口，家境殷实。

起初她是不愿意去见的，奈何不了妈妈苦口婆心。

此前兰源已经见过好几个北京男孩，那些男孩要么嫌弃她是外地户籍，要么吃顿中辣的湘菜就辣得找不到北。兰源觉得南北差异太大，还是找个南方人更合适，况且这个刘子瑜还比她小半岁。

兰源和子瑜相逢在一个风雨交加的傍晚，六七点钟，她用手捋了捋清爽的短发，随便穿了一身便装就去了。

如约而至，双方父母给他们做了介绍。兰源和子瑜默默地听着，向对方点了点头，简单问候了一下，努力借着微弱的灯光看着对面这个人的脸。

“子瑜，你能吃辣吗？”兰源待长辈们离开后，很快就抛出了第一个问题，也是最重要的一个问题。

“什么？”子瑜刚下班，还有一丝困倦，听到这句话，猛地打起了精神。

“我刚想问你，能吃辣吗？”兰源重复了一遍，为自己如此的坦率尴尬一笑。他们打着一把伞，兰源妈妈走的时候悄无声息地把她的伞给拿走了。

“能吃辣啊，我最喜欢吃大学校门前的烤玉米和烤羊肉串了，烤完后撒上一层厚厚的辣椒粉，再来几罐啤酒。”子瑜饶有兴致地说着。

借着灯光，他侧身看了看兰源，刚才大门口太暗，他们都没看清楚对方的长相。兰源也侧身看了一眼他，她妈没吹牛，果然是个帅气的小伙子，长得有点像蔡国庆，赏心悦目。

“烤玉米我也喜欢。我以前住在昌平农大校园里时，老去校门口吃烤玉米，不过我那会儿还不会喝酒，我不怕辣，不用喝水。”兰源哈哈大笑，以后相处的饮食问题貌似解决了。

“为什么问我能不能吃辣？”他一手打伞，另外一只手轻轻地摸了摸后脑勺，兰源的开场白让他诧异，以往的相亲对象都只问他学历、毕业院校和家境等。

“呵呵，我有个好朋友叫马大姐嫁到了新加坡，她的饮食习惯和她老公的有天壤之别，她吃肉，她老公吃素。这样两个人结了婚生活在一起多可怕。所以，她千叮咛万嘱咐，以后找老公一定要找准口味，否则婚后互相迁就太痛苦了。”

子瑜笑得特别开心，仿佛忘记了一天工作的困倦。兰源忍不住侧身再看一眼他，只见他脸上露出了一个深深的酒窝，跟她一样，就一个。

“哇，你也有一个酒窝啊，我也有一个，就一个。”兰源忍不住看着他笑了，像发现了新大陆。

“我看你有两个酒窝啊。”他睁大了那双不算大也不算小的单眼皮眼睛。

“就左边一个酒窝，右边那个是小时候跟别人打架被推到石头上留下了一个洞，后来伤口愈合了，一笑居然有个小窝。老天爷对我还算公平，没让我破相。”她呵呵笑着，突然感觉和第一次相亲的人说自己小时候打架的事不太合适，十分懊恼。

“为什么打架？”他继续问。

“因为我妈是外地人，城里人欺负我，我就反抗。”兰源振振有词，就像和老友倾述衷肠。她妈千叮咛万嘱咐要她淑女点优雅点，她全都忘了。

“你打架吗？”她抬起头问他。

“打啊，当然打，你女孩子都打，男孩子打得更多了。”他提高了分贝。

“哈哈哈，我妈说你很老实。”她咧开嘴巴笑了。

“我打架不告诉我妈，她不知道。”他扬扬得意地说着。

“对了，我刚收拾好行李了，明早飞宁波。”她抬头告诉他，“去当伴娘，新娘子还给我找了个帅气的伴郎呢，我妈命令我先来见你。”

子瑜也侧过脑袋看着她：“我明天的火车去内蒙古大草原，行李还没收拾呢，刚下班就被我妈抓到这里来了。不过是和一个男同学去，俩大老爷们儿不是去相亲，是去玩。”

他俩相视一笑，有种一见如故、相见恨晚的感觉。

“兰源，你去过新加坡吗？就是你刚才说那个爱吃肉的同学那里。”他岔开了话题。

“去过，我很喜欢那里，尤其是那儿的大海，去了就不想回来了。”

“那你这么漂亮，在那儿肯定很受瞩目吧？”

这个家伙第一次见面就夸她漂亮。兰源猛地盯着他看了看，心想他嘴巴还真甜，该不会是个油嘴滑舌的家伙吧。

兰源晃了晃脑袋，也不谦虚地说：“有点，走到小印度那个地方时，被一些棕色皮肤的印度人盯着看，有点不舒服。或许是因为我太白净了，去了欧洲就不会这么扎眼。”

“哈哈。”

“子瑜，我跟你说，我想在小区后面打篮球，可我妈怕我有损淑女形象更加嫁不出去，坚决反对。其实，我压根就不是淑女，做事雷厉风行、嘻嘻哈哈的。”兰源侧过身，停住了脚步，抬起头看着子瑜。他俩在公园里一圈圈地走着聊着，天太黑了，她没有完全看清楚他的脸庞，只知道他很高大，很贴心，谈吐有节，温文尔雅。

子瑜听后，浅浅地笑了，慢慢地说：“我不白，以后我也要去新加坡，看看有没有印度姑娘喜欢我，最好是一见倾心的那种。”

“哈哈，现在天太黑，我看不出来。你如果真黑，她们一定会喜欢你的。”她快乐地笑了，他真幽默。

子瑜绝对是个中规中矩的好男人，而兰源也是个不施粉黛、简单淳朴的女人。

他们一直开心地聊着，天南地北。

子瑜继续迎着风雨，艰难地给兰源撑着伞，自己的半边身子都湿透了，而她只是胳膊湿了一点点。借着桥边明亮的路灯，兰源偷偷看了他一眼。鹅蛋脸，既有南方男子的清秀，又有北方爷们儿的粗犷线条，鼻梁高挺，单眼皮，戴一副薄薄的眼镜，更显得知书达礼，加上硕士学历，父母背景好，且家境殷实，刘子瑜果然是兰源妈妈这种中国新一代丈母娘所钟爱的那类女婿。

不知道他俩在公园走了多久，公园里的人越来越少。

“兰源，去宁波一路平安。”他关心地说着。

“嗯，坐飞机，生死有命，富贵在天。”她答道。

“浙江人爱吃海鲜，不爱吃辣，你可别吃不下饭生病了。”他故意提高了分贝提醒她。

“我知道，我讨厌吃海鲜。”兰源用手捂紧了衣服，四月底下着小雨的夜晚还是有点凉。

“有点冷吧？你披上我的外套吧。”子瑜停住脚步，把外套脱下来给她披上，饶有兴致地继续说着，“我特别喜欢吃海鲜，要是我没买票去内蒙古，我一定跟你去台州。我也要去吃螃蟹，吃蟹黄豆腐。我起初一直想娶个养螃蟹的。哈哈。”

“谢谢。”兰源低头嫣然一笑，子瑜是个细心的男孩，这件外套着实温暖了她。她也顾不上矜持，跟着他一起哈哈大笑起来，“我当初还想嫁给老干妈那个老太太的儿子呢，一辈子有吃不完的老干妈。”

他摸了摸后脑勺，笑得像个孩子。

他止住笑，说着：“等你回来，我再约你。”

“没问题。”兰源用手擦去脸上的雨滴，抬起头看着他，“跟你聊天，我很高兴。”

他的眼神非常肯定：“我想请你吃西单的变态辣鸡翅，非常有名。我有一次辣得不行，捧着醋瓶就喝了。”

“京城竟有这样的美食？”兰源睁大眼睛，喜上眉梢。

“对，在一个小胡同里，等你回京我带你去。”

“好，不早了，我们往回走吧，明早我们还要各奔南北呢。”兰源冲他露出了灿烂的笑容。

“我妈太讨厌了，把我的伞拿走了，让我跟你共打一把这么小的伞，你还只顾着我，我看你都淋湿了大半个身子，回家吧。”

“好的。对了，楼下商店有卖吊炉花生的，特别好吃，我买两袋给你，你明天带路上吃。”他主动献殷勤。

“哇！真的？我很喜欢吃花生，我妈没告诉你吧？”提到吃，兰源总是笑容满面。

“阿姨真没有告诉我，我买过，很好吃。你路上当零食吧，毕竟你直飞宁波，还得倒车去台州。”他尴尬地笑了。

“太好了，那就谢谢你啦。我们赶紧去吧。”兰源跟他并肩往大门口的商店走去。

走到商店，借着明亮的白炽灯，兰源才看到了一个灿烂、帅气、年轻的子瑜，没有他自己说得那么黑，当然兰源本人也没有她自己说得那么白。只不过他们的酒窝里都洋溢着久违的快乐，兰源的在左边，子瑜的在右边，凑成了一对甜蜜的酒窝。

一周后，回到北京的他们已经换上了凉爽的夏装。他们开始约会了，首站当然是兰源惦记已久的西单变态辣鸡翅。真的太变态太辣了！他们俩辣得已经没了人样，脸也红，唇也红，满头大汗，四目相视，感觉就像找到了久违的战友。

子瑜领兰源去吃北京老字号三元梅园的奶酪甜点，她空着肚子去，本以为可以大战一场，结果呢，她特别斯文地、文质彬彬地将奶酪分成若干米粒大小，再一点点缓缓地送到嘴巴里，然后若有所思地慢慢咀嚼好几秒，吃得很是痛苦。

子瑜笑道："兰源，你不必如此斯文，大口吃。"

兰源大惊："不是我斯文，而是这奶酪太甜了，我平常几乎不吃，这也就是陪你吃。如果这一盘是辣椒的话，我可以一口搞定。我能跟马大姐一顿吃掉2斤水煮鱼，豆芽都吃光光。"

子瑜看着她，莞尔一笑，他知道兰源不是淑女，而是个实实在在的爱吃辣椒的吃货。

子瑜还带着兰源去他小时候经常晃荡的日坛公园。她从来没去过，很兴奋，看着湖边怡然自得的垂钓者。子瑜问她："兰源，你爱钓鱼吗？"

兰源迅速瞥了他一眼，很诧异地回答道："我喜欢到河里去抓鱼。"

"抓到过吗？"他忍俊不禁。

"我不会游泳，没有抓过大鱼，只能在浅滩边抓抓小鱼小虾还有蝌蚪什么的。"兰源笑得像个乡下孩子。

子瑜哈哈大笑，笑得那么可爱。

兰源想，子瑜肯定不会喜欢她这样的女子，或许等他了解她之后就会放弃，他相过那么多次亲。但事实上，子瑜钟情于兰源，钟情于单纯、直率的她，尤其是她那双有着很多故事的深邃的大眼睛。这些都是子瑜后来告诉她的。

兰源自然也带子瑜去川式火锅店和湘菜馆，很幸运，子瑜很能吃辣。

一天，他俩在重庆辣妹子火锅城，点了超辣的麻辣锅，湖南和四川人吃都要三思而后行的那种。子瑜一直照顾着兰源的饮食，夹菜，倒茶。她实在饿了，埋头享受着美食，根本顾不上回应他，肚子吃得鼓鼓的。子瑜毕竟是北京小伙，看着满锅辣椒和花椒，满头大汗，小脸微红，除了擦汗，不停喝绿豆水。

兰源也擦擦汗，看着子瑜呵呵笑了，继续奋斗，不浪费，争取不打包。子瑜突然来一句："兰源，你的确能吃，而且不挑食，这样的女孩子真好。"

"你说什么？"

兰源突然被嘴里的辣椒呛到，猛烈咳嗽了几下。子瑜赶紧坐到她身边拍拍她的后背："小心，呛到了吧？赶紧喝口水。"

兰源很无语地抬起头，噘起嘴巴看着子瑜，笑得好开心："子瑜，这年头，能吃也能成为女孩子的优点啊？以前有个男孩就经常笑我吃得太多，长得太胖，总是损我。"

子瑜含蓄一笑，给她递上了一杯绿豆水。

子瑜舍命陪兰源吃辣椒的劲头，她铭记在心，乐在心里。

子瑜每次跟她约会，都会买些吊炉花生、蜂蜜柚子茶、酸奶、巧克力给她吃。因为子瑜爱吃辣，兰源也会送些湘式红烧排骨和骨头萝卜汤给他补身体。当然，那些是兰源的爸爸做好，她送过去的。

子瑜送了只精致的小靴子给兰源，是他从内蒙旅游带回来的，说他以后会一辈子追随她的足迹，保护她。兰源当时虽然表面很平静，但甜在心里。

子瑜说她是个传统的淑女，既不化浓妆，又不过分打扮，又不抽烟，优点很多。

最让兰源喷饭的是，子瑜还说她调皮可爱，温柔贤惠，而以前丸子总说她一身匪气。或许是男人的眼光不一样，也或许是她真的改变了。

一个盛夏的夜晚，外面淅淅沥沥下起了小雨，子瑜和兰源在公园湖边亭子里躲雨。子瑜突然问她："兰源，你这么优秀，为什么一直孤独到现在？”

她起身看着地面上溅起来的朵朵水花，语重心长地说：“我以前一直在傻傻地等一个男孩，等他爱我，等他娶我。直到他去年离开了北京，我才发现我不能再等他了。我妈也不会同意我再耗费四年青春去等一个不能给我结果的男人……你呢？”

子瑜用双手紧紧地抓住她的双肩，语气坚定地说：“我这些年一直在等你。见了这么多女孩，我才发现自己等的就是你。我想，我不用再等了，我要的就是你。”

她幸福地哭了，侧头转向波光粼粼的湖面，轻声说着：“子瑜，又起风了。”

子瑜走近一步，紧紧地搂着她，吻着她的唇，吻着她孤寂的灵魂，兰源那颗孤独惯了的心瞬间好温暖。等了这么多年，兰源的心总算踏实了。她想自己已经找到了生命的港湾，找到了生命中那个守护她的男人。兰源第一次感谢上天赐予她那么好的子瑜，并给她幸福。

她真心诚恳地祈祷这种幸福能持续到永远，而不是昙花一现或中途夭折。

半年后的中秋节，子瑜牵着兰源的小手，两人笑得如此甜蜜，一起来到东城区民政局楼下。子瑜反复问她一句话：“兰源，你选择我会后悔吗？”

她斩钉截铁地回答：“不会后悔！”

“真的不后悔吗？”他温柔地扶着她。

“绝不后悔！”她抬起下巴，坚定得像个公主。

“好，我们上楼吧。”

“走！”她笑着说。

他们嬉笑着，十指紧扣，迈开脚步，走到了二楼，宣誓，登记，拿到了他们梦寐以求的幸福的红本。

她哭了，子瑜轻轻地帮她擦掉了眼泪，温柔地说：“你以后就是我的亲媳妇了，我要你的眼泪到今天为止。相信我，我会让你幸福的。”

“我相信你！”她猛地投进了子瑜的怀抱，她终于熬到了头。

这一次，她终于撕掉了珍藏了多年的丸子送给她的两只绿色的纸鹤，把它们扔进了垃圾桶。

“三公主”破茧成蝶，终将迎来她的女王时代。

第二十一章
有些梦想终不及眼下的幸福重要

婚期渐至，兰源和子瑜去阿宋姐顺义的家里送结婚请柬。兰源有两三个月没见到她了，见面自然少不了热烈的拥抱。

阿宋姐和她老公简单备了点菜，他们一起喝着、吃着。言谈之间，可以看出阿宋姐对子瑜特别有好感，她认为他风度翩翩，而且很坦诚，最重要的是他总是对兰源赞赏有加。

阿宋姐试探性地对子瑜说："子瑜，我们家大妹大学时外号'三公主'，不是那种乖巧贤惠的公主，而是那种不太温柔，有点匪气的野蛮公主。"

子瑜立即反驳："没有啊，兰源对我很温柔，还老给我做吃的，很贤惠呢。"

兰源悄悄对阿宋姐说："阿宋姐，他平时都喊我'小柔'。我心情好的时候，确实给他送过几次湘式红烧排骨和萝卜汤，不过都是我爸爸做的。"

阿宋姐瞬间把饭喷到了兰源脸上："对不起，大妹，他喊你'小柔'？真的假的？笑死我了！"

阿宋姐和兰源耳语："大妹，你不怕婚后穿帮吗？"

兰源说："婚后再说，上了贼船，他就下不来了。我妈说了，好男人要及时抓住。除了丸子，我见过的最好的男人就是他了。"

"好！"阿宋姐笑得如此亢奋，太不淑女，让兰源很难为情。

"对了，子瑜，我给你看张我和大妹大学时候的照片。"

三个月大的孩子在里屋睡得正酣，阿宋姐轻轻地走进了对面的书房，弯腰打开一个抽屉，拿出一本厚厚的粉色封皮的相册。她站了起来，着急地翻着，突然眼睛里闪耀出快乐的光芒。

阿宋姐笑嘻嘻地走了过来，把相册放在餐桌上，开心地说："子瑜，你看，我和大妹大三那年的夏天在紫竹院公园拍的照片。当时我走路崴了脚，大妹硬是把我背到了桥对面的座椅上。这桥多陡啊，那么多台阶，还那么毒的太阳，后来我们就在桥上合了张影。你看。"

他们四个人一起端详着那张陈年旧照，兰源穿得好土，真的好胖。不过，她和阿宋姐笑着，嘴巴张得大大的，眼睛眯成了一条缝，脸庞洋溢着幸福的笑容。

兰源背着阿宋姐一点也不觉得辛苦，因为兰源着实太壮，阿宋姐着实太小巧玲珑。阿宋姐的左手轻轻地垂在兰源的胸前，右手高高举起她那把蓝色的太阳伞，她们那会儿怎能如此快乐？兰源依稀记得，阿宋姐当时在她后背上轻轻地对她说："大妹，我可得给你打好伞，不能让你晒黑了，你家丸子说过一胖十五，但一白遮十五，我不能再让大妹在他面前丧失尊严。"

阿宋姐："我们大妹那会儿婴儿肥，120斤多一点点，换了她现在还是那个样子，你还会娶她吗？"

子瑜思考了下，放下酒杯慢慢笑着说："嗯，我得考虑考虑。"

兰源若有所思，大学毕业四五年了，看看现在100斤的婀娜身材，再看看照片上那个120多斤的乐呵呵的小胖妞，不禁感叹流年似水。青春是美好的，青春又是短暂的，她没有在最美好的年纪展现最美好的身材，如今亡羊补牢，也算幸哉。

阿宋姐把兰源拉到书房，轻轻地说："大妹，子瑜是个非常优秀的男人，关键是他很诚恳、很憨厚，值得你托付终身。你结婚后要改改性子，女人温柔为贵，要让他上了贼船，还舍不得下来，知道吗？子瑜比你家丸子和陶思琪好多了，他们俩都靠不住。子瑜一点谎都不撒，他刚才要是说你那么胖也娶你，我就得好好掂量下他的诚意了。他也是皇城根里的人，以后孩子也不会跟你一起再漂泊了。那个丸子就不要再见面了，你再也不是他的'三公主'了，要把握当下的幸福。"

兰源抱住阿宋姐说："放心吧，阿宋姐，丸子和'三公主'的故事已经彻底结束了。我会跟子瑜恩恩爱爱，相敬如宾，白头偕老的。过两年，我还想给他生一儿一女，男孩叫俊俊，女孩叫秀秀。"

"好好好，你能这么想，我真为你高兴，大妹。"阿宋姐拍拍兰源的后背，兰源能感觉得到阿宋姐说话时已经带着鼻音。

兰源拉她坐在椅子上，问道："阿宋姐，你之前不是说明年想去广州吗？"

"是的，我没有什么大的抱负，就是个爱情至上的女人。大学那会儿跟你姐夫异地恋爱很辛苦，他家境还不好，我妈妈反对我们在一起，可是我偏偏就是喜欢他。没办法，毕业了，我要留京，他从广州过来陪我奋斗。现在他要南下发展，我要一如既往跟着他，就算我有一万个不愿意离开北京。"阿宋姐笑着回答，笑容中透露出一丝悲哀。

"可是，你们现在不也有房子了吗？能不走吗？阿宋姐。"兰源的眼泪唰唰地流了下来。

"对，如今我们虽然在北京有房，但户口不在这儿，实际上还是漂泊不定，孩子上幼儿园读小学等麻烦太大。我们可以苦，但不能苦了孩子。你姐夫想跟朋友合伙去广州开个家具厂，我们等孩子满周岁了就南下。现在动怕折腾孩子，孩子一折腾就容易生病。大妹，你会想我吗？"

兰源蹲下来，头依偎在阿宋姐的肩膀上，就像阿宋姐当年依偎着她。

“我肯定舍不得你，我们都是在北京吃过苦、受过罪的人。你若走了，这个城真的又空了更大一块了。”

“乖，别哭，还有梦子呢。”阿宋姐一边用抽纸给兰源擦着泪水，一边笑着说，“所以，阿宋姐特高兴你嫁了个北京男孩，会不会唱情歌不重要，关键要会过日子。上天对你是公平的，你在北京漂泊这么多年，总算熬出了头，可以在这个城市扎根，生孩子，当妈妈，再当奶奶，多好！我们还可以经常联系。你不是经常去南方出差嘛，常来看我就好。”

“嗯。阿宋姐，不管去哪儿，如果当地有人欺负你，你一定告诉我，我花钱找人收拾他们。”

“对了，马大姐会回来参加你的婚礼吗？”

“会的，她元旦前就赶回来，她是我的伴娘，我会给她挑一套最漂亮的礼服。她总算能看见我披上婚纱了。”兰源擦着眼泪说，“梦子她妈妈头几天老家有事回去了，她这些天只能一人带孩子，所以没来公司。她也很辛苦，一岁多的丫头把她折腾得精疲力竭。”

“梦子命挺好的，婚后老公对她疼爱有加，梦子也特别旺夫。你和她创业还算一帆风顺，有了原始积累。她和她老公两人很有头脑，一起经营小家，在京住房都好几套，还有几套写字楼呢，梦子真正成了包租婆。可惜你姐夫不太会赚钱，要不然我哪儿舍得离开你们南下啊，大不了让孩子上国际私立学校，可是我们供不起，公立学校受户籍的限制。

“不过我啊，心态好，爱他就跟他走天涯。这有娃了，更得让一家人团聚。你看咱好几个同学出国后，和国内男朋友就分手了。人在国外会很孤独很空虚，任何一个男人在你跌倒时扶你一把，你可能都会感激涕零，盲目放大他的好，这样很容易铸成大错。我记得你之前一直说想去英国读研，这事就放下吧。为了家，有些梦想是可以抛弃的。”

“我懂，阿宋姐，结婚后我一定会向你学习，做个恪守妇道贤惠淑德的好妻子好儿媳妇的。”兰源紧紧地抱住了她。

“那就好。”她抓起了兰源的手，“走，我们回去看看他们两个人喝到什么程度了，我得盯着点你姐夫，一会儿酒上头了就睡得死沉死沉的，我还得让他下午帮忙一起带孩子呢。”

“我婚后还是晚两年要孩子吧，看你和梦子这么辛苦，我很想自私地给我和子瑜放两年婚假。”

“白天黑夜地喂奶，一把屎一把尿，我累得头发都掉了好多，一把一把的。没办法，老人身体不好，所以就自己辛苦点。”

姐夫果然喝得面红耳赤，子瑜也是，不过两人还算清醒。在茫茫人海中，遇见这两个男人，成就了她们姐妹俩的终身幸福，兰源发自内心地感谢上苍。

兰源婚后一年，因为亚洲金融危机的持续影响，实体企业受到重创，兰源和梦子的公司经营得也比较艰难。抢食者太多，利润越来越薄。第二年，兰源果断退出了公司。梦子后来将公司重心转向翻译，经营得有声有色。梦子是个有非常大的决心和抱负的聪明绝顶的女孩。

而兰源的字典里永远写着知足、淡泊。

漂泊了这么多年，心伤了，心累了，贪图安逸是人之常情。兰源和子瑜的幸福来得太晚，她的读研计划也耽误得太久，这是她放弃公司的原因。

兰源准备考研期间，整理书柜时找到了一本英国地图，这是她2002年初夏买的。子瑜看见她在发呆，走了过来，轻声地问：“怎么了，好媳妇儿，看什么呢？”

“找到一本古董，我花了二十多元买的藏宝图，却没曾找到过国家宝藏。”她浅浅一笑。

“国家宝藏？”他好奇地接过来一看，笑着说，“是英国的国家宝藏啊。”

兰源顺便跟他提起她当年留学英国的梦想。没想到的是，通情达理的子瑜竟然鼓励她努力去追寻自己的梦想。子瑜郑重地告诉她，就像当初和她求婚一样：“好媳妇，我支持你去完成自己的留学梦想，不要让婚姻成为羁绊，我会在地球这端等你。”

“不行，我舍不得你和这个刚建立起来的新家。”兰源毫不犹豫地拒绝了，随手把古董扔到桌上，“这事就此打住，我就考国内的研究生，京北大学也挺好的。”

兰源说的是实话，比起出国，她更割舍不下丈夫和眼前安稳的家。漂泊海外就意味着无尽的孤独和不确定。

最终，在子瑜的鼓励下，28岁的兰源再次报考了雅思，她激动不已，仿佛当年的梦想又触手可及，她将伫立在泰晤士河旁。

子瑜对兰源的爱如此深厚，但公婆却强烈反对她出国。兰源最终还是放弃了去英国留学的梦想。她想有些梦想终不及眼下的幸福更珍贵，当年九月的雅思，她缺席了，不过无怨无悔。

兰源报考了京北大学的研究生，废寝忘食地复习，得偿所愿拿到了入学通知书。

三年后，她拿到了硕士毕业证书和学位证书，还给子瑜生下了一个漂亮可爱的儿子俊俊，一家人其乐融融。

时间确实可以冲淡一切，丸子说得没错。

兰源曾经深信丸子是不可取代的，后来才发现，那或许是因为她还没有找到更好的，也或许是因为时间还没来得及冲淡那些记忆。只不过偶然间她依旧会想起远在厦门的丸子，这些年，他过得还好吗?

第二十二章
晴天霹雳

2015年初，兰源住院，她被诊断患了绒毛癌，需要住院化疗。

她特别恐惧，她怕死，她放心不下三岁的孩子。

子瑜握着她的手说：“不要怕，好媳妇，只要你能勇敢进行化疗，绒毛癌大部分是可以治愈的。你如果头发掉了，我和儿子一起陪你剃光头。趁掉头发前，我带你多出去玩玩，多拍些照片。你是我坚强的好媳妇。”

可是，兰源还是很恐惧，前所未有地恐惧。她每天诚惶诚恐，以泪洗面，变得更加孤僻，任何人的电话都不接。不过，看着年幼的孩子，她坚定了化疗的决心，并试图让自己开心过日子。

直到入院化疗前一天，阿宋姐还交代兰源多念经。可是她道行浅，很多经文都读不通，于是她选择拜佛。佛乐暖心，果然让她鼓足了勇气。

这年一月份的一个周四，兰源开始了人生的第一次化疗。

早上七点半，办理好各项入院手续后，穿过犹如春运火车站般拥挤的门诊大厅，推开肿瘤日间病房那扇厚重的大门，一间60多平米的大开间映入眼帘，三面都是米黄色的推拉靠椅，每个靠椅旁边放着一个瘦高的支架，是用来吊瓶子的。好在屋子朝南，冬日暖暖的阳光透过那面巨大的玻璃窗洒入室内，给化疗病人带来些许温暖。

几个护士在二三十米外的另一个开间忙碌地配药，动作娴熟。她们穿得如此严实，你只能看见她们会说话的眼睛。

兰源找到13号床位，慢慢地坐了下来，环顾四周，有二十岁出头的小姑娘，有六十多岁的阿姨，表情都非常沉重。因为化疗的副作用，兰源能看得出她们精神萎靡，形容枯槁。兰源因为是第一次来，秀发过肩，脸颊饱满，脸色红润，同时探头探脑，战战兢兢，吸引了她们的目光。

“姐姐，你第一次来做吧？”旁边那个小姑娘和兰源说话，声音轻轻的。她穿着黄色的羽绒服，带着米色有帽檐的帽子，帽檐压得很低，兰源几乎看不见她的眼睛。她穿着一条黑色的紧身裤，显得腿越发地细长，好消瘦的一个姑娘。

“嗯。”兰源弱弱地回复。

“我叫李倩，你得了什么病？”她把帽檐抬高了点，兰源看到了她的眼睛，目光无神，分外凄凉，兰源还看到了她的部分秃头。

“我叫兰源，绒毛癌，你呢？”兰源觉得自己特别可怜，怎么就摊上了滋养细胞恶性肿瘤呢。

“我是宫颈癌中晚期。”她低下了头，焦虑不安地摆弄着衣角。

兰源吓了一跳，睁大眼睛问她：“你这么小，怎么会得宫颈癌？子宫还在吗？”

“都切了，子宫、卵巢等附件……我还没结婚。”她把头埋得非常低，声音非常轻。兰源觉得自己问得有点过火了。

“对不起，妹子。因为我很害怕医生会切掉我的子宫，所以问得有点过激。我甚至都不想来医院治疗，就想自生自灭，因为儿子，我才坚定了做化疗的决心。”兰源伤心地掉下了眼泪，伸手拍拍她的肩膀。

“没事的，姐姐，这里的病人大多都没有子宫。女人摊上这个病，就不再是女人了，很可怜的，甚至命都保不住几年。”她用手抹去眼角的泪水，抽噎着，“我还没结婚，还没孩子呢。我觉得整个世界都坍塌了。要不是为了父母，我都不想化疗。就让生命随它去吧，每次化疗后疼得死去活来的，还不如死了解脱。”

她麻利地从兜里掏出纸巾，擦拭着眼角的泪水。

“啊！”兰源惊呼一声，“坚强啊，妹子。这是生命对我们的考验，我们勇敢点，一定会抗癌成功。加油，不要放弃。”

她用那双红肿的眼睛看着兰源，哽咽道：“姐姐，谢谢你。等你化疗了，你就知道，活着真不一定就是幸福的。我见过几个你这样的病友，她们的子宫都在，你放心，你心态那么好，一般化疗八九次，康复的概率很大，姐姐你不要害怕了。”

“只要化疗八九次吗？”兰源瞬间哭了出来，“真的吗？太好了！只要能保住我的器官，多少次化疗我也会咬牙坚持！听你这么一说，我也没那么害怕了。我连早饭都没吃，怕吐得到处都是。”

“我看你进来时很恐惧的眼神就知道你是第一次来，本想安慰下你，不想你如此坚强，反而来安抚我了，真是惭愧。”她埋着头，继续抹眼泪。

兰源苦笑了一下。

谁的心都是肉长的。

谁的坚强都是被逼出来的。

“13号兰源在吗？”

“在。”

“第一次化疗吧？”

“嗯。”

“知道得了什么病吗？”

她低着头，不吭声。

“绒毛癌，现在给你上药。”

“大夫，你给我上的什么药？”

“说了你也听不懂。一会儿给你开就诊单和住院证明。化疗期间有什么不正常的反应，及时喊我们。”

就这样，KSM（更生霉素）加葡萄糖，再加欧贝止吐针静脉注入，就像感冒了打点滴一样，兰源开启了人生的第一次化疗。

她拿iPad看《生活大爆炸》，想借这部最喜欢的美剧来帮助她转移痛苦。不想刚化疗五分钟，隔壁床李倩突然大喊：“好疼啊，好难受啊！”兰源赶紧大喊护士，声音很大，她自己都吓坏了。

兰源盯着李倩，问她怎么样了，她根本无法说话，脸色发白，神志不清。兰源冲着大门吼道：“李倩家属，李倩家属，快进来！她晕过去了！”

她的家属惶恐不安地冲了进来，护士也麻利地跑了过来。

“止疼针打了吗？”一个年长点的护士着急地问。

“打了打了。”另一个年轻点的护士镇定地回答。

“现在已经输了60CC，赶紧喊大夫。”

“好的，马上去。”她匆忙跑开。

李倩不停地呕吐，脸色持续发白，紧接着浑身抽搐，躺在她妈妈的怀中，两个门诊大夫随着护士急匆匆地跑过来，拿血压计的，拿止疼针管的，拿本和笔的，非常镇定地给她屁股上一块标记处又打了一针。兰源这才第一次看见她的屁股右侧被医生标记了一个“十”字，想必就是打止疼针的点吧。

医生说：“血压正常，李护士，你赶紧先通知急诊准备救治。肖护士，你登记好输液袋中剩余药的名称和剂量，马上将病人送急诊。”

以迅雷不及掩耳之势，李倩就被推床推出了病房。

兰源被眼前的这一幕吓得呆若木鸡，先前假装的坚强被击落一地，眼泪夺眶而出，她真想拔掉针头夺门而出。

出化疗病房时，李倩还冷不丁抓了门口子瑜的胳膊。子瑜被吓坏了，虽然他看到那张因为疼痛扭曲的面孔不是兰源。此时的李倩就像不懂水性却掉入了池塘的小姑娘，哪怕是根枯稻草也要当作救命草来抓。

兰源也彻底吓坏了，心跳极快，呼吸急促，思维空白，iPad在腿上抖动，她发现自己是那么脆弱。她努力看着屏幕里的谢耳朵和Penny，努力想忘却这注入体内的冰凉的毒液，可是她越努力越事与愿违。兰源越来越害怕，在癌症面前，人的精神是那么不堪一击。她一直憋着泪水，没让别人看出她的脆弱。

一个多小时后，兰源第一个结束了化疗。是的，正如她的主治大夫冯大夫说的，她是这些癌症患者里最幸运最能看到希望的，而且她还能保留子宫等女性器官。

子瑜面色憔悴地走了进来，蹲在兰源身边："亲爱的，第一次已经过去了，不要害怕。我一直在你身边。"

兰源大声哭了，子瑜帮她擦掉了眼泪，紧紧地把她搂在怀里。

"我头发还在吗？子瑜。"她很傻地问着。

"还在，放心，你头发什么时候掉，我就什么时候剃光头。咱不怕丑，只要坚持化疗，把病治好。"子瑜斩钉截铁地说着，给她非常大的鼓舞，"走吧，妈给你熬了鸡汤，孩子在家等你呢。"

出院后，兰源特别饿，回到家吃了很多，虽然后来都吐了，吐了她就再吃。因为虚弱，她吐得上气不接下气，非常难受，洗澡的时候经常站立不住，需要搬个凳子坐着。

紧接着，绒毛癌该有的症状她都有了，头晕，耳鸣，关节酸痛，头昏沉，烦躁不安，坐立不安。

周六晚上，她做了一个恶鬼缠身的梦，无数鬼魂嚣张地在她四周徘徊尖叫着，猖狂地笑着，仿佛她就是狼群中的小羊羔。她如此恐惧，蜷缩在地上号啕大哭，用尽全身力气大喊一声"阿弥陀佛"才挣扎着从床上坐起来，满头大汗。

后来，她又梦到死去两年多的小狗卡卡，它紧贴着她的脚踝，跟她一起站在湖南老家紧锁的大门口，往里面看，等爸妈开门。

她忍了一天，周日的晚上再也按捺不住内心的彷徨和不安，大哭了一个多小时。她觉得自己必须得哭了，不然会疯的。

周一，除了孩子，她依旧看谁都很烦躁。她带孩子去天安门广场，想和他在广场上跑跑。那天正值北京开“两会”，广场上人烟稀少，只有天安门城楼上毛主席的眼神依旧是那么慈祥和温暖，给她莫大的安慰。

走到前门天街那儿，她告诉孩子：“俊俊，你看，天街上两侧的轨道是给小火车走的。”

儿子立即把妈妈拉到马路中间，说：“妈妈走中间，我怕火车撞着妈妈。”

她抱紧孩子哭了。

第一次化疗后，HCG数值打破了原来的固有平台，大夫说化疗后不会那么快显示结果，她还得坚持化疗，给她开了两周后的化疗单子。如果她的身体耐药，就要换用药方案，加副作用更大的药。到时候，一个疗程就是5天，每天化疗6～8个小时。

她一度跪在地上，哭着向老天爷祈祷，她的身体千万不要耐药，她肯定经受不住这么长时间化疗的折磨，她的孩子不能没有妈。

兰源是不幸的，却又是不幸里面最幸运的。她默默地祝福自己，期待着京城春暖花开。

兰源第二次化疗出院后，阿宋姐从广州赶了过来，马大姐也回国了，梦子也来了，她们四姐妹好多年总算有机会齐聚一堂了。

从18岁开始，她们一路相互扶持走到现在，一片冰心在玉壶，她永远是她们心目中最可爱、最乐观的“三公主”。

第二十三章
这些年，我们都越来越坚强

兰源不想让她们三个看见自己躺在病床上憔悴不堪的样子，把约会地点从她家改到朝阳大悦城的一家茶餐厅里。

周二下午，大悦城里门可罗雀，人们都穿着厚重的深色衣服，这么沉闷的颜色看久了人都会犯困。兰源穿过各家店铺导购员热情的视线，径直走到那家茶餐厅，找了个阳光最好最温馨的雅座惬意地坐下来。

茶餐厅的装修风格很保守，但不失温馨。桌面上铺着一张橘黄色的桌布，布特别厚，上面绣着满满的像火一样红艳端庄的芍药花和“繁花似锦”四个字。古人评花：芍药第二，牡丹第一，谓牡丹为“花王”，芍药为“花相”。据说，凡有芍药生长的地方，恶魔都会消失得无影无踪。虽然这只是个传说，但可以看出芍药不是凡种。兰源看后心情还好，憧憬着明年五六月份京城的芍药花开的时候，她体内的病魔也会被驱逐。

一盏巨大的水晶灯垂在头顶半空，想必等太阳下山，打开这绚丽的水晶灯，灯光下的人也会显得更加妩媚娇嫩。

茶餐厅里传来Ellie Goulding献唱的电影《五十度灰》的原声*Love Me Like You Do*，欢畅的音乐一扫冬日的阴霾。兰源看着对面那一桌热恋的年轻男女，轻轻地笑了。年轻真好。

她着急地等着她的三位最好的姐们儿。她们四人有好多年没有齐聚一堂了。

来了，她们来了，三个人一起进来。兰源惊叫着站起来，使劲挥了挥手，喊道："女人们，我在这里！"

她们三个加快了步伐，向兰源款款走来。

那是陪着她在北京一起长大的姑娘啊！兰源盯着她们使劲看着，仿佛怎么也看不厌似的。

谁说中年女人不美丽了，兰源的梦子、阿宋姐和马大姐还是美丽依旧，连马大姐也变得温柔典雅多了。

"大妹！"

"小兰！"

"'兰三八'！"

"哈哈，滚！"

接着就是紧紧的拥抱，兰源看得出来，她们都盯着她的脸和头发，眼神中多了一分痛楚和悲哀。

阿宋姐抱着兰源说："大妹，你太坏了，化疗完两个疗程了才肯让我们来看你，闭关干吗呢？闭关对身体不好。来，让姐抱一下，想死你了。你受苦了，可一定要坚强啊。"

梦子边脱衣服边说："小兰啊，我看你气色还可以，就是头发少了很多。"

马大姐也很心疼地说："唉，看你这蜡黄的脸色，等你好了我带你去吃火锅。"

兰源招呼服务员上壶水果茶，跟她们一起坐了下来。

兰源看着那三张不再粉嫩水灵的面孔，那三双不再青春透亮的眼睛，她们今年都三十四五了。

马大姐说："小兰，以前你在我最落魄的时候对我说过，我们是打不死的小强！加油！对了，之前你不是说在妇新医院化疗吗？怎么又变成协和医院了？听到这个消息我特别高兴，协和医院在治疗恶性滋养细胞肿瘤这块，全世界顶尖。"

兰源把屁股往后挪了挪，后背紧紧地贴着沙发靠垫，感觉前所未有的放松。她抬头看了眼那浅黄色的水晶灯罩，回忆起这三四个月辗转于各家医院的艰辛，神情有些悲楚："看大病不得不迷信权威。我上个月在北京妇新医院做了最坏的打算，第二天却破天荒在协和医院得到了希望。协和医院果然名不虚传，冯主任告诉我，如果每个女人这一辈子都要得一次癌症的话，那我算是最幸运的。"

梦子惊呼："都是北京的三甲医院，差距能这么大？"

马大姐补充道："看大病就得迷信权威。妇新医院虽然很好，但毕竟没有肿瘤专科，不够专业。治疗滋养细胞肿瘤要数协和医院最厉害、最专业，医生见多识广，看你的病自然手到病除。"

兰源笑着说："马大姐所言极是。能去协和，我特别开心。谢谢老天爷，谢谢冯大夫。虽然我已经咬牙做好应对的准备了，但冷不丁痛苦也能做减法，简直比中彩票还高兴。"

"那太好了，心态摆正了，一切就都好办了。经历了第一次恐慌，以后就能轻松应对。大妹要注意营养，保重身体。"阿宋姐亲切地握着兰源蜡黄干燥的双手。

兰源像小鸡啄米一样点着头，露出了久违的笑容，她很肯定地对她们说："终于，我可以不用含泪告诉孩子妈妈要去很远的地方出差了，我要早日康复，给全国恶性葡萄胎患者做出积极的表率。你们知道吗？全国还有好多像我这样的病人，有些病人的病灶甚至比我还严重，他们完全可以单药治好，却被双药化疗折磨，到头来还不一定能治愈，于是又千里迢迢跑来北京进行救治。"

梦子皱了下眉头，很多年没见她如此皱眉了。她是见不得血腥的，抽个指尖血都能难受半天。

兰源告诉她们："好心疼外地那些恶性葡萄胎患者，以后等我康复了，就结合我的病情和协和的救治方案，写一本书，让全国更多的恶性葡萄胎患者知道，中国有所医院叫协和，是这个领域最权威最值得信赖的，没有之一。不管是冯凤芝主任，还是向阳主任，他们都非常权威，并且有智慧有医德。真希望他们的医术能传授到全国各大中小医院，从而减少患者的痛苦和牺牲。”

“小兰，我支持你！”马大姐向兰源竖起了大拇指，“我知道你一定做得到。”

“对了，大妹，孩子上幼儿园了吗？”阿宋姐说，她知道俊俊是兰源的心肝宝贝，什么时候提起孩子，兰源总是一脸的骄傲和幸福。

兰源喜上眉梢：“上了，他还挺高兴的。”

“不错，你儿子真乖！”梦子优雅地捋了一下长发，羡慕地说，“我家那个一开始死活不肯去，我是黔驴技穷了。”

兰源继续回忆着孩子的点点滴滴，酒窝里洋溢着幸福：“哈哈，我不敢说我的孩子最听话最聪明，但他的进步老师和家长都有目共睹，我心里很欣慰，总算不用再告诉他‘孩子，妈妈要出差了，勿念’。我有时候会对他说：‘孩子，你知道吗？能当你的妈妈是何等的幸福！’”

“哎哟，看你像掉进了蜜罐子似的。”阿宋姐用手搂着兰源的胳膊，斜靠在她肩膀上，“大妹瘦多了，这么靠着都没有肉感了，当年肉呼呼的‘三公主’变苗条了。”

兰源也若有所思地笑了，她突然想起了柳轩：“再那么胖，男孩子都不喜欢，当初就真嫁不出去了，哈哈。”

“你不会想起柳轩了吧？都过去那么多年了。”阿宋姐非常敏感地捕捉到了兰源的眼神，“你们没联系了吧？他知道你住院了吗？”

“我和柳轩分开都九年了，都不知道他现在长什么样了，过得怎么样，身体好不好。”兰源看着绣满芍药的桌布，叹了一口气，“我们九年没联系了，他也不知道我住院了，我们现在连朋友都不如。”

“你们原来就是两条平行线，无意间相识一场，后来又慢慢恢复为两条平行线。既然是平行线，就不要多想，他自有他的人生和幸福。”梦子打趣道，用手捋着脑后的鬈发，像当年一样柔情万种，“你家子瑜多疼你啊，七年多了，能坚持洗水果切水果给你吃，我都嫉妒了。”

兰源会心一笑。

“放心吧，小兰，柳轩肯定过得非常好。”马大姐也开始调侃，“真服了你，当年你居然骗我，买了全价机票离开新加坡去了厦门，还想来一次飞蛾扑火。你不知道抱薪救火，薪不尽，火不灭吗？还好你的理智最终战胜了你的心魔。你这个女魔头！偏执狂！”

“哈哈！”大家放声大笑。

“你们快跟我说说你们的近况，当了母亲后，时间都去哪儿了？”

梦子羞答答地笑着说：“我和老公挺好的，老夫老妻，孩子都八岁多了。”

马大姐露出她整齐白净的牙齿，笑着说：“我和老公打算回北京发展，先待两年，两年后可能还要回新加坡。其实，我舍不得北京，舍不得北京的人、北京的回忆、北京的气息、北京的故事。2013年夏天，新加坡发生了一次重度雾霾，政府称“史无前例”。我可高兴了，兴奋地打开窗户，似乎闻到了北京的味道，那种久违的熟悉的雾霾的味道。哈哈。”

兰源第一个惊呼“太棒了”，她希望老朋友能留下来，少走一个是一个。

这时候，梦子慢吞吞地说着：“恐怕我要离开你们了。”

“啊？”这次轮到三人都十分惊讶。

梦子看了看窗外的雾霾天，叹了口气，声音很轻很缓，但字字珠玑：“北京空气污染太严重了，对孩子的教育也过于教条化，弄得现在的孩子在幼儿园上小学的课，在小学上初中的课，家长和孩子都好累。

“孩子该有的童真全被课本磨灭了，全职妈妈当得比创业者还累。我们全家正在办理美国投资移民，现在正在等绿卡发放。顺利的话，下半年我们就可以去美国了。但我知道前方会有更多的寂寞和困难，不过想想北漂这十几年，我也就不觉得那么怕了。”

服务员微笑着把花茶端了过来，马大姐给大家一一沏茶。兰源端着冒着热气的水杯，撇着嘴巴说：“梦子，还记得当初我们在双安说过，要留在北京奋斗，过上体面的生活。如今，我们都是有房有车的体面人了，为何要抛弃北京而去美国呢？我舍不得你，梦子。”

梦子低着头说：“小兰，为了孩子，我必须舍弃很多回忆，舍弃很多不舍。北京对于我，太重要太珍贵。当年为了留在北京，我没跟老高回上海。如今，北京的发展已经透支，城市人口膨胀，通货膨胀，未来几年是繁荣还是衰败，谁都无法预料。无论是房地产还是金融，前景都非常惨淡。”

她们三个人也是一阵叹息，看着杯中的热气不再那么旺盛，轻轻地啜饮。北漂的艰辛，如人饮水，冷暖自知。

兰源浅浅地笑了，把视线稳稳地落在马大姐眼睛里：“马大姐，赶紧生孩子吧，都34岁了，再不生，女人就会得好多病。有时候，我在医院看着形形色色的妇瘤患者，总是感叹。年轻时，大家都会开玩笑：‘你脸割了没，眼皮割了没。’在这个高污染高压力高辐射导致的高癌症率的今天，估计过几年，大家会问‘你子宫割了没，乳房割了没，卵巢割了没，输卵管割了没’。可能是我得了癌症，看到了太多苍白无力的面孔，悟出了点人生的真谛，那就是能留着自己的器官是多么美好的一件事啊。”

“这年头能留着自己的器官是多么美好的一件事啊，真悲哀！”阿宋姐轻声应答着，喝了口水，“子瑜对你好吗？”

兰源乐呵呵地笑着：“婚后他对我特别好，以至于我都被他宠坏了，变得不知足。今年是婚后第七年，我总觉得他对我没以前那么好了，心里不免有点失落。”

“大妹，子瑜对你已经非常好了！婚姻就是这样，哪能年年花前月下、爱意绵绵的啊，婚姻最大的能耐就是把爱人变成亲人，相扶到老的亲人，你就知足吧。不要天天做着浪漫的梦，这是婚姻。”阿宋姐睁大眼睛看着兰源。

“对，百年修得共枕眠，我们都要惜缘！”兰源说着。

梦子温柔地说着："我们都在经历婚姻的磨合期，婚姻需要两个人一起携手努力，两个人有时候也需要点自己的空间，如胶似漆并不好。小兰和马大姐的生活重心全在家人身上，自然希望得到他们更多的关爱和照顾。如果没有得到，有失落感是很正常的，乐观点。"

"梦子和阿宋姐真是智者，一针见血！"兰源和马大姐以茶代酒敬她们。

"都是过来人嘛！"梦子和阿宋姐谦虚地笑了，宛如春日的黄鹂。

"马大姐打算找工作吗？还是一心准备怀孕？"兰源问。

"我刚开始想找到工作了再怀孕，边工作边生孩子。可是，好多老同事都劝我不要走这一步，因为在中国，孕妇用工歧视很大，我会受委屈。与其大着肚子受气，不如生完了再说。"马大姐回答得很痛快。

"确实，《劳动法》形同虚设，咱们受不起那个委屈。"兰源来回晃了晃半空的茶杯，"有人苦等伯乐，却发现自己再也不是当年的那匹千里马；有人总自勉是金子就总会有闪光的那天，却发现自己早已褪去了当年的成色。再乐观也不敌现实的残酷。"

"我头几年关闭了翻译公司当起了全职妈妈，其间也找了份工作，确实很辛苦。不过现在的老板也不容易，只能玩命使唤手下干活来多创造价值。"梦子闷闷不乐地举起了茶杯，轻声抱怨着，"我老公就让我继续当全职妈妈，至少还能守着家里的孩子，教育她。外面缺了我，地球照样转。"

"是啊，我非常认同梦子的话。我出差时，孩子临睡前每隔几分钟就问妈妈呢，然后要爸爸抱着去楼道等我回家，直到困得睁不开眼；凌晨三点起来，他看着身边的爸爸问：'你是妈妈吗？'然后，要爸爸抱着，哭着去每个屋子找妈妈。只有自己最亲的人才这么需要你，外面才不是。"想起孩子，兰源又一脸的骄傲和牵挂，酒窝里填满了久违的幸福。

除了眼角的皱纹和不再光鲜的肤色告诉大家她们已经人到中年这个残酷事实，她们四个人的心态都还挺好的，尤其是阿宋姐。

阿宋姐依旧简朴纯真，还像大学里的小姑娘，一脸幸福和感恩，一谈起她的老公和孩子，满满的都是爱，她若有所思："我这些年和你们姐夫在广州做家具生意，也不是顺风顺水，前几年非常痛苦，有阵子病倒半个月都起不来。不过，我很开心，也很知足，我还想给老公再生个孩子，凑齐一个'好'字，全家和和美美。"

"我三年内都不能再生了，唉。"兰源遗憾地说。

"我能生也不生了，太累了。"梦子娇滴滴地说着。

"我怕生了太难养，北京消费水平比新加坡还高。"马大姐瞎操心，兰源告诉过她好多次，生得下来就养得起。

"阿宋姐真棒，你是中国最好的媳妇！"她们一致向她举杯。

"小兰，我在朋友圈看见你和家人去八大处拜佛了，我也想去求个孩子，哪里最灵？"马大姐眨着眼睛看着兰源。

"男拜雍和，女拜红螺，去红螺寺吧，山上有座观音寺。"兰源斩钉截铁地说着，似乎没有比红螺寺更灵验的地方了。

"啊，红螺寺800多米高啊，观音寺也有500多米高吧，大冬天爬山？"马大姐脱口而出，不过很快打住，语气委婉地说，"能给我这个懒人推荐个海拔低点的寺庙吗？"

兰源知道马大姐为了避免提及当年兰源和丸子大冬天去爬蟒山的事，故而没有说"你有病啊，大冬天去爬山"。

"马大姐，那个观音寺很灵的。红螺寺是我国北方佛教的发祥地和最大的佛教丛林。前年冬天我和老开去的时候，冬日的古树林光秃秃的，但阳光普照下，依旧灵气十足。当时我就想，我和老开虽不是玉皇大帝的闺女，能化生红螺栖息在这山环水绕、古树参天、藏风聚气的佛家苑林，但我们依旧也有爱我们、支持我们的亲人和朋友。只要我们心存阳光，心存善良，在哪儿都能受到佛祖的庇佑。待春暖花开时，我还会再来。"兰源饶有兴致地说着，用双手支着瘦削的下巴。

"可现在是冬天啊，多冷啊。"马大姐打了一个寒颤，开始犹豫。

"傻马大姐，北京冬天阳光那么温暖，我很想再去一次，求佛继续保佑。我给你做三明治，带到山上面去吃。”兰源特别兴奋地说着，就像俊俊对她说想去游乐场玩挖土机一样开心。

“来，再敬我们的青春和我们的友谊一杯！”兰源向她们三人高高地举起暖暖的茶杯，酒窝里写满了不舍和感恩。

“好！”茶餐厅里传来一阵清脆的笑声。

时间似东去的河水，人就像块香皂，泡在里面，越来越小，直到生命的尽头，不留任何痕迹，不存任何芳泽。难道不是吗？

接着，兰源痛苦地做完了五个疗程的化疗。正准备做第六个疗程时，很久没有更新博客的柳轩，得知兰源住院的消息，来看望她。

至此，他们已经阔别九年。

她努力地回想着丸子九年前的模样，发现根本就是徒劳，她狠狠地掐了掐自己的眉心。

或许丸子真的只是“三公主”生命中一颗飞逝而过的流星。

第二十四章
纵使相逢应不识

阔别九年，阳春三月，兰源终于见到了久违的柳轩。

柳轩来医院的那天，她正在接受第六次化疗。

雨从早上七点多就一直淅淅沥沥地下着。兰源看着雨发呆，站累了，就去住院部找个位置坐会儿，其他地方连巴掌大的挪移身躯的地方都找不到，因为这里是全国人民的协和医院。

看着路边一簇簇鲜艳的绿、娇嫩的粉，这场久违的春雨确实让万物复苏的进程加快了。久旱逢甘霖，花儿、草儿是那么欢喜，而协和的人却不是那么欢喜。

来自五湖四海的人鱼贯而入，熙熙攘攘的病人无心欣赏窗外的小雨，抽血处的十个窗口依旧黑压压的全是人；交费处二十几个窗口就像春运火车站售票处一样拥挤嘈杂；各科分诊台就像菜市场最受欢迎的摊贩，不停传来护士不耐烦的吆喝声；扶梯、药房，时常会有因争先抢后而大打出手的家属；治疗室里也会时常冲进去几个家属跟医生吵得不可开交……

这些场景历历在目，兰源早已司空见惯。

在协和医院，保安和导诊员非常多，不比护士少。他们的工作一是维稳；二是维持排队秩序；三是指路。人多的地方是非多，更何况是大医院。

兰源掐指一算，她已经把三个月的时间给了妇新医院，把四个月的时光奉献给了协和医院。

兰源记得昨天她轻轻地告诉大夫："冯主任，我原来还有劲儿爬山，还有胃口啃扒鸡吃腊肉，现在除了坐着敲字写文章，连路都走不动，带着孩子去公园跑小半圈就头晕眼花，看见肉就恶心。我好难受，我什么时候能够不用再来协和?"

冯主任一改平时犀利的作风，轻声地告诉兰源："打了五个疗程了，针针都是毒药，副作用当然越来越大，补不补都那么回事儿，恶心就多吃青菜，要有耐心和毅力，动不了就少运动。这会儿还让你多运动是错误的。"

兰源无奈地取走就诊卡，默默垂头离开，她已经习惯了不去看协和的病人。那一张张焦虑不安、惶恐万分的面孔，她真的不想再看了。

她也太熟悉这里了，电梯在哪儿，楼梯间在哪儿，交费处在哪儿，妇科在哪儿，病房在哪儿，特需在哪儿，大门在哪儿。她会结合身边护士台的吆喝声，判断出自己身处几层，规划出前进路线。

柳轩进来的时候，兰源正躺在化疗室里瞅着沉重的大门发呆，药物正通过针孔一滴一滴地通过静脉输入到她体内，凉凉的。忽然，大门慢慢地打开了，走进来一个中年男子，一米八几的个头，身材高大魁梧，上身穿着件灰色的夹克，一件米白色的"V"字领毛衣套在里面那件淡淡的蓝格子衬衣外，下身穿一条咖啡色的休闲西裤，脚上的皮鞋擦得很亮，手里提了一个墨绿色的华联超市的水果袋，她能依稀看见露在外面的那一盒盒鲜嫩的草莓和奇异果。

这是谁家家属？真是器宇轩昂。直到柳轩那迷茫的眼神在二十多个床位上扫了一圈又一圈，兰源确认了无框眼镜下面那双忧郁的单眼皮眼睛，她的内心开始激动起来，难道他就是她九年没见的丸子？她不敢确定，她真的都不记得柳轩长什么样子了。九年，他们小学和初中都读完了。

他从口袋里慢慢掏出一部苹果手机，手指轻轻滑动几下。很快，她的手机振动了，响起了那首*Silent Emotion*。他循着熟悉的电话铃声找去，视线落在了13号床上。

兰源上身穿了一件橘黄色的毛衣，下身着一条天蓝色的牛仔裤。因为脱发，她剪了短发，脸显得更小了；因为内分泌紊乱，她气色很差，脸暗黄暗黄的，完全没有了当年水嫩的肌肤；因为乏力，她冲他笑的时候，不再那么天真烂漫热情洋溢，相反却是一脸苦涩。

九年没见，她没有惊呼，只是淡淡地冲柳轩笑了一笑，举起插了针管的右胳膊向他打招呼："柳轩，我在这儿！"

柳轩习惯性地抿了抿嘴巴，轻轻地挂断了电话，冲她淡淡一笑，慢慢向她走了过来。就是这么几步，他们却等了漫长的九年。他们相互凝望了十几秒钟，看看对方还是不是当年的那个他或她。他一如既往地绅士、含蓄，不过多了几分沉稳和冷静。

"我不是当年去你家当家教时快乐无忧的'三公主'，也不是2006年在火车站送你时典雅漂亮的小兰了，我现在是个34岁的'老兰'了，"兰源笑着说，"时间杀人不见血，柳轩，你也31岁了。"

"嗯，"柳轩沉默了片刻，点了点头，在她身边找了个凳子坐下来，把满满的水果袋放在窗台上，"我看你博客上写着住院化疗，很是担心。你到底得了什么病？怎么会这样？"

"绒毛癌。你知道葡萄胎吗？孕妇得葡萄胎的概率是千分之一，在此基础上恶化成肿瘤和绒毛癌的概率是十分之一，而我，就是这个万分之一。如今已恶化并转移到肺部，脑部还没检测。"她笑着说道。

"怎么会这样？"他掐着左手大拇指。

"目前，医学对绒毛癌形成的原因也解释得不太清楚。我曾经拖着疲惫的身躯，不顾所有风险，坚定了当二胎妈妈的梦想，为梦想努力工作、生活，不想却一步步走向癌症的边缘。

“我曾经努力地保胎，一天一天、一周一周地等待生命的奇迹，几乎每晚都哭着睡着，早上哭着醒来，但都没有阻止病情的进一步恶化，其他器官也受到侵蚀性的破坏。但我至今一点都不后悔当初的执着，起码我尽自己的最大努力捍卫过那个小生命，虽然他一开始就发育不良，但我还是不忍心那么快就打掉他。我是多么盼望生命会出现奇迹。

“我曾经声泪俱下劝一个小妹妹放弃人流，我告诉她，如果我怀的是个健康的孩子，再穷再苦我都会把他生下来，但她还是选择结束了一个健康的生命。我在她下一个进入手术室，喊天天不应、喊地地不灵。那一刻，我真的想去死。但我还得继续装作坚强，为了这个刻骨铭心的梦想，也为了爱我的亲人和朋友们。”

兰源哭着说道，几度哽咽：“今年初我就入住了北京协和医院，除了脑CT，该查的都查完了。人活一世，不易。”

“唉！”柳轩低下头，擦了擦眼角的泪水。她很久没有见到他流泪，感到一切都是那么陌生。

“小兰，过去的就让它过去吧，养病要保持好心情。”柳轩打断了她，“现在谁照顾你？”

“我公婆和老公。我爸爸前段时间回湖南了，他照顾了我半个多月，给我做了很多好吃的，但化疗伤肠胃，每次我都把他做的排骨啊、鸡肉啊，给偷偷倒掉。这是他唯一的精神寄托，他能为我做的就是给我多做点好吃的，帮我收拾好屋子。我化疗后，身体很不舒服，心情很不好，整天神思恍惚。他总是哄我，从不埋怨我骂我，心甘情愿当我的出气筒。只是他在家里家外每天都哭哭啼啼的，我怕他哭伤了，就让他回湖南去照顾我妈妈了。”她擦了擦眼角的泪水，“柳轩，你爸妈都还好吧？”

“他们挺好的，都退休了。”他说，“那你肯定很想你爸，他虽然回老家了，也还是很牵挂在北京的你。”

“是啊，反正我不想看见我爸哭，但我每次化疗难受的时候，都特别想我爸。”她开始啜泣。

两人沉默了一会儿。

兰源任凭泪水夺眶而出，如山洪般汹涌：“上个月，我化疗完，推开家门，厨房不再如平时那样热闹，也不再有呛鼻的辣椒香，一想到如果哪天我爸突然去世了，我就会号啕大哭，感觉世界都轰然倒塌。除了我儿子外，我唯一不能失去的就是我爸。”

她使劲哭着，仿佛从来没有如此伤心过，她迷迷糊糊地看着窗外蔚蓝的天空，思绪一下子回到了湖南的那片故土，那些熟悉的人、熟悉的牲畜、熟悉的空气和熟悉的环境……

兰源出生在一个极其重男轻女的县城农村，她的出生让她妈在婆家和娘家都受尽白眼，唯独她爸爸，在那寒流般的岁月里，给了她无尽的温暖。

在她两岁时，爸爸接替了爷爷在城里的工作，带着全家进了县城，先做修理工，后做了一名货运司机，披星戴月，任劳任怨，养家糊口。爸爸经常跑长途，女儿老看不见爸爸，有时候她会坚持到很晚才睡觉，就为了等爸爸回家，好踩着小凳子给爸爸接杯凉茶。看着爸爸咕嘟咕嘟喝下去，她就很开心。然后，给爸爸热饭。爸爸因为饮食不规律而得了胃病，至今还没有治愈。

兰源的爸爸五官精致，一表人才，但身材较矮，是个特别厚道的人，厚道到感觉谁都能欺负他似的。他娶了个湖北农村媳妇，没有双职工的标签，在单位待遇也较差。兰源极其痛恨那些欺负她爸的人，她恨自己不是男孩，所以从小留短发，老跟小朋友打架，和泼辣的长辈吵架。她把自己伪装起来，就为了不让自己和爸爸被人欺负。

童年的经历给她的性格打上了鲜明的烙印，那就是有事不怕事，胆大好强。她以前还想着当武警除暴安良，高三时立下志愿要努力赚钱，带爸妈离开这个小县城。

几个月前，兰源的弟弟哽咽着告诉爸爸她得了绒毛癌，爸爸在家一直哭。他说他很怕失去女儿，如果可以，他愿意以命换命，保女儿平安……

“我亲爱的爸爸不是个文化人，在我出嫁那天除了哭，说不出‘我的小棉袄被人穿走了’这样体面的话，但有钱没钱他都那么爱我、疼我，从不给我添麻烦。记得我曾经告诉老公，女儿都是爸爸上辈子的小情人，我要给你生个闺女，她一定会像我爱我爸爸那样爱你的。只是没想到，父女也是讲缘分的。有些爸爸不是你想叫就能叫得应的，有些宝贝也不是你想喊就能喊得到的。一切都是命中注定。”

兰源突然收回了思绪，把视线落在了柳轩脸上。她一直看着他，眼泪还是像很廉价的珠子一样滚下来。

他摘下无框眼镜，那双单眼皮眼睛写满了沧桑。他埋头，用双手掩住面孔。

他慢吞吞地说着：“我们都有位伟大的爸爸。我也很感谢父亲在我生命中各个阶段为我撑起一把伞，虽然我爸也会犯错……不过，他后来对我很是尊重和支持。”

兰源猛地想起了小艾，如鲠在喉。

许久，他们都没有说话，她慢慢抬起了头，看着他说：“你这些年怎么样？你的博客好几年没更新了。你去哪儿了？”

“2006年毕业后，我去了厦门，人生地不熟，我特别想我妈。我把孟郊那首发自肺腑感人至深的颂母诗《游子吟》贴在自己书桌前，每个晚上都会默念这首诗，告诉自己一定要尽快回京。”

柳轩抬头看着窗外明媚的阳光，慢吞吞地说着：“至于爱情，我根本不敢奢望什么，我不会奢望留京工作的雅美会继续等我，也不会奢望你还钟情于我，甚至都不会奢望在厦门能有新的恋情。

“我很怕热，夏天几乎大门不出。每天除了应付温水煮青蛙似的事业单位的工作，就是看书，写些散文随笔，打发漫长无聊孤独的漂泊的日子。天气好的时候，我会一人坐在鼓浪屿的一隅，看着游人如织，感受下他们的热闹，感受下他们的亲情、友情、爱情。可是，我越看越觉得孤独。有一段时间，我变得非常孤僻，也很少唱歌，逢年过节就有种‘遥知兄弟登高处，遍插茱萸少一人’的悲痛。

“我没想到毕业后的日子会这么艰难。大三在蟒山见到你，你虽然依旧笑得那么开心、那么纯真，可是我读懂了你的眼神，看出了你的委屈和坚强，还有那种漂泊无根的失望和刚踏入社会的恐慌。当然，你比我勇敢，你一个女孩子独自漂泊在北京，奋斗，生存，你比我坚强。”

兰源低头叹了一口气，说：“坚强都是被逼出来的。”

他忽然将头低了下去，反复搓着手掌，然后慢慢抬头看着她右手上的针管：“我去厦门第二年，你结婚了，你那会儿26岁了吧。我说过，你那么漂亮那么优秀，一定会有很多男孩子喜欢，只是没想到你那么快就结婚了。凑巧的是，雅美也在奥运会前结婚了，那年她刚好25岁，她是个需要男孩子保护的女子。

“后来，我也谈了两三个女朋友，都没到半年就分手了，或许是我还不知道自己到底在追求什么吧。直到在厦门的第四年，我认识了当地的一个女孩，她是我单位的一位新同事，比我小四岁，刚毕业没多久，很是活泼大度开朗，但又不失文雅，对我很是照顾，经常带我到处跑，我才没有变成‘古墓里的小龙女’。

“后来，我们恋爱了。有人说过两个人能否走到一起，最关键的其实是timing（时机）。你如果出现在他想要安定的时候，那么你胜算的概率就很大。如果你出现在他对这个世界充满了好奇的时候，那就算你再美再优秀都是徒劳。我那时非常渴望安定，父母年龄也大了，半年后我带她回北京，领了结婚证，在两地简单举办了婚礼。我怕打扰你的生活，没敢喊你来喝喜酒。”

“她真是位幸运的女孩。缘分天注定。”兰源轻声地说着。

“我们前年生了一个女孩，非常像我妈，现在快两岁了，我爸妈带着，我和她平时工作都很忙，管得比较少。你的孩子几岁了？”

“我儿子三岁了。”她苦笑着，“我家有儿三岁了，我却不那么高兴，还失眠了。”

“为什么？不是每个母亲都盼望孩子快点长大吗？”他扶了扶眼镜，忧郁的眼神淡淡地投向了陌生的“三公主”。

“那年在手术台上，瑟瑟发抖的我生下了八斤多重的他，我看着他，喜极而泣，整宿合不上眼，我虚弱地问老公：‘这是我生下来的吗？这是我们的孩子吗？’他一遍遍地说是。我凝视着他粉嘟嘟的小脸，盼着他快点长大。我能给他最好的礼物就是母乳和爱，我咬牙坚持母乳喂养到他一岁九个月。断奶后，孩子一如既往地黏我，我盼着孩子快长大，不要那么依赖我，我太累了。可是，等孩子三岁了，我却开始难受了，孩子都不要我喂饭，也不要我晚上读书哄他睡觉，他现在白天爱奶奶，晚上爱爸爸。不经意间，我轻松‘下岗’了。我如愿以偿却夜不能寐，感到失落、惆怅。我不想孩子那么快长大，我想让他一如既往地依赖我，正如我那么依赖他一样。可是，孩子确实在慢慢长大，思想开始独立，性格变得分明，没有妈妈在身边他也不会难受，看到我回家也不会那么欣喜若狂。”

兰源轻轻地挺直了腰板，挪动了一下插着针管的右手，放得久了，手有点麻。她回忆着，继续慢吞吞地说着：“他三岁生日那晚，我反复翻阅孩子以前的照片，多么希望他还是襁褓中的样子，我依旧是那个夜以继日拼命下奶的妈妈。可是，光阴似箭，岁月如梭，你阻止不了孩子长大，也避免不了他以后娶妻生子离开你。想到这儿，我哭了，但我也会默默祝福我的孩子，更加珍惜接下来陪他成长的时光，陪着他，照顾他，鼓励他，教育他，助他走向人生正轨。

“柳轩啊，爱孩子就在当下，希望你和你媳妇珍惜眼下的美好时光，多陪孩子，因为孩子成长不可逆，一不小心，就会‘此情可待成追忆，只是当时已惘然’。”

他若有所思地点了点头：“此情可待成追忆……惭愧……我和媳妇工作太忙，孩子一直是我爸妈带得多。”

“还记得前些日子马大姐跟我说，如果她得了癌，她不会做化疗放疗。我说我何尝不是，生死有命，富贵在天，生亦何欢，死亦何苦。我不怕死，可我有孩子就必须得坚持化疗，因为我输不起，我赌不起孩子会不会有个好后妈，所以我必须坚强。”兰源不紧不慢地说着，酒窝里洋溢着满满的幸福。

可能是她久违的写满幸福的酒窝吸引了他，也可能是九年没见，对“三公主”感到太陌生，柳轩慢慢抬起头，用忧郁的眼神看着她，好像从来不曾认识过她。兰源也安静地看着他，好像从来不曾认识过他。她从来没有发现他的眼神如此忧郁，比第一次见他时还要忧郁。

“那小艾呢？”她弱弱地问着。

“她高三去了美国，就没再回来过。听我爸说，我结婚那年，她也闪婚了，但没半年就离异了。我很多年没联系过她，我承认自己的心胸并不宽阔。”

柳轩抬起头深深地看着她，他知道自己永远也不会原谅小艾。

往事如风。兰源也深深地凝望着他。

时间真的可以冲淡一切，柳轩额前的每道皱纹，脸上沉淀的每块色斑，甚至耳边那处小小的疤痕，那双沧桑无力且不再精致的手，那低哑的声音，那独钓寒江雪的气质，都是兰源不曾见过的。他坐在她旁边看着她，而她却感觉他是如此遥远和陌生，他已经不是“三公主”曾经的丸子了。她对他亦如此，他们谁都不再是谁的谁了。

兰源突然感到一丝疼痛，她把视线转向了输液管，药已经滴完了，输液管下半截里回流了部分血液，柳轩赶紧起身拧小了输液阀门，并及时通知护士拔掉了针管，她用一块白色的棉花按住针口止血。

“你看，柳轩，我的手不再白白胖胖的了，十个小窝窝也没有了。因为化疗，十个指甲底部都是浅黑色的。你瞧。”

兰源笑着抬起了左手给他看，因为没擦护手霜，皮肤很干燥，蜡黄蜡黄的，纤细修长。她继续说：“这双手见证了我这些年所有的酸甜苦辣，这绝对是双劳动妇女的手。你的手以前像濑明的一样修长白净，现在也变粗变黑了。”

他苦涩一笑，看着她浅黑色的指甲盖，心痛不语，但依旧像个大哥哥一样帮她披好外套，她起身要走了。

“你老公什么时候来接你？”

“我婆婆腰椎间盘突出，今天去医院了，我老公送她去。我现在化疗已经是第六个疗程了，不用他陪。我自己一会儿坐车回去。”她边收拾边说。

“我陪你走走吧，送你去车站。”他帮忙拿着水壶和送给她的那袋水果。

“嗯，好的。”她很快就同意了。或许是她舍不得他那么快离去，或许是想多认识一下久违的丸子，他现在对她而言，陌生得可怕。

“你老公对你好吗？”柳轩突然来这么一句，她被逗乐了，他其实只是想知道她现在是否幸福。

“废话，他若对我不好，我岂会嫁他？你糊涂啦。”兰源用手压着右手掌上刚刚扎针的地方，抬头看着过道顶部明亮的灯光，扭过头对他说，“柳轩，你见过熔岩灯吗？”

“见过，又叫水母灯，至臻迷幻，风靡了半个世纪的室内装饰品。怎么了？”他侧身看着她。

“我老公前些天送给我一盏熔岩灯，我很土，第一次见。灯管里面是蜡做的，因为受热，就忽上忽下，忽聚忽散，很是特别，我很喜欢。这变化多端的蜡，让我深有感触。”她低头笑了。

“什么感触？”他那单眼皮的眼睛一直看着她。

“有时候感觉那两块在狭小空间里漂浮的蜡，就像夫妻两人，时而如胶似漆，合二为一；时而如临大敌，断然而绝，不管怎样，它们都在家里。还记得我老公当年下跪跟我求婚时，我傻不拉几地自己把戒指给戴上了，还得意扬扬地说：‘不错，大小正合适。’而他还傻傻地跪在那儿，很是无语。说实话，我当时挺怕自己年龄太大嫁不出去，因为我妈这位中国新时代的丈母娘要求太高了，我怕找不到比你更好的男孩。”

兰源轻轻侧过头，看着天花板，娓娓道来：“我记得新婚后子瑜定规矩，不管春夏秋冬，卧室周一、周三、周五和周日开窗睡；周二、周四和周六关窗睡。因为我是南方人，不习惯关窗睡觉。我选单号，是因为我能占便宜，多开一天窗。子瑜默默地让着我，迁就我，以至于周末都开窗睡了。

“婚后七年多，爱着，吵着，日子不可能总是满心欢喜。我会愤怒，还会离家出走，不过在楼下逛一圈就回家了，走远了，我在朝内胡同里还迷过几次路，最后还是让子瑜来接我回家。我好没出息啊……”

说完，她满心欢喜地笑了，将头发捋到耳后，一如姑娘般羞涩。

柳轩温柔地看了她一眼。她的脸庞瘦削好多，头顶炙热的白炽灯一打，更显脸色苍白。他轻轻地笑了：“你的领悟还挺深奥。”

“那是因为我结婚比你久。”她点点头，冲他腼腆地笑了一笑，迅速把大衣扣好，挤向拥挤的人群，向大门口走去。

他也腼腆地笑了一声，快速跟上她的步伐。这么多年，不管健康与疾病，兰源走路永远像兔子一样敏捷。

他们出了协和医院，正是十点半。外面艳阳高照，微风习习，春天的感觉真好。雾霾也如影随形，不过在京城生活久了的人已经习以为常。

“柳轩，陪我去天安门广场走走吧。”兰源看着熙熙攘攘的人群和熟悉的车站，猛地抬头，殷切地看着陌生的他，或许她是不想柳轩像他们一样那么快消失。

“没问题，只要你身体没问题。我今天车限行，陪你走走。”他不假思索地答应了，把她的包拿了过去。他何尝不想多留一会儿。

第二十五章
九年了，别来无恙

“柳轩，北京我最喜欢的地方是天安门。我大学毕业后，在北京漂泊了十二年。每次绝望至极的时候，我总会来广场上找个安静的角落坐下来，看着城墙上毛主席慈祥的笑容，让我感受到平静祥和。当然，广场上的武警时不时会走过来提醒我此地不宜久坐。于是我就静静走到另外一个角落，继续坐下来，继续从另外一个角度看着毛主席的画像，一直看到太阳下山才离去。你还记得我第一次在你家吃饭时，说过我为什么来北京吗？”

兰源非常开心地问他，好像一下子拉开了回忆的闸门，满满的都是青春的快乐。

“记得，你高考前做梦，梦到毛主席给了你一张通行证，要你来北京。”他答道，依旧带着当年初闻此话时的一丝鄙夷的口吻。

“你还记得啊。”她很开心地笑着，仿佛又回到了去他家里做家教的时光。

“嗯，第一次听到这样的梦，第一次遇见这样独一无二的老师，我当然记得。我当时还说你是不是佛陀转世来着，对吧？”他甩了甩额前的头发，开心地笑了。

“是啊，你当时太坏了，老数落我，说我胖，粗鲁，像母河马，横竖看我不顺眼，我当初怎么就狠不下心放你鸽子呢？路上往返三个多小时赚你那点儿钱，容易吗？”她也大笑了起来。

柳轩低下头，若有所思地笑了。他踢起了脚边的一块小石子，看着它消失在远方。

那年，他们用心爱过，如今却不敢提及。时间是多么残忍，剥夺一切，吞噬一切，绝不留情。

“我一直觉得大学几年穷尽了自己所有的快乐，毕业后这十二年，命运陡变，我都觉得自己的眼泪很廉价。我熬了很多年忘记你，熬到年纪大了才找到老公，熬到生完孩子才拿到硕士毕业证书……我一直以来都觉得命运给我戴了一副沉重的枷锁，直到有一天我意识到，那或许是因为上天知道我行。”

她仰起头，看着城楼上越来越清晰的毛主席画像，继续说：“只要我在天安门广场看着他，再大的困难和痛苦我都不怕，因为我知道他会保佑我，这是种信仰。”

兰源说完后，迅速把视线转向他的眼睛，她发现柳轩一直看着她，很快他又把视线投向了远处的天安门城墙。城墙外面，参观故宫的人黑压压的一片，很是壮观。

“毛主席写过一首词《诉衷情》：‘当年忠贞为国愁，何曾怕断头？如今天下红遍，江山靠谁守？业未就，身躯倦，鬓已秋；你我之辈，忍将夙愿，付与东流？’这首词字数虽然不多，但情感真挚，读之令人潸然泪下。我读完后就在想，我这癌症一定要治好，否则谁来爱我的孩子，我岂能‘忍将夙愿，付与东流’。所以，在癌症面前，我也要拿出前所未有的勇气和胆魄，不怕断头，只怕夙愿东流。”

“你一定会好的，你是最坚强的‘三公主’。”柳轩很肯定地回答她，“走了这么久，我怕你走累了，在这长椅上坐一会儿吧，一会儿再进广场。人那么多，广场上荷枪实弹的巡逻武警是不会让我们席地而坐的，你手头还有社保卡，我连驾照都没带。”

“好的。”兰源微笑着坐了下来，她确实有些累了。长椅正好冲西，对着英雄纪念碑，如果能赶上太阳下山，还能看到“夕阳无限好”的壮景。

“我去买两瓶水，你的水好像空了。看看他们有没有热水，你等我。”他匆忙走向了旁边二十米外的商店。

兰源侧过身看着柳轩走入人群，他虽然人到中年有点发福，不过身材依旧挺拔。不管生活如何磨炼人，时间如何残酷，他骨子里依旧是当初的丸子，鹤立鸡群，器宇不凡。她会心一笑，就像大三时和他相知的“三公主”，阳光、洒脱、羞涩。

不久，柳轩向兰源小跑过来。他发现她一直看着他，不好意思地低下了头，放慢了脚步。她赶紧把视线收了回来，尴尬一笑，像朵羞答答的玫瑰，低头掐着手指。

“他们没有热水，你就先喝点常温的吧。”柳轩帮她拧开瓶盖。

“没事，我没那么矫情，常温水也可以。”她轻声答道。

“不会吐吧？”他忧伤地看着她。

“不会，输液时有输入止吐针，能管大半天不呕吐，放心吧，你一时半会儿是看不到我特别狼狈不堪的样子的。”她乐呵呵地说着，他却很难受地将视线转向广场上的人民英雄纪念碑。

“对了，你最近都听什么歌？”他貌似想聊点轻松的话题来转移她化疗的痛苦。

“我已经很多年不听张信哲和野人花园的歌了。”兰源回答得如此之快，眼睛紧紧地盯着纪念碑的顶端，“我现在喜欢听朴树的《平凡之路》，人生有太多的‘曾经’，但‘平凡’是唯一的答案。”

丸子沉默不语。

兰源责怪自己怎么说话那么不注意，弄得双方很尴尬。但她知道，只要跟他坐在一起，是避免不了会提及“两情若是长久时”这个话题的。

虽然这么多年过去了，大家都各有家室，但柳轩毕竟是她曾经最爱的丸子。

“我最近在研究佛法，佛教讲究因缘之说，认为遭受苦难是为了消除我们的业障，所以我常常忏悔，努力修行戒定慧，息灭贪嗔痴。头上三尺有神明，念佛一声，功德无量。

“我迷恋上了听佛乐，最喜欢听《妙法莲花观世音》《大悲咒》《药师灌顶真言》《地藏王菩萨超度心咒》等。每次往返医院的路上以及化疗时，我都特别害怕。但只要能听到这些佛乐，我就镇静了许多。”兰源笑着说。自从见到他，她不经意间多了许多笑容。

“还有吗？”他继续问，想必他对佛法不是那么理解，他是信耶稣的。

“最近还迷恋一首曲子，叫《百鬼夜行抄》。我第一次听的时候哭到不行，它让我想起了这些年的欢乐无忧，饱受的生活折磨，经历过的每一件事，认识的每一个人，留下的每一滴廉价的泪水，遭受的每一份痛楚。这首曲子时而热情饱满，时而极尽苍凉，就像在讲述我自己这十二年的‘北漂’生活。我手机里有，放给你听听。”

就在这车水马龙嘈杂的路边，他们一起静静地听着，就像他们当年在丸子的小屋里，倚靠在窗边，一起快乐地分享音乐一样。

但如今，时过境迁！

十三年后的他们，脸上早就没有了曾经“三公主”和丸子的天真无邪，剩下的只有沧桑凝重和忧郁孤僻。

这时候，一排武警从他们眼前整装而过，步伐如此矫健，身姿如此挺拔。兰源不禁想起了她大学时最好的一个朋友老蔡，久久不忍收回视线。

兰源屏住呼吸，思考了片刻，和丸子讲起了她的挚友老蔡的故事：

“柳轩，我给你讲个朋友的故事，也是我这些年来对朋友和对你的看法，你耐心地听哦。那年盛夏，我大学最好的一个同学老蔡去了英国留学。那年寒冬，我在京城刚找了份工作，偶然走过长安街，看到一字排开的巡逻武警踩着皑皑白雪，咯吱作响，寒风凛冽也挡不住他们的飒爽英姿，我不禁热泪盈眶，回单位在电脑上敲下一段话：

‘老蔡，还记得我们以前去天安门玩吗？你看到帅气高大冷酷的巡逻武警，激动得像鸟儿一样冲上去，隔老远大喊：“我好喜欢兵哥哥。”我当时笑你这个花痴太幼稚了，然后我自己也扯着嗓子冲着兵哥哥大唱一句羽泉的“我宁愿你冷酷到底，让我死心塌地忘记”。今天，我在长安街又看到你喜欢的兵哥哥了。老蔡，我好想你，想你想到哭得不行。你要多保重。’

“落笔后，我伏案而泣。我不知道远方的老蔡读后会有什么感受，反正我当时与好友别离很痛苦。那是2002年冬，那时候我也好想念冷酷到底的你，而你当时早已在大学抱得美人归。

“老蔡和我都是湖南人，我们虽然不是一个宿舍的，但大学那会儿我俩相互照顾，情同姐妹。我重感冒时，她会跑到学校食堂，跟厨师借胡椒粉给我煮生姜胡椒粉汤，喝下去辣得我一把鼻涕一把泪，不时讽刺她：‘死女人，胡椒粉放太多啦，要命啊。你什么时候变得这么体贴了？’她是那种外冷内热的挚友。

“白驹过隙。大学毕业，我们也分道扬镳了，而且一分就那么远那么久，成了彼此内心的牵挂。可是，八年南北而栖未见面的我们，似乎也生疏了很多，这种牵挂也经不起似水流年的冲蚀，这是为什么？”

兰源扭过头，盯着柳轩的眼睛看了一会儿，随即又把视线转向地面上一小排迎风艰难前行的蚂蚁，继续说：“今天在天安门，我又看到了熟悉的兵哥哥的身影，想起了远在南方的老蔡，不过已经不再像以往那样泪流满面了。

“再好的朋友也经不起怠慢和疏忽，珍惜朋友，就在当下，难道不是吗？

“柳轩，我想问你，我们可以整整九年天各一方，这些年我们还算得上是朋友吗？”

说完，他们陷入久久的沉默。

他双手掩面，感到一阵阵痛楚和苍凉，继而垂下双手，欲言又止。

她傻傻地笑着，想起当年彼此的不勇敢，回忆的闸门“嗖”的一声被完全打开。

他仿佛还没从她刚才讲的关于朋友的长篇大论中走出来，似乎又因“我们这些年还算得上是朋友吗”感到了痛楚和苍凉。曾经爱过一场，如今他们还算得上是朋友吗？

“柳轩，你抬起头来看着我。”兰源的眼眶湿润了，眼泪夺眶而出。她轻轻地推了他一下，情绪有点失控，她一直埋怨他这么多年对她不闻不问，却又一直默默地牵挂着他。

柳轩慢慢侧过身，温柔地看着她，她发现他的眼睛也红了。

兰源与他四目相对，她肆无忌惮地看着他那双不再俏皮可爱的单眼皮眼睛，这就是她曾经爱过的冷酷到底的丸子。九年不见，再不好好看看，她真的怕自己会忘了这张曾经帅气逼人的脸。

兰源一字一字地告诉他说：“八六年版《西游记》的演员二十年后再聚首时，当年那位女儿国国王的扮演者向唐僧含情脉脉地一鞠躬，羞答答地说：‘自从女儿国一别已有二十年，御帝哥哥，别来无恙啊！’那一句‘御帝哥哥’道尽了岁月沧桑和情感变迁。

“当时台下唐僧的扮演者徐少华也一直抹着眼泪，青春弹指一挥间！我当时眼泪也哗哗地涌出来。这让我想起了2006年我去北京站送你去厦门时的情景。难道我们今生真的无缘吗？”

“这是我们的命。”他轻声说着，没有勇气再继续看她。

“看着我，我问你，你能容我再喊你一声丸子吗？”兰源紧紧地抓住了他的胳膊，眼泪扑簌簌往下落。

“可以。”他抬起头端详她，回答得斩钉截铁，眼泪也夺眶而出。不过，他很快就擦掉了，视线转移到了远处的天空。

“丸子，九年不见，别来无恙。”兰源像女儿国国王一样温柔地说着，含情脉脉地看着她曾经爱过的丸子。

他苦笑了一声，却不敢抬起头来看着眼前的这位“女国王”，他始终没有勇气。

“丸子，九年不见，我们早就不再是曾经的我们了。我们额头上每道深浅不一的皱纹，我们眼角的每滴咸咸的泪水，我们嘴角的每抹会心的微笑，都是‘他和她’陪伴着我们走过四季霜华而留下来的，也是‘他和她’才让我们慢慢成熟，慢慢懂得爱的真谛，那就是‘爱自己，爱家人’。这是种责任感和使命感。

“我和你已经越走越远，越来越陌生，走在这密密麻麻的人群里，我早已无法辨识出你。好可悲。‘但愿人长久，千里共婵娟’，可是我的丸子的的确确就这么在我心里消失了，我几乎快要想不起你当初的模样，我打心眼里觉得，这九年来，我们甚至连朋友都不如。”

她说完，鼻子发酸，将头转向一侧。

他深深地叹了一口气，摘下眼镜，用双手搓揉着脸，她知道他又哭了，他一直都是如此压抑自己的感情。

许久，他侧过头对她说：“只要你一切安好，我会一如既往地默默祝福你。”

兰源看着她曾经的丸子，用手轻轻地推了下他的胳膊：“丸子，你知道吗？我曾经认为你是不可取代的，我对你的爱是亘古不变的。是时间和流年残忍地告诉我，我错了，我老公让我做了人之妻、人之母，但我慢慢发现，婚后的生活竟是如此辛苦，相比之下，忘记你并不是件很辛苦的事。丸子，谢谢你给过我的那么多美好的感觉，你确实让‘三公主’青春无悔，但现在我心里最爱的是自己的孩子、老公和家人。”

兰源笑着，感到前所未有的释怀，她紧紧地搂着丸子的左胳膊，像逗亲弟弟一样，调皮地把头靠在他肩膀上，乐呵呵地说着：“从今往后，你可以喊我一声‘最亲的兰姐姐’了，‘三公主’准奏了，我不会再让你滚了。”

说完，她很快就松开了自己的双手，毕竟他只是她曾经的丸子。

丸子一直低着头，掐着自己的手指头，他似乎比以前更孤僻更沉默了。

第二十六章
谢谢你让我青春无悔

“对了，你的几个大学同学现在怎么样了？”丸子问。

“阿宋姐2008年秋和老公去了广州，马大姐2005年秋和老公去了新加坡，梦子一直在北京，我们2005年初一起合伙开了个公司，我2009年考研之前退出了。我们四个也很多年没聚在一起了，我第二次化疗后她们三人来看过我。梦子准备移民去美国，可能明年就走了，马大姐后年也会跟老公一起回新加坡。我挺害怕送别，我肯定不去送她们。”

她难受地垂下头，使劲掐着自己的手指头。

丸子若有所思：“小兰，我希望你的生活永远充满希望，永远能像当初的‘三公主’一样快乐无忧，乐观豁达，健康活泼。天下无不散之筵席，你不要太难受。海内存知己，天涯若比邻。对了，我和媳妇也在办移民去加拿大。顺利的话，今年秋天就可以走了。”

兰源目瞪口呆，迷茫地看着眼前的车水马龙，猛地抬头看着他：

“你也要移民？为什么去加拿大？那么冷？那么远？还这么快就走？”

“我家有亲戚在加拿大，办移民比较方便。在厦门四年，让我的性格变得比较孤僻，不喜欢喧哗。加拿大挺好的，空气好，水好，食品也安全，大人可以颐养天年，小孩儿可以健康成长。”丸子慢慢地回答，丝毫不见犹豫。

“那你放得下北京吗？”她的声音提高了些许。

“放不下也要放下，每个人都要有明确的选择。既然走上了这条路，就不能再犹豫。我爸妈也一起去。”丸子忧郁的眼神转向兰源，她的眼神是那么焦虑不安，那么依依不舍，他肯定读懂了她，“你呢？那么多人都走了，你和你老公有移民的打算吗？”

“我们？”兰源把身体往后靠，紧紧地贴着椅子的靠背，双手伸向天空，伸了一个懒腰，抿了抿嘴巴，慢慢地说，“丸子，我前段时间刚看完柴静拍的纪录片《苍穹之下》，深有感触，为人母亲前，雾霾之下苟活几十年就算了，但有了孩子，你忍心让他陪你一起受毒害吗？治霾得花大力气，伤筋动骨，任重而道远。政府会在16年后还北京市民湛蓝的天空，16年！人生有几个16年？身边的好友们都不约而同谈起了何去何从的话题。我在北京快16年了，放下谈何容易？”

丸子喟然长叹，他看着灰色的天空和眼前戴着口罩的人群，不禁紧皱眉头：“北京以前不是这样子的。人类的城市化进程具有极大的破坏力。”

“丸子，我没有那种力量，想忘就能忘。重度雾霾之下的我们何去何从？我无法回答，我只知道未来16年，我不能让孩子这么活着，所以我也老问自己：‘孩子，妈妈该带你去哪儿？’”

说完，兰源默默地流下了眼泪。她舍不得北京，舍不得梦子她们，更舍不得丸子。

丸子把身子往前倾，侧着身体看着远处的前门大街，念叨了一句：“我也没有那种力量，想忘就能忘。我忘不了自己是如何一次次错失你的这双手。”

他说这话时特别轻，纵然身边车水马龙呼啸而过，纵然兰源已经有了药物反应，开始出现头晕和耳鸣的现象，但她还是听见了，但她没做任何回应。

两人又坐了一会儿，四周出奇地安静。

“如果有可能，我想去新加坡。”兰源侧过身看了他一眼，风把她额前的头发吹乱了，她用手将其捋到耳后，好像自己正坐在圣淘沙岛的海边，海风吹拂着每一个细胞，放松，惬意，连酒窝里也洋溢着大海的温柔。

“为什么？”

“因为我钟情于那里的大海。”

“为什么人长大后都那么喜欢大海？”

“因为平静。”

这时，突然响起了那首*Silent Emotion*，丸子猛地抬起头，这是那首他曾在无数个晚上弹奏的钢琴曲。丸子紧紧地闭上了眼。

“是我手机响了，”兰源赶紧掏出手机，“我老公的电话，我先接个电话。”

兰源挂了电话，不舍地说：“丸子，时间不早了，我家人等我，恐怕我们今天不能一起去广场上走走了，有点遗憾。我们往前门那边走吧，我要去那里坐公交车回家。”

她其实是不愿意那么早离开的。今日一聚，实在太难，他日丸子远赴加拿大，见面更是遥遥无期。

化疗的副作用已开始在身体里沸腾了，她不想丸子看见她难受的样子。她希望能留给他一个最健康的形象，让他看着她活泼愉快地消失在他的视线里。

兰源试图站起来，但关节已经开始疼痛，加上头晕，她有点吃力，微微皱了下眉头。丸子立即起身，扶了她一把。

“你坐着等我，我帮你叫辆出租车，挤公交车太辛苦了。”

“不用了，我打车会晕车，吐得到处都是，司机有意见。我这人命苦，这么多年，只有那种能开窗户的公交车最合适自己了，边坐还能边看风景边发呆。”兰源无奈地笑着，突然膝关节一阵疼痛，她极力咬牙忍着。

“我跟你一起坐公交车，送你回家吧。”丸子看着她说。

“不用了，我很皮实的，没问题。”她笑着摆摆手拒绝了，“谢谢丸子，你越来越体贴了，果然长大了。”

“照顾你是应该的。”丸子不好意思地说着。

“兰姐姐谢过你啦。”兰源俏皮地回应，笑得像个孩子，“我永远是你最亲的兰姐姐，对吗？”

“呵呵。”他低下头，脸上的笑容极为牵强。

“对了，丸子，我正在写小说。”她边走边说，试图打破尴尬。

丸子停下了脚步：“什么小说？你现在要安心养病，不要想太多。”

“我想写部自己的小说，创作灵感来自于大学宿舍，我近期已经在写啦！”

兰源的眼睛深邃有神，充满了无限遐想，仿佛已经置身于文学的殿堂。

“写多少了？”丸子惊讶地问。

兰源兴奋地告诉他：“丸子，我已经写了快18万字了，如果写好了，我希望能出版。不管你们到时候喜不喜欢，我希望文中总有那么一段文字或一首老歌能触动你们的心弦，毕竟我们都曾年轻过、爱过、恨过、苦逼过，也幸福过。”

“你的小说里面有我吗？”丸子弱弱地问着，一只手摸着后脑勺，显得不太好意思。

“有！你是我最美好的青春期遇见的最好的男孩，没有之一！”她停住前进的步伐，正对着丸子，凝视着他那双忧郁的单眼皮眼睛，特别慎重地告诉他，“丸子，谢谢你让我青春无悔！”

丸子愣了一下，车水马龙瞬间石化。他没说话，低头迎上她炽热的眼神。

“怎么样？受宠若惊了吧？”兰源模仿丸子低沉的嗓音说道，笑弯了腰。

他懵了一会儿，咧开嘴巴，甩甩额前的头发，看着马路对面的人群，特别开心地笑了，像个年少轻狂的孩子。

他回过头，低头凝望着他曾经深爱过的女人，轻轻地说了一个字：“呸！”

兰源大笑起来，没想到九年不见，她还能当着丸子的面，轻描淡写地调戏他，并说出这么肉麻的话，她很高兴自己放下了这段无果之缘。

丸子和兰源的心结在一阵阵欢声笑语中慢慢打开了，他们幸福地沉浸在这稍纵即逝的欢乐中，忘记了即将面临的无情的分离。

第二十七章
人生若只如初见

快走到前门车站那儿，丸子突然停下脚步，转过身对兰源说：“等一等。”

他不紧不慢地从口袋深处拿出一把精致的小伞，有着天际边的那抹浅蓝色，还有蕾丝花边。

兰源很惊讶，拿起来端详了片刻，漫不经心地说：“这伞好秀气啊，女孩子打的吧？又没下雨，你带伞干吗？咦，这伞怎么这么眼熟？”

丸子习惯性地抿了抿嘴，轻声说：“那年在北京站你跑着离开时，我很想把你追回来。但我的那趟火车已经进站了，我就没往外追。你这把湿漉漉的伞落在了候车室入口那儿，我带到了厦门，一直留着，想着等有机会还给你。那年你说你到了厦门，说……想……想见我，我就匆忙拿着这伞去找你，后来他们说你退房走了，我收到你不辞而别的短信，赶紧给你回电话，你却关机了。我……我只好一路赶到高崎国际机场，广播寻人，也没找到你。我在机场等了很久，希望你的航班延期……我最终还是没等到你……我怎么这么自作聪明，当时只去飞北京的登机口找你呢？你能从新加坡飞到厦门，就可以从厦门飞全中国任何一个城市……还好有它，当时雨下得太大了，打湿了全身，也刺痛了全身，而我却无处哭诉。"

丸子说完，看着她近乎慌乱的眼神，慢慢将伞递给她。

"呵呵，丸子，你真是自作聪明。你就没有想到还有另外一种交通工具吗？我从新加坡漂洋过海飞过来四五个小时，人都浮肿了。笨蛋，你怎么没想着去火车站……呵呵，不过厦门有三个火车站，我也是上了出租车才知道，更何况当时大雨滂沱……你肯定找不到我了。"

兰源苦笑着，不敢抬头多看他一眼，思绪一下子回到了九年前，那个将她里外都掏空了的北京站和那座陌生的滨海城市厦门。他说的那些往事历历在目，仿佛就发生在昨天。她内心暗潮涌动，表面上却依旧波澜不惊。

突然，她莫名地大笑起来，说："哎哟，丸子，都过去那么多年了，一把破伞你还留着干吗？我家里伞太多了，不要了，你要是想留，姐送你做个纪念。你要是不想留，就随手扔到路边的垃圾桶吧。兰姐姐不会生气的。"

说完，她紧紧地盯着他，丸子的单眼皮慢慢地耷拉下去，轻轻地应了一声："好吧。"然后，紧紧地攥着那把小伞。

他们不再说话，兰源扯着脖子看着西边过来的车辆，着急地等着99路公交车。

"哎呀，99路在红绿灯那儿了，我要准备上车啦！"兰源兴奋地喊道，顺手从丸子手里拿走了她的包和他送给她的水果，"谢谢你的水果，谢谢你来看我。我会把你当成永远的朋友，不过永远有多远，我也不晓得哦。"

丸子没吭声，腼腆地笑着："里面还有两盒曲奇饼干和红薯干。"

兰源仔细看看那个袋子，里面果然有两个圆形的精致的铁皮盒子，写满了英文，看来是进口货。

“不知道你还爱不爱吃。”丸子低着头看着她，轻声说着。

“呵呵，丸子，我现在还真很少吃曲奇饼干和红薯干了，那是‘三公主’曾经的最爱，不过自打出了京西大学，我已经不当‘三公主’好多年了。我现在对曲奇饼干和红薯干已经没有原来的那份热爱了。嘿嘿，不过还是很感谢你，我儿子肯定会很喜欢吃，我替他谢过柳叔叔了。”

丸子看着开过来的公交车，沉默不语，心在滴血。

车刚进站停稳，她就像小兔子一样跳了上去，还没等她坐稳，车就缓缓启动了，司机该有多着急赶回去交班吃饭啊。

她赶紧抢了个临窗的位置，都顾不上给身边的老人让座。她将脑袋探出窗外，用尽全身的力气，向她曾经最爱的丸子挥手，大喊一声：“谢谢你，我的猪肉丸子！再见……”

她真的累了，非常虚弱，她依依不舍地看着窗外高大挺拔的丸子，努力让自己像母河马一样开心地笑着，手一直挥舞着，颤抖着……

她没听到丸子告别的声音，因为她的座椅正好在车轱辘上方，震动得太厉害，嗡嗡作响。她只看见丸子左手拿着那把旧伞，右手扬在半空，久久没有放下。

车越走越远，丸子的身影也越来越模糊，兰源慢慢地就看不见他了，她的心“哐当”一下，空空荡荡，好失落。

兰源回过神，捧着那两盒沉甸甸的曲奇饼干和红薯干，忍不住伤心地哭了，她哭的是昔日那份执着的爱恋，是似水流年的残酷无情。扪心自问，这十三年来，他们究竟犯了什么错？为什么注定要一次次擦肩而过？

那段美好的青春韶华，那个酷酷的“情歌王子”，那个大眼睛的“三公主”，那架铁做的秋千，那些流水的看客，那段让她无怨无悔的青春……

半年后，兰源收到了一个沉重的包裹，是从加拿大寄过来的。

她怀着复杂的心情，小心翼翼地打开，看到一张精致的明信片，上面画的是波澜壮阔的大海和海上一群勇敢的海鸥迎着巨浪展翅飞翔。她颤抖着将明信片翻过来，上面是她熟悉的工整的笔迹：

小兰：

我给你买了非常好吃的曲奇饼干和红薯干，我希望你能胖起来，你永远都是最乐观、最快乐的“三公主”。

另外，还有一张CD，是18岁那年生日前我专门去录音棚为你录制的，当年你没要。十三年弹指一挥间，如疾风骤雨，容不得我们有片刻喘息。这些年不管我在哪儿，这张CD都一直搁在我身边，我痛恨自己当年不勇敢，一次次与你失之交臂。找不到你，我的世界不再热闹美丽。唯独自己一直在青春的岁月里苦苦徘徊。对不起。

我的青春很美好，因为“三公主”用情温暖过我的青春；我的人生充满遗憾，因为我永远错过了“三公主”。

不过，当年能认识你，感觉真好。

小兰，你永远都是我最爱的“三公主”。

丸子

兰源号啕大哭。

十三年了，她等丸子这句话等了十三年，如今她已身为人妻人母，她有什么资格去回忆自己的青春和青春里最爱的他？

她一直记得，那年丸子18岁生日，她压抑着愤怒告诉他：“……以前是我一厢情愿地喜欢你，今日却是你一厢情愿地认为这是我们俩的生日。呵呵，真是异想天开，我是不会接受你给我的所谓的‘精心准备’的生日礼物的。巨蟹座和双鱼座怎么可能在同一天过生日？酷暑七月，双鱼根本就不配跟巨蟹一起过生日。柳轩，我以后的生日要么是自己一个人过，要么是跟别的男人一起过，但永远不可能跟你一起过……”

她双手捧着这份迟来了十三年的生日礼物，就像捧着自己初生的孩子，魂不守舍地将CD放进播放器，调高音量，拉上窗帘，将自己深深地埋进沙发里，打开曲奇饼干和红薯干的盖子，一片片放进嘴巴里细细咀嚼着，好像咀嚼着青春的味道。

音乐响起，一首首张信哲和野人花园的老歌如天籁之音穿透了她孤独落魄的灵魂，他18岁时稚嫩却高亢的声音在耳际悠扬地回旋，像阵阵巨浪拍打着岸边岩石，撞击着“三公主”的灵魂。沉睡多年的关于丸子与“三公主”的刻骨铭心的回忆，浮现在眼前。

十三年了，在医院里，她已经辨不出丸子的容貌。唯独这张CD，永远定格在丸子的18岁和“三公主”的21岁。有时候，爱比不爱可悲！

那年月亮下，秋千上，两颗懵懂的心靠在一起，也是那年月亮下，丸子给“三公主”唱了两遍《用情》，可他还是听他父亲的话，让“三公主”走了。纵然丸子十三年以来，对她的思念从未消失，也只是徒增更多伤悲。

她感觉此刻自己已经千疮百孔，她往嘴里塞进去更多的曲奇饼干和红薯干，身上、衣服上、沙发上洒满了曲奇饼干和红薯干的残渣，就像她此刻残缺疲倦凌乱的心。

丸子走了，她灵魂深处沉睡多年的他，飞抵太平洋彼岸守护着他的人生，她再也见不到他了，捧着这来自太平洋彼岸的爱和思念，她的心已痛得无血可滴。

就这样，她一遍遍地听着这张陈旧的CD，突然疯狂地跑到储物间，打开一个陈旧的储物盒，拿出一个小小的电话本，那是她大学时的电话本，精巧可爱，她一页页地翻着泛黄的纸张，几行字映入眼帘：

姓名：柳轩

地址：北京市崇文区***

家庭电话：010-********

备注：我的丸子

兰源知道，自己要的就是这些。她简单穿戴好，捧着那个老式的CD播放器，坚定不移地走向了她的目的地。

她依旧是去动物园倒车，坐着十三年没变过路线的729路公交车晃晃颠颠地出发了。

兰源在熟悉的站台下车后，忐忑不安地环顾四周。阔别十三年，意料之中，那里变化太快，车站不远处，那条当年她和丸子十指紧握走过的偏僻胡同被一栋栋拔地而起的高楼取代。

她的脚步沉重却又那么轻快，仿佛变回了当年扎着高高马尾像兔子一样蹦蹦跳跳的“三公主”，她发自内心地笑了。

她靠着仅存的记忆，努力寻找着丸子家所在的小区，那个当年四月天里姹紫嫣红桃红柳绿的大院，依稀出现在她眼前，楼还是当年的楼，经历了十三年风雨冲刷，依旧恢宏大气地矗立在那里，只是701早已人去楼空。

她伫立许久，伸出双手，美好的青春历历在目：

他骑着一辆自行车，车后坐着就胖了那么一点点的她，她嚷嚷着，掐着他。孤僻的他仰头抱怨，“我车轱辘真没气啦”，却笑得如此快乐。

他在阳台那儿喊着，“小兰，你又忘记拿水壶啦，你脑子都装什么了？”

她蹦蹦跳跳的身影戛然而止，猛地一回头，冲他怒吼，“丸子，快给我送下来。”

他冲她腼腆地笑了，像海上初升的太阳，温暖却不刺眼。没一会儿，他向她款款走来，低头看着她，摸着后脑勺说：“丢三落四的‘三公主’，拜托你下次就直接说，想让我送你呗。”

“滚，哈哈。”

他和她一前一后走在院子里，她总是噼里啪啦地数落他的不是，他则总是侧身回避她的小拳头……

他和她在小秋千那儿天南地北促膝长谈，一起唱着他们爱听的歌曲，她笑得像只母河马，告诉他大学生活的无限美好和校园里的那些奇闻逸事，也告诉他青春的惆怅和迷茫……

他紧紧地抱着她，看着天空中那朵朵洁白的恣意舒展的云朵，开朗地笑着，像个犯了错的孩子："小兰，把你搂进怀里也很需要勇气，我怕你扁我，大喊打流氓，我的生日聚会你一定要来，小兰你答应我，会有很多好吃的。"

"嗯，我答应你，我的好丸子。"

她推开他的怀抱，说："我们走吧，此地不宜久留。"

"慢点，丸子，我穿的是裙子，凉鞋还是中跟的。"

"那我背你吧。"

"不可以。"

"也好，我也怕扛不动你胖一点点的身体。"

"滚！"

他用手轻轻地划过她潮湿粉嫩的面颊，柔柔地摸着她的嘴唇，眼眸里流露出渴盼躁动的气息。他俯下身子，非常轻地说着："小兰，我想吻你，好吗？"

"考好了再说，考不好免谈。"她双手使劲推开了他伟岸的身躯，他打了个趔趄。

"你轻点好不好？小兰。"他看着她笑了，她咬着嘴皮，俏皮笑了，脸上一片绯红。他们的欢声笑语响彻四周……

生日那天晚上，他失魂落魄地冲下楼，追赶着早已消失在视线里的她。他满脸泪水和汗水，在小区大门口大吼几声"小兰"，然后弯腰大口喘息，却没有勇敢地冲上去留住她，只是远远地看着她，像孩子丢了玩具，哀恸地哭着。

她的脸上也洒满了碎银般的泪水，那双绝望的眼睛凝望了他许久。她从那一刻才知道，原来男人也是会痛哭的。最终她还是义无反顾地钻进车里，绝尘而去，此后十三年再也没有回来过，犹如他们再也回不去的青春。

不知不觉，兰源已在院里伫足了三个多小时，天色已晚，该回家了。

她已经哭得精疲力竭，步履沉重地走出大院，她默默地告诉自己：“丸子走了，一切都是过去时了……”

兰源拦到一辆空车，打开后座车门，抬腿迈入，依依不舍地关闭了车门。车缓缓启动了，没走多远，她突然神经质地对司机吼了一句：“师傅，请停车。”

她在反光镜里清清楚楚地看到了年轻的帅气逼人的丸子，边跑边冲她招手：“小兰，不要走，你不要走……”

中年司机赶紧踩了一脚刹车，诧异地说：“怎么了？姑娘。”

她痛彻心肺地哭着说：“请您停车，我丢了一件东西在这儿，丢了十三年了，我一定要把他找回来。”

她确定自己没看错，丸子真的追了上来，这次他很勇敢，她从来没有这么肯定过。

待司机停稳后，她毅然迈出车门。

真实还是虚幻？

她绝望地环顾四周，失魂落魄地哭喊着：“丸子，你在哪儿？我知道你就在附近，你为什么要躲起来？我刚才明明看见你了。快答应我啊……我的好丸子，你怎么不理我了？我是你的‘三公主’啊……我已经回来了……你快出来啊……”

人，最怕触景伤情，尤其当你曾经那么用心地去爱过一个人。

兰源满眼都是当年丸子那张哭得像个孩子似的面孔，她疯了一样追赶着，在这冷冷清清的街道上寻寻觅觅、凄凄惨惨地呼唤着：“丸子，我真的回来了……请你勇敢点好吗？请你快出现啊……我真的要走了，走了就再也不会回来了……”

她趔趔趄趄，不知不觉走到了马路中央，一束强烈的灯光横扫过来，她本能地用胳膊挡住这刺眼的光线。

“砰”的一声巨响，紧接着是汽车急剧的刹车声，她和那个老式的CD播放器一并被撞出很远，倒在了她和丸子初次牵手的那个胡同口，CD碎了一地，被寒风吹开，四散一地。

她气若游丝，冥冥之中觉得自己的生命在这胡同口已经走到了尽头。她晕晕沉沉地瞅了一眼漆黑的夜空，有几颗孤寂灿烂的星星。她想起十三年前的那个四月的艳阳天，她初次来到这里，邂逅丸子。

“丸子，我是很信任你的，这胡同太黑了，如果你现在把我卖了，我都不会怀疑是你干的。”

“我卖你干吗，这年头人贩子又不是按斤来算价格的，抓紧吃你的烤红薯吧。”

“丸子，我特别怕猫，白天看见了也怕，别说在这黑压压的胡同里了。”

“真是一物降一物，我还以为你这‘湘西女匪’天不怕、地不怕呢。”他迟疑了一下，放慢脚步，装作不经意间拉住她的手，瞬间，她呆若木鸡，没有拒绝。很快她的嘴角洋溢着幸福的笑容，感受着丸子带给她的安全感。他们默默地走着，彼此的脚步都很缓慢，都不希望走到胡同尽头，因为走到那里意味着分别。

……

兰源留下两行泪水，嘴巴吃力地张合着：“……丸子……”

而丸子永远也听不到了。她笑着慢慢地陷入昏迷。血还在流，不过此刻她不再疼了。原来不打麻药，人也可以这样安静地睡去，比在手术台上睡得更加从容。

路上稀稀落落地有人围了过来，其中一个大妈蹲在她旁边，用手帕使劲压住她出血的头部，嚷嚷着：“快打120啊！姑娘，你醒醒，天啊，怎么流那么多血！别睡，姑娘……跟我说说话……”

只是兰源已经听不见。

许久，救护车风驰电掣般驶来，三名医护人员跳下车冲向她。

“……伤员失血性休克，立即进行现场抢救……包扎止血……快，行心肺复苏术……骨折固定……快，快，担架搬运……大家让让，快让让……”

她醒着的时候，清楚地告诉自己，她已经不爱丸子了。

直到她闭眼的刹那，才知道是在自欺欺人，她依旧无怨无悔地爱着丸子，怀念着丸子和“三公主”的点滴青春。

很多东西，若只如初见，该多好。

这就是青春。

年轻时，觉得未来遥不可及。年老时，觉得青春仿佛手心的空气，你能感知它虚无缥缈的存在，却不能抓住它。

四月星星坠落你眼睛，丸子和“三公主”注定了爱比不爱更可悲。

（全文完）